Arnold Guyot Cameron, And others

Coppée and Maupassant Tales

Arnold Guyot Cameron, And others

Coppée and Maupassant Tales

ISBN/EAN: 9783337076443

Printed in Europe, USA, Canada, Australia, Japan

Cover: Foto ©Andreas Hilbeck / pixelio.de

More available books at **www.hansebooks.com**

FRANÇOIS COPPÉE

COPPÉE AND MAUPASSANT TALES

*EDITED, WITH INTRODUCTIONS, NOTES,
AND BIBLIOGRAPHY*

BY

A. GUYOT CAMERON, Ph.D.

*Assistant Professor of French in the Sheffield Scientific School
of Yale University*

AUTHORIZED EDITION

NEW YORK

HENRY HOLT AND COMPANY

1896

To

William Henry Bishop,

Novelist,

Yale University,

Whose own Creative Work

So much recognized by French Criticism

Fittingly links his Name

With those of these Story-Telling Masters,

This Token

Of a Pedagogical Colleagueship,

Of his French sympathies,

And of the Pleasures and Stimulus

From his Friendship.

PREFACE

THE call for an edition of Coppée and of Maupassant is exceedingly encouraging as a proof that modern-language study has developed, to its immense gain, within the past few years. Students as well as teachers better understand the broader phases of French life. And sufficient time in schools and in colleges is being granted, to no longer strain at the presence of the pathetic, or strive only for the pleasurable or the amusing, in the attempt both to teach the language and to give a better conception of its many-sidedness, as well as to stimulate a larger knowledge of its literature, whose infinite variety explains its value as linguistic or stylistic model.

The stories of this little collection speak for themselves. Since present teaching so largely looks to increase of vocabulary as one of the most important and best results of its methods, the peculiarly prolific style of Coppée in this respect, and the clearness of statement of Maupassant, thus requiring clearness of translation, materially add value to the inherent interest of these Tales.

The notes are limited and mainly descriptive. In such short texts as these, the introduction of grammatical

niceties for discussion is as superfluous as the points themselves are sporadic. On the other hand, the annotations
are, while simple, practically confined to those references
—especially seen in Coppée's Parisian writing—which the
teacher often finds are as difficult for him to accurately
describe as the editor sees their meaning hard to define
or even to discover. Apart from this, in the use of
"style" as a medium of education, each instructor must
practically be his own interpreter. The notes thus deal
only with necessities of explanation, which, in Coppée,
are quite numerous. In Maupassant there is almost
nothing to explain. In either case, no notes have been
repeated by useless cross-references. Though the word
or phrase may recur again, the first statement should
stand for later use. A few excisions—in all, some six
or eight lines—occur in the text to tone down certain
French freedoms. The Introduction upon Coppée deals
purposely with poetic rather than prose Coppée, the
larger part of his work being in verse. In the Maupassant Introduction it has seemed best to treat that
author's works in general. Of the large number of
Tales by him, about one-sixth only are a class-room
possibility. For instance, it has not been feasible to
include any of the Normandy stories; their salt is too
strong, their farce-element too coarse, to be palatable, or
possible as educational instruments. But those chosen
represent Maupassant sufficiently to gauge his power,
and do not require further examples under the phases
here represented. References to the critics cited will
also take the place of a little bibliography in his case.

France is still the land of literary ideals. Lovers of
her or any literature will feel intellect and heart glow

as they touch the genius of—to use that goodly Greek phrase—two such "makers," Coppée and Maupassant.

To M. François Coppée, for his epistolary kindness and his great personal one to me in Paris; to MM. Lemerre, Père et Fils, for their courtesy and liberality in business arrangements; to M. Lavareille, Administrator of the Maupassant-succession, for his courteous trouble and kind permissions I beg to offer anew my most appreciative thanks.

A. G. C.

SHEFFIELD SCIENTIFIC SCHOOL
OF YALE UNIVERSITY,
June, 1896.

CONTENTS

FRANÇOIS COPPÉE

"Poets," says M. Anatole France, "are dear to us. They throw light as well as speech upon our confused joys and our obscure griefs; they tell us what we vaguely feel; they are the voice of our souls. It is through them that we take a full consciousness of our pleasures and of our pangs." This would serve to mark the popularity of any poet. It particularly explains the power over both polished circles and public criticism of François Edonard Joachim Coppée, who, by a simplicity in agreement with his character, is called merely François Coppée.

M. Coppée's poetic preeminence is natural. He has revived the prestige of poetry in a practical age. He has put Paris into poetic pastels and drawn its varied guises in more permanent and larger work. He has thrilled the patriotic passions of France by his virile verse. He has been the public utterance of national feeling in scholastic or state function, the official poet without the leading-strings of a licensed laureateship. He has interpreted his country's courtesy or recognition of talent in other lands upon representative occasions. He has been, above all, the man who has touched the heart of the high and of the humble, because, to use

Claretie's phrase, he is "an aristocrat who loves the people."

Perhaps this could not have occurred so fully had the poet been other than a pure product of Parisian setting. Born January 26, 1842, on that left bank of the Seine where he has always wished to live, and which he has always sung—the district of Learning and of Legislation, and, until recently, of the two social extremes, 'society' and student-life—into a plain bourgeois family, after some years of feeble-healthed youth with uncompleted school-studies, he succeeds his dead father in a ministry-of-war clerkship, one of those bread-winning bureaus whence so many French geniuses have graduated.

His very name, rhyming, as has often been noticed, so sonorously with *épée, épopée*, predestined him to poetry. His struggle to support his mother and sister, his self-study in the public library after the day's dry tasks, his sufferings in the restraints of precarious living and checked ambitions, schooled him in experiences. After three years of such discipline, he meets Catulle Mendès, whose influence and encouragement blazed the poetic path for his diffidence. In a short time he appears as a contributor to the small volume of such consequence, the *Parnasse contemporain*, the herald of further progress in the development of Poetry.

The *Parnasse* expressed a sentiment and marked a change. It was also neither a literary club nor a coterie—both objectionable words in such a connection—but a chance gathering of congenial minds to the number of forty-two, whose meeting every Saturday became a habit and who crystallized around certain leaders whom they professed to call 'maître.' It is often difficult for outsiders to reconcile two such seeming differences as imitation and independence. But French love of leadership and of form results in the one, and imaginative vitality produces the other. The principles of the *Parnasse* might well be summed up in the phrases of Hugo and Auguste Vacquerie, poet, critic, dramatist, and brilliant polemical journalist, the first of whom wrote: "The function of the poet is more than a magistracy and almost a priesthood. The substance counts not less certainly than the form"; and the second: "Friend, look at art and not success." For the group that gathered around Leconte de Lisle each week had the love of poetry, the hatred of banalité and Bœotianism and of poetic platitudes. They had in view absolute perfection, what has been called the "religion of rhyme." They detested that type known as the 'school of good sense' from its head, Ponsardism, a decadence from the days of Lamartine and Musset, lacking their genius. Without school or system, but linked by similarity of like and dislike, the Parnassian perfectionists, worshipping Victor Hugo and drawing inspiration from the trinity Baudelaire, Banville, and Leconte de Lisle, inaugurated the neo-romantic movement which, in its precepts and its practice, redeemed careless or conservative rhyming, wrote so clearly as to earn for precision of statement the criticism of "impassibility," but perhaps by too great belief in beauty of form which will produce beauty of impression, sacrificed sentiment somewhat too much, loss that might result in an exquisitely chiselled but ivory-carved petrifaction of poetry.

The intellectual intercourse of these independent

spirits was most beneficial. The coldness was only a
critical theory of process, adnudantly disproved by the
vividness and variety of verse, in shape and spirit,
which ranged under the so differing work of these
poets. Going, then, as "Mussulmen to Mecca," says
Coppée, to study under Lisle, they learned the lighter
Muse's moods, and the structure and splendor of possibilities of the Alexandrine line, which even their
evolution proved to possess the elasticity and expres-
siveness that reduce into its formulæ all reactions against
it. Under the heat of such inspiration, Coppée's mus-
ings were recognized as a part of the whole movement,
but an individual one. He had already burned his
primitive poetry. He had also contributed a little to
Le Causeur, to be followed by later appearances in *Le
Nain jaune*, *La Revue nationale*, *La Revue libérale*,
l'Artiste, *La Revue des lettres et des arts*. But his first
modest publishing at the hands of his now powerful
publisher, Lemerre, was the little volume *le Reliquaire*
in 1866, which foreshadowed his accent of truth, of
earnest sincerity, and of unaffected and heart-penetrating
poetic inspiration.

It was J.-J. Weiss, writing in 1859 on Regnard, who
said he wished to take his friend Taine by the throat,
and to his praise of the poetry of Saxon pirates, would
cry: "Listen and tell me if mind, pure mind, mind
temperate and keen, mind which restrains and governs
itself, the most intimate essence of ourselves in short,
people of Paris, of Gascony, and of Champagne, can not
be a source of poetry quite as well as exalted and dark
imagination, furious passions, the heart which gnaws
itself and hypochondria?" It might stand as a prophecy

of Coppée's poetic genius, born in a period of political quiet, stimulated by no stirring events, reflecting the simplicity and sorrows of his personal surroundings, the scenes caught in his solitary walks whose views of homes and hearts he sketched with a certain languid grace most suggestive of the pale Parisian.

In 1868 appeared the *Intimités*, in 1869 the *Poèmes modernes*, including the beginnings of his brilliant successes, the monodramas *La Bénédiction*, an incident in the siege of Saragossa in 1809, and *La Grève des Forgerons*, perpetually popular, with others the treasure-house of recital on stage and in school. They are the dawn of his dramatic evolution. Action and dialogue supersede more speculative sides. In 1867 he had won a prize for the words of a "Hymn to Peace," and in 1869 the Prix Lambert—for deserving but non-wealthy authorship—to be followed in later years by the 'crowning,' at the Institute's decision, of many of his pieces and collections. The favor of Napoleon gave him a position in the Senate-Library of the Luxembourg, and from that atmosphere of academic culture came the career of unchecked development consecrated a few months before by the marvellous success in 1869 of *Le Passant*, the story of a stray youthful poet's influence of innocence upon a fair but far from pure Florentine beauty, sad at sinful social successes. *Le Passant* brought tears to Paris, jaded by the frivolity or foulness of the decaying Empire's régime, and flung back, outside of the whirl of wicked living, to a purity of thought and of dramatic presentation. It made Coppée. It made Bernhardt, who was its page-poet, with her voice suited to the exquisite variations of his verse, her

passion to its vigor. It opened a path for his future
powerful portrayals of the land of passion, plot, and
poniard, Italy, as in the great plays the *Luthier de
Crémone* and *Severo Torelli*. It introduced him to the
salon of Princess Mathilde with its brilliant habitués,
from Gautier, the Goncourts, Dumas, Doré, to Sardou,
Renan, and Arsène Houssaye. And by that seal of
popular approval which makes the thousands of meta-
morphoses of Hugo, from busts and books to match-
boxes and bibelots, dominate Paris, it flooded the city
with cravats à la Coppée.

Eighteen editions followed in ten months. The way
was prepared for the period of the Franco-Prussian war
and its sequels, during which appeared the plays *Deux
Douleurs* and *l'Abandonnée*, but especially *Fais ce que
dois* and *Les Bijoux de la délivrance*, received with
tremendous enthusiasm, superb in spirit, in structure
of dramatic verse, in patriotic zeal, and in call to propa-
gate the liberation of French territory, an appeal to
crushed hearts made more clarion, during those sad
days of deserted streets, starving stomachs fed by dog-
soup and horse-hash, and dreary despair, by the *Lettre
d'un Mobile breton* and the *Plus de sang* against Communist cruelties and the country's chaos.

With reaction to quieter things Coppée's prolific pen
grew in perfection and in power and he became event-
ually the greatest living French poet, whose versatility
of theme marked inclusive genius, whose purity of
thought corresponded to that of form, whose qualities
of patriotism and Parisianism endeared him to every
stratum in society, whose style was the perfection of
simplicity and yet striking scene, and whose stories as

his songs had the touch of tenderness and truth and suggested morale and common humanity that marvellously move the feelings. *Les Humbles*, in 1872, in which Zola—whom Coppée loyally supports for the Academy—sees the introduction of naturalism into poetry, is the poetry of poverty, of the people, of the petty bourgeoisie, of the peasantry; in small round of living, sufferings, sacrifices, and sometimes simple pleasures; *le Cahier rouge*, songs, sonnets, in 1874, preceded by *Promenades et Intérieurs*, followed in 1875 by *Olivier*, the last semi-autobiographical, with a picture of his father, just as the *Reliquaire* (*Une Sainte*) and others contain constant tributes to his mother,—all these show clearly Coppée's personality and poetic processes. But perhaps more than any other fibre in him Coppée is of Paris, Paris "le poète et le faiseur d'esprit."

We are so used to the 'praise of Paris' or to hearing platitudes about Parisian life that we forget the perpetual power of its psychological or even physical possibilities. Is not Paris stamped by its very terms? Who ever speaks of the 'slums of Paris'? What far different pictures are brought to the mind by the synonyms for such in 'les vieux quartiers,' 'les faubourgs,' 'les boulevards extérieurs,' 'les fortifications,' 'la banlieue'! Who that has at all stayed within the sphere of Paris influence can fail to feel its heart-heaving, the Paris which pains indescribably, in Coppée's prose and poetic stories of it? Its mysteries, more modern than those of Eugene Sue, and its morbidezza; its gleaming walls and grewsome plaster houses of those same faubourgs and outer boulevards; its silent streets and grilled gardens; its palaces, haunted with history,

private and political; its ravishing setting of nature's
beauty in the circle of hills and the bends of the rivers
around it; the quiet islands, the boats and restaurants,
the sedge and the solitary fisherman; the villas dotting
the trees above all that life, the counterpart yet comple-
ment of Parisian tone and thought, and whose oppressive
melancholy of beauty and quiet in nature, even enlivened
by gaiety, stirs, soothes, and saddens. Many men can
feel this. It takes the poet to expresss it. This Paris,
in its parts, its poetry, and its atmosphere Coppée has
painted, in a view whose embrace is one of affection,
which reaches to the depths of realities, and rises to
light-winged and purer-aired sweep.

We must read the work of that school of secondary
writers, more ephemeral literature, journalistic jottings,
to really 'get' Paris. But Coppée, who, as he says,
loves it with an "amitié malsaine," has given it in the
broad lines of his genre pictures, and has created a new
poetry of Paris, with its bourgeois and barrière life,
with its interiors and elegies, its balls and benches, its
picturesque and pathetic sides, its horizons and skies,
its weird attraction even in the dismal, its gray tones of
light and of life, and the stream of sun from the beauty
of its blue heaven, the profound but not fiercely passionate sorrows of its individuals, and the gamut of the
griefs it contains in its quieter lives.*

Then there are more individual phases in his work.
The 'prisoner of the bureau' and the horrors of

* *Promenades et Intérieurs, Olivier, Paris* (in *Longues et Brèves*).
La Robe blanche, and the *Contes*, and numerous others, and see
Cherbuliez' *Discours de réception*,

bureaucracy. The daily round, the miseries of monotony and contact with mediocrity, social and intellectual,
the rebellion versus routine, the dearth of joy, the dry-
ness like that of the dusty files which choke the sense
and soul, the feeling of subjection, even though a paternal bureaucracy, with its few hours of work, has often
helped the poet or author, kept him from starving, given
his Muse composure and wings which the life of club or
cabaret might have crushed or clipped.*   Or else those
pictures of the theatre and its types, the *cabotins*, the
decrepits of the drama, the disillusioned struggling to
keep from starving, seeking release from the glare which
galls, and the pleasure which palls, and the poverty
which grinds, and the sadness of the faded faces, streaked
with the lines of living, if such it be.   Then the burial-
story; the peculiar gloominess of French cemeteries and
their surroundings, the contrast with the gayeties of
Parisian epicureanism, the return from the grave, with
its 'concession' and its sense of crowding and greed,
narrow life in death as often in life.   And then again
the love of the Parisian for the country, peace, quiet, all
the way from *se ranger* to the banal goodness of the
once gay Frenchman in the prim little garden behind the
grille, where, with glass globe and pebble-pattern, he takes
his coffee surrounded by the family circle on Sunday
afternoons.

Coppée in his *Contes en Prose, Vingt Contes nouveaux, Contes rapides, Contes en Vers et Poésies diverses,
Longues et Brèves,* has covered all these pictures with

---

* See references in *Un Fils, En Faction, Promenades et Intérieurs, Mon ami Meurtrier,* etc.

his mastery of style and moving pathos. Now one of the easiest lines of criticism is to compare poet with painter; to point out the ethics of their mutual drawings of places and peoples; to mark the artistic qualities of their reproduction, a test which, however simple it be, is one of the best. If precision, self-control in statement, clearness of outline, suggestiveness of shading, contrast of color, effects of dimness and surge of sunlight, daintiness of size, be proofs of power, Coppée is past master in such an art. He has produced the cameos of commonplace themes and thus created a new branch of poetic picturing. In the extraordinary talent of drawing the disinherited by destiny, the interiors of that "familiar poetry," there are the qualities which mark the two talents of men like Mieris and Méryon, the one with the Flemish type of burgher-bonhomie in the homes of Holland, the other with the more modern essentials of engraving and clear-cut relief with the fineness of French delineation. There must be poets like painters of pomps and courts: the Rubens school. There must be equally those of the picturesque in shop or street. Perhaps Coppée has pushed his choice of simple theme to an extreme which permitted parody facilitated by his prose-poetry style. But without, as his critics, comparing him, in his respective moods, to Millet, to Corot, to Breton, to Bastien-Lepage, Coppée to us seems best summed up in the thought of those exquisite little carved medallions or scenes on glass, where all artistic qualities seem to meet, and the red glow of the glass gives the constant touch of color to the gray lines of the picture engraved upon it.

These were the results of Coppée's originality. But with his generosity, which makes his juniors dedicate to him, he would be the last to deny the influences which affected his formative period, and which do not impair his independence. From any one schooled in the system of Sainte-Beuve and the friendship and almost fierce admiration for Flaubert and what might be termed his literary formulæ, much might be expected. There were the *Pensées de Joseph Delorme* of the former, the stylistic struggles of the latter. There is a large strain of a certain sinister sadness drawn from Baudelairian inspiration. There is much of Musset love-similarity. And there is the strength of Hugo, reduced from *Légendes des Siècles* to his own *Récits epiques* which have the superiority of flawless form and, instead of gigantic sinuousness, simple and yet subtle clearness and grace.

But if there are comparisons of derivation, there are also those of equality. And there are two types of comparative literature, with the external and the internal. It gives a good gauge of Coppée's work to indicate his community of theme and treatment with others. Compare, for instance, *La Nourrice* with Daudet's *Les Nounous*; compare *l'Angelus,* as a contribution to the part played by priests in French literature, the pathos of priestly lives and sacrifices, from *Les Misérables* to a sunnier side in *l'Abbé Constantin.* Then the various types of provincial life, of those little towns with monotony and petty jealousies and tragedies such as the satirical Aurélian Scholl has described. For picture of passion in the provinces, there are Coppée's small *En Province* (also a title of Daudet's three pastiches) and

L'Honneur est sauf, side by side with Flaubert's *Madame Bovary*. Read Murger and then Coppée's heartbreaking *Henriette*, an exquisite book, apart from its ethics too European; and *Le Remplaçant*, epitome of Hugo's Jean Valjean, just as the *Humbles* is of the *Légende des Siècles*, in its theme of the poor, and of the *Récits* in its epic power, and we have a better estimate of the range of Coppée's power, and a stronger belief in a theory that prose and poetry, in product or in personality which prepares them, are not incompatible. Literature, like the century, profits by universal harmonies.

But, besides these other phases, we have Coppée the critic. For four years (1880–1884) he wrote the theatrical criticism for the paper *LaPatrie*. And no more delightful results could be reached than the vein of personal reminiscence, of pure literary critique which, in dull dramatic season, took the place of the theatrical task. We can see how upon Coppée the poet prosewriting would pall, if the latter even impliedly dealt with the personality of dramatic pamphleteering. The critic as such is caustic enough. But his articles are not merely ephemeral, but contributions to permanent literature with the charm of an inimitable French grace and revelations of the wealth of dramatic legend linked with literature. Our English traditions are so much rougher, our historical green-rooms so much grosser, our wit much less intellectually delicate than the data as to the Dumas, the grace of the Goncourts, the mental sprightliness of the successive coteries of directors, authors, critics, actors, actresses, diplomats, a literary bevy of brilliancy, beauty, and brains in an unbroken series from Molière to modern times. Because the interpretation of French life, supposably so narrowed, self-centred, and self-satisfiedly conceited, is yet broad, human, and stimulating, and is the inheritance of intellectual descent, mixture of daring simile and repartee and brilliant paradox and wit, that makes of a Parisian dinner or smoker or club an unconscious contribution to sparkling wit in words to be transmitted for the quotation and imitation of perpetual literary generations.

We need not enter into the point whether a poet must or need not have a philosophy of life, definite to his own mind, detailed to that of others. Perhaps Coppée's formula is best put as a compound of Parisianism and pessimism, modern, semi-indifferent but not drear, some of that dual phase which appears in other guise in the boulevardier—far though he be from the types of Coppéean verse or spirit—both *blagueur* and blasé, merry and melancholy. It is found in the bonhomie of Béranger, so much of which Coppée possesses in his own right, just as he has much of the Montaigne quality, the *que sais-je* of an easy-going skepticism, which, however, permits strong likes and dislikes. *Olivier* is the poet himself, and while it gives the disillusionized regrets of an earlier period, it is a good example of the creed: optimism, none, pessimism, none, but a state of opposing forces, a concentrated power of immobility, not baneful indifference, but perhaps a certain heart-paralysis, which does not preclude the working of a subtle spirit of sympathy pervading his writing. Coppée seems subject to and often uses the word 'spleen.' By the time it has crossed the Channel and reached Paris its virulence disappears, and the profound feelings of

the poet do not destroy the exterior manifestations
which make him and his conversations and his own
intérieur the delight of his circle, that, like him, en-
joys existence and 'the quiet life' of living for friends
and for literature.

In politics, then, the indifference of a poet, patriotism, not partisanship. But a patriot with poetic fervor,
one who does not hesitate to use *revanche*, and a chau-
vinist in the higher phases of national love, and here
again, like Béranger, a believer in a strong authority
and a quiet country. It was this strong spirit in ad-
versity, the impassioned appeal, which cemented Coppée's popularity.

His poetic principles are as clear as their illustration
in his poetry. As he said in answer to a request for his
views on the Symbolist school: "What does one ask
from a poet? That he show himself, that he unveil his
soul, that he make us participate in his personal visions
of life and beauty, that he make us quiver with his
shivering emotions. . . . For one does not write for one's
self alone." But probably his views are best summed up
in a remark of his poem for the two hundredth anniver-
sary of the Comédie Française, *La Maison de Molière:*
"L'Art seul a l'immortalité!", and in the introduction
to the *Cahier rouge*, which shows his idea of the poet's
part to be perfection, and of the poet's indifference to
public opinion. As to poetics proper, his craftsmanship
has successfully tried the models of the Renaissance
ideals, the Ronsard types,* and, later, a revival of bal-
lads.† But no one could better prove the truth of

---

* Cf. the sonnet to Ronsard.

† Cf. Sept Ballades de bonne foi.

Coppée's statements " the alexandrine permits the doing everything, the saying everything. . . When passion uplifts you, how one returns to it very quickly, to the good alexandrine or to the verse of eight feet, and to the good square strophe, and with what delight one lets his heart flow into this old mould." Add a marvellously good use of alliteration and in complicated alternations, and we find one source of Coppée's poetic power. For in spite of abuse, alliteration, as Mendès has said, "is a charm which the poet employs without noticing it, which the reader undergoes without accounting for it." And without pushing to such extremes as those of Swinburnian sigmatism, Coppée in all his writings has made as deft use of this principle as of his difficult yet simple rhymes, and helped the rhythmic sense—since prose too has its poetry—in the reading mind by the recurrence of a certain sound, often in most rare combinations.

The key, however, to an author lies not so much in his work, part of him, as in himself, and not so much in his honors as in his home-life. In 1878 Coppée became keeper of the Records of the Comédie Française, a position he resigned upon his entrance to the Academy (February 21, 1884). A member of the Legion of Honor in 1876, an officer in 1888, he has just become commander. But Coppée, the man, is simple in spite of successes. He says in *Olivier* that he has the popular gaiety and plebeian happiness. He is called a thoroughly good fellow (not necessarily too ethically good, as his poems show). He resembled in his youth the profile of Napoleon, clear-cut, rather set face, now fleshened by years. Coppée loves cats—a sign of a philosophic mind, it is said. He is a great smoker and has chris-

tened the cigarette as "the reward of the repast." "I
like to smoke and to read, and to pass from paper to
papelito." He is fond of flowers, which he cherishes in
his garden. He feeds the birds of the Luxembourg, under the shadow of Murger's effigy at whose unveiling he
read the poem of that patron saint of the Latin quarter
of whose student-population he is himself the idol. He
likes to work in red jackets, which correspond to the
warmth of feelings and are cousins to wearing the poetic
purple. He loves the country. But no love is like that
of his first love, Poetry. "Four lines only, four beautiful lines, are the most precious treasure in the world,
and it is impossible it should be lost," and "Poetry is
that which I love the best in the world."

Yet Veuillot once wrote, "O prose, manly tool and
good for strong hands." Coppée has well illustrated
the dual possibilities of genius. A poet consummate in
a method which, however perfected, always produces the
natural and the true. Tact and tenderness in handling
the heart-wounds of human nature, the miseries of circumstances, or the pains of his "gallery of sufferers";
aristocratic artisanship in the form of his verse, brilliant
descriptive power in their exotic themes or the pictures
of humble homes, gentle sentiment and a sort of bourgeois quiet, even in grief, and a middle-class modesty;
liveliness and love-languor; elegiac qualities and a certain deficiency of dramatic action which affects his
plays; yet passion and no exuberance of statement of
feelings; a poet of intimate detail and the poetry of the
home; the panorama of Paris in poetry, all phases between the pariahs of society, the poor devils of every
class, to the ideals of patriotism and the polished types;

the sea and the sailors of Brittany and the spectacles of the streets; all the complications of modern passion, so psychological, sensibility and sentiment; heroic and epic passions as well; and who, as he has said of another, writes all this in the two spheres of composition, for "every good poet is a good prose-writer, and knows as well as and better than any other, the profound meaning, the penetrating charm, the special sonorousness, in short the worth of words." Pictures of misery in miniature, with the simplicity of genius in statements, and in effects, marked also by absolute clearness and a power of the climacteric. And always the sympathy with the subject, the shade of suggested personality, whether stirring the soul by striking the patriotic fibre, or by revealing a thought of high philosophy in simple setting, or by the heart touched for the people:

"Car mon goût est très vif pour les petites gens."

But always, as in the ballad to Banville:

"Faisons des vers pour rien, pour le plaisir."

The attribution of adjectives in praise of any artist master of his art is easy. But since poetry is untranslatable, admiration allows descriptive attributes even if it defies analysis. Prose better speaks for itself. In both the prose and poetry of M. Coppée, now and *in perpetuo* a Parisian classic—and since, in literature, at least, Paris is France, in this alone, a French one, to which his broader work adds universality—there is, as Lemaitre says, "the charm light as a perfume." And there is much more. There is, to quote Henri Houssaye: "the touching the heart, the making roll a tear in the eyelid, yet without making it to fall, the recalling to the

most hardened, the bringing back to the most skeptical
the thrill of former love—is not that a sovereign and
unique gift? *There* is the charming and very personal
power of François Coppée," Coppée, who, in Lemaître's
latest words, is " a Parnassian who is a sentimental and
a banterer who makes tragedies; an exquisite who has
the soul popular, and an ironist who has the soul en-
thusiastic."

COPPÉE'S WORKS

1866.   Le Reliquaire.
1868.   Intimités.
1869.   Poèmes modernes.
1869.   Le Passant, comédie en un acte, en vers.   Represented the first time at the Odéon, January
14, 1869.
1870.   Deux Douleurs, drame en un acte, en vers.
Represented first at the Théatre-Français,
April 20, 1870.
1871.   Fais ce que dois, épisode dramatique en un acte,
en vers.   Odéon, October 21, 1871.
1871.   L'Abandonnée, drame en deux actes, en vers.
Gymnase, November 13, 1871.
1871.   Écrit pendant le Siège (Lettre d'un Mobile
Breton—Plus de sang—and others.   Promenades et Intérieurs.)
1872.   Les Bijoux de la délivrance, scène en vers.
1872.   Les Humbles.
1872.   Le Rendez-vous, comédie en un acte, en vers.
Odéon, September 11, 1872.
1874.   Le Cahier rouge.

1874. Prologue d'ouverture pour les Matinées littéraires et musicales de la Gaité, December 6, 1874.

1875. Olivier.

1875. Une Idylle pendant le siège.

1876. Le Luthier de Crémone, comédie en un acte, en vers. Comédie Française, May 23, 1876.

1877. La Guerre de Cent Ans, drame en cinq actes, avec prologue et épilogue, en vers. In collaboration with M. Armand d'Artois.

1878. Les Récits et les Elégies (Récits épiques.— L'Exilée.—Les Mois.—Jeunes filles.)

1880. Le Trésor, comédie en un acte, en vers. Odéon, December 20, 1879. Now transformed into an opéra-comique with music by M. Lefebvre (1885).

1881. La Korrigane, ballet fantastique en deux actes. In collaboration with M. L. Mérante, music by M. Widor. Opera, December 1, 1881.

1881. Madame de Maintenon, drame en vers en cinq actes avec prologue. Odéon, April 12, 1881.

1881. Contes en Vers et Poésies diverses (with additions to 1886).

1882. Contes en prose.

1883. Vingt contes nouveaux.

1883. Severo Torelli, drame en cinq actes, en vers. Odéon, November 21, 1883.

1884. L'Homme et la Fortune, comédie en trois actes, at Cercle des arts intimes.

1885. Les Jacobites, drame en cinq actes, en vers. Odéon, November 21, 1885.

1886. Maître Ambros, in four acts and five tableaux, in

collaboration with M. Dorchain (music by M. Ch. Widor). Opéra-comique, May 6, 1886.

1887. Arrière-Saison.
1888. Contes rapides.
1888. Le Pater, drama in one act in verse, suppressed by the censure because of a communist in the play.
1890. Henriette.
1890. Toute une jeunesse.
1891. Les Paroles sincères.
1892. Les Vrais Riches (On rend l'argent—La Cure de misère).
1893. Rivales.
1894. Longues et Brèves.
1895. Pour la couronne. Odéon, January 19.
1896. Mon Franc-parler. Fourth series (first, 1893; second, 1894; third, 1895; fourth, 1896).
1896. Le Coupable.

Besides the collected series of poems a large number are published separately, one of the best proofs of the poet's constant public audience and of his popularity. Among these individual pieces are La Bénédiction—La Grève des Forgerons—Le Naufragé—La Veillée—La Marchande de Journaux, conte parisien—La Bataille d'Hernani—La Maison de Molière—L'Épave—L'Enfant de la Balle—Pour le Drapeau—Aux Bourgeois d'Amsterdam—Le Petit Épicier—La Nourrice—La Tête de la Sultane—Le Banc—Le Défilé—and many others. This separate editing makes any attempt at simple bibliographical statement exceedingly difficult. Some idea may be gained of this when it is said that the catalogue

of M. Coppée's works, in all their editions, up to 1893,
occupies thirty columns, in the superb contribution to
Bibliography: *Manuel de l'Amateur de Livres du
XIXe siècle* (1801–1893), par George Vicaire. (Paris,
A. Rouquette, 1894.)

COPPÉE-BIBLIOGRAPHY.

François Coppée, l'homme la vie et l'œuvre (1842–1889)
avec des fragments de mémoires par François
Coppée. By M. de Lescure. Paris, Alphonse
Lemerre, 1889.

François Coppée (*Célébrités contemporaines* series), par
Jules Claretie. Paris, A. Quantin, 1883.

Brander Matthews' introduction to *Ten Tales by François Coppée* (Walter Learned). New York, Harper & Brothers, 1891.

Coppée's articles of dramatic criticism (extracts in
Lescure) in *La Patrie*, 1883–1884.

Coppée's *Toute une jeunesse* (psychological if not absolutely actual autobiography).

Catulle Mendès: La Légende du Parnasse contemporain.
Bruxelle, Auguste Brancart, 1884.

Essay: François Coppée, by Jules Lemaître in his *Les
Contemporains*, Première Série. Paris, A. Lecène et H. Oudin 1890.

M. François Coppée; critique by Henri Houssaye in *Les
Hommes et les Idées*. Paris, Calmann Lévy
1886.

Essay on Coppée in chapter Les Poètes of *L'Evolution
Naturaliste* by Louis Desprez. Paris, Tresse,
1884.

One by Anatole France in his Trois Poètes of *La Vie Littéraire.* Paris, Calmann Lévy, 1888.

Réception de M. Coppée, by Edmond Scherer, in his *Études sur la littérature contemporaine,* VIII. Paris, Calmann Lévy, 1885.

Mémoires d'aujourd'hui par Robert de Bonnières, deuxième série.

Les Contemporains. Sixième Série. By Jules Lemaître. In the set of sketches entitled *Figurines.*

François Coppée. By Alfred H. Cotte, in *The Catholic World,* vol. XLIII.

François Coppée. By Frank T. Marzials, in *The Atlantic Monthly,* vol. LIV.

Cherbuliez—Discours de réception à l'Académie française, prononcé le 18 décembre, 1884.

La politique de M. François Coppée, in *La comédie littéraire* by Adolphe Brisson. Paris, Armand Colin et Cie., 1895.

M. François Coppée aux champs, in *Portraits intimes,* deuxième série, by the same. 1896.

MAUPASSANT

It would be quite in keeping with the character whose keynote was detestation of personal publicity and impersonality in its literary creations to pass through the province of its work and neglect the master-mind that formed old into new matter for the material itself and the perfected form under which it appeared. The negative, that is, suppressed personal equation has, however, added interest by reason of its exception alone. The analysis to which modern criticism trains us; the supposed study of the circumstances which condition results in writing; the curiosity fostered by the feeling of proprietorship which the public has acquired in the details of the lives and literary leanings of authors, and which leads the latter in often large measure to throw open the private walks and the sacred precincts of the literary temple to literary politics and wire-pulling, and to turn brain-power into personal-seeking and the search for popularity instead of perfection in their productions; these tendencies by their absence mark Maupassant as endowed with a superlative sense of the spiritual side of literature. A man who by temperament and then theory desired the suppression of the self in the expression of soul or of fact, who believed in the absolute potency of phrase, and worshiped words as

a deity of ideas, and who yet was never led astray by
vagaries of so-called symbolism, but gave an enormous
new impetus to the centuries-old genius of the French
language and spirit—clearness, stands as a master of
style literally supreme in the marriage of statement of
fact, pleasant or painful, with perfect setting of form.
For no one has better illustrated in literature the cardinal creed of Goethe and of Matthew Arnold that the
genuine genius and the real mental master is not the
man who adds more darkness to existing obscurity because of the tempest and fury of his work, but brings
into gloom a clear light which makes thought perpetually vivid.

Maupassant might also be unique in another way.
The application of the theory of environment of Sainte-
Beuve or of Taine would somewhat go astray in his
case. Save one or two personalities, practically one—
that of Flaubert—there were no factors to produce such
powerful results, no childish sufferings, no youthful
miseries—from starvings to stepmothers, school cruelties, false feminine friends—which give genius its bitter
disciplines to account for later pathos or pessimism.
Henri-René-Albert-Guy de Maupassant was born at the
Château Miromesnil, Seine-Inférieure, August 5, 1850,
and died at Passy, near Paris, July 6, 1893. He went
to school at Yvetot, the little Normandy town immor-
talized in Béranger's ballad of its "king," and where—
who knows?—some of the spirit of humor which permeates the place because of the poem, may have de-
scended upon him by one of those psychic influences
whose more terrible forms he was afterwards to feel and
to tell.

After graduating from the Lycée of Rouen, he came under the influence of his uncle and godfather, Flaubert.* The latter formed him and became his literary model. For ten years he trained him in a science of observation. He taught him that the law of literature was to be luminous, just as Louis Bouilhet—the other personality, whose intimacy preceded that with Flaubert—by repeating persistently that a hundred poetic lines or less, if perfect and steeped in the essence of originality, insure the poet's immortality, made him understand the possibility of long labor and the knowledge of technique, in producing work, "short, unique, and as perfect as we can produce it."

With Maupassant's own measure of his methods in his preface to his novel *Pierre et Jean*, and with Henry James' criticism of it, it seems superfluous to analyze the short scheme of his artistic procedure he has himself presented, and in which he denies the existence of rules for writing a romance, since the latter includes as varying types as the *Elective Affinities* and *l'Assommoir*, *Salammbo* and *Sapho*, *Émile* and the *Three Musketeers*, with many intermediate forms. By the same independence, then, with which he attempted his moral audacities, Maupassant laughs at criticism, otherwise personal prejudices, quite apart from whose satisfaction the

* A good preparation for understanding both Flaubert and the evolution of the modern school of which Maupassant is an independent product, is found in the essay *De l'Epoque Actuelle* in *Essais sur l'Histoire de la littérature française*, by J-J. Weiss. Among many others, on Flaubert read the critiques: Brunetière, *Le Naturalisme Français, étude sur Flaubert*, in *Le Roman Naturaliste;* Desprez, in *L'Evolution Naturaliste;* H. Houssaye, in *Les Hommes et les Idées;* Zola, in *Les Romanciers Naturalistes.*

author must strive for the intrinsically beautiful, but in
the form which best suits him and expresses his temperament. The romantic writer seeks a climax which
closes the conditions he has carefully constructed.
The realist gives us his personal view of world and life,
men and things, but suppresses perception of plan in
his statements, excludes emotional expression, elimi-
nates useless events, and groups facts and circumstances
which will condition sentiments and passions.* Instead of intrigue and abnormal soul-crises, normal
states, which are often excessive of their kind, but
natural in spite of it. But the author must have selec-
tive power, and must bring into relief the special sensation or truth he wishes to portray. The realists who
thus give the illusion of truth by selected materials
should be called, he adds, Illusionists. Hence psychological description is as much to be concealed in books
as it is in life, the more so as it is impossible not to
read one's self into others, thus vitiating the verity of
characterizations. Art, too, is extremely difficult;
"literary art is a thing unseizable, mysterious, which
some page of the greatest masters with difficulty reveals
to us." "The invincible discouragement of the con-
scientious worker is met only by continuity of effort."
"The best known authors have scarcely ever left more
than one volume," a statement whose commentary is
found in that other one which Dumas says Maupassant
made to him: "If I were rich enough not to be obliged
to write, my dream would be to write only one more
book, a short one, at which I should always continue to

---

* Cf. also *Sur l'eau*, p. 40. (He has also a *conte*, *Sur l'eau*).

work, and which I should order to be buried on the day of my death."

Such is the outline of whatever creed he possessed, as the result of artistic apprenticeship when he served Flaubert seven years for the wooing of the Muse, learned that "talent is only a long patience," destroyed all his work, and mastered the critical commandments, "that in everything there is the unexplored and unknown"; "that to describe a fire which flames and a tree in a plain, we must remain opposite fire or tree until for us they resemble no other"; that no two similar things are absolutely alike; that "when you pass, said Flaubert, before a grocer seated on his threshold, before a janitor who smokes his pipe, before a cab-stand, show me that grocer and that janitor, their pose, all their physical appearance containing also, indicated by the skill of the image, all their moral nature, in such a way that I may not confound them with any other grocer or with any other janitor, and make me see, by a single word, in what a cab-horse does not resemble the fifty others which follow him or precede him"; hence, says Maupassant, "that only one word can properly express, one verb animate, one adjective qualify," that these must be found, and the result is clearness, simplicity, and a limpid, logical, and nervous language.

But if Flaubert explains Maupassant, who has called him "the most ardent apostle of impersonality in art," by comparison of Maupassant's estimate of Flaubert in his *Étude* prefixed to the latter's *Bouvard et Pécuchet* we have the completion of a theory, or rather, statement, which is sufficiently simple: authorship to be a mirror of facts plus the inexpressible reflection which is the divinity of art; no teaching of tendencies to be allowed, save by the force of the facts related; representation not so much of the reality of things as of their relations; a passion for form, words, style, and literature *per se*, since these have soul as well as sense, and which only their lover can learn; adoration of what we may call adjectival power, as the key to rhythm in writing; a skeptical sense of the weakness of human effort; a large and sad irony mingled with gayety as an offset to "the eternal misery of everything"; and a dominating and strong set of physical senses which combine carelessness of conventionalities and power of concentrating qualities of intense observation, expression, and work.

Such an atmosphere, such an almost military mental training of precision, such an influence, original and acquired, schooled the genius of Maupassant, produced his volume of verse, three plays, and three or four books of travel, half-a-dozen novels, and some two hundred and twelve Tales which make him the most perfect and the most powerful of the short-story tellers of France, where the *conte* is classical, and therefore of the world, which has never disputed the palm of superiority with France in this respect at least.

The heredity and qualities of the French *conteurs* find in him a brilliant culmination. The farcical in the old fabliaux; the *joyeusetés* recited by the jongleurs; the Gallic gaiety whose gallicism is often gross, the Gallic salt which is too frequently steeped in sensualism of the personality involved if not the presentation; that side of man—animal endowed with the faculty of laughing, according to Platonic definition—well expressed by the old ribald-for-a-purpose, Rabelais, when he wrote:

Mieux est de ris que de larmes esccrire:
Pource que rire est le propre de l'homme

—these phases are in Maupassant. But he has in addition particular French traits. There is that spirit which permeates the literature from even before Villon through Molière to Voltaire: the practical rather than the poetic; the ironical; the absence of the speculative side or the susceptibility to the impressions of nature, because of absorption in the study of man; and always the cardinal characteristic in speech and in style of the frankness in the one which corresponds to the clearness in the other.

Maupassant, then, now equipped by experiment and by the certainty of his critical convictions, during the third decade of his life while busied as secretary in the civil service of the Ministry of Marine, began the contribution of short tales to the *Gil Blas* and *l'Echo de Paris,* which he continued, after leaving his position, held ten years, by weekly pieces for some years. A one-act play in 1879, *Histoire du Vieux Temps,* had scarcely been noticed. But with *Boule de Suif,* his part of the set of six stories in *Les Soirées de Médan,* a book of collaboration by Zola and others of similar literary tendencies and a sort of proof of the principles propounded by the naturalistic school, he began a series of productions which proclaimed him great from the start, grew in power and in popularity, those rare compatibilities, and startled the public doubly by his talent and his themes. For his subjects were shocking from both the social and the artistic points of view: the *declassé* and detestable types in every sphere; the peasants of Normandy with their notorious avarice, grossness, and gluttony, traits he knew by life in his native province; sailors

and social outcasts; drunkards and debauchees, of both
sexes and every stratum in society; the petty personalities in the bourgeoisie and the cramped bureau, a
whole catalogue of the commonplace, often in a setting
of improper scene and situation, almost always an atmosphere of sin and of suffering, either as its result or
rather by mere force of misery in the world's conditions,
and everywhere the ugly, the base, or the beautiful
disfigured by the vile and the vicious.

The paradox of Maupassant's position is that, in a literary sense, even the prudes accepted him. They recognized what may be called the purity of his intentions;
that there was no purpose to pander to depravity
of taste; that the filth was the moral one of man-
kind, and not that of its literary expression; and that
behind the stony silence of the author's own feelings
there was a strong sympathy, if a hopeless outlook,
and a secret sadness at the pitiless grinding of pitiable
miseries and patent limitations to happy or even to un-
happy living.

The minus of Maupassant's morale is thus a double
quantity, but in either case difficult of discussion, especially under present conditions. It is easy to reconcile
it with his views. For, says he, "Every act, good or
bad, has for the writer importance only as a subject for
writing, without any idea of good or of evil being
able to be attached to it. It is worth more or less as a
literary document, that is all." The more so, as "The
great writers have preoccupied themselves neither with
morality nor chastity. Examples: Aristophanes, Apu-
leus, Lucretius, Ovid, Virgil, Rabelais, Shakespeare, and
so many others." Yet he remarks also: "Morality, hon-

esty, principles are things indispensable to the mainte-
nance of established social order; but there is nothing
in common between social order and letters. Romancers
have for principal motive of observation and of description human passions, good or bad. They have no mission to moralize, nor to flagellate, nor to teach. Every
book with tendencies ceases to be the book of an artist."

The force as well as the dangers of this need no discussion. Such a logic actually applied in literature led
to inevitable results: the prohibition of Maupassant's
poetry in the provinces; a procedure which brought
forth a brilliant blast from Flaubert and his summation
of the situation followed by a long list of authorities
who have done likewise, in a characteristic passage:
" That which is beautiful is moral; that is all, according
to me. Poetry, like the sun, puts gold upon a dung-
hill; " and the interdiction of sale of one of his novels.
No doubt there was, particularly in his beginnings, too
much of a certain cynical and deliberate violation of
Boileau's dictum as to Latinity's clever concealment of
defiance of propriety; no doubt there was a youthful
genius flinging at the finicky and the false in society
and going to extremity of independence to prove the
hollowness and the disgusted horror at it; no doubt that
much of Maupassant is far better left unread, in itself,
and because of the pall it brings over any optimistic
or rosy hue of life; no doubt that a puritan creed is the
best guide in writing or reading, if influence and result
be the important things, and not soul-dissection, and the
critical study of heart-and-mind-disease. Yet more and
more in Maupassant is felt, under passive statement,
under the cold exterior, which, as Faguet writes, had

"neither sympathies nor antipathies," a fearful sadness,
an oppressive sense of human misery, human weakness,
human irresponsible heredity, human impotent effort,
human strawship so to speak, to be broken or worn out,
or tossed by every chance wind of circumstance, and because of all this, a grief reentrant, which may have had
its large share in the early crushing out of Maupassant's
career.

It was this which increased in him the simplicity, and
yet, in a sense, too, the many-sidedness of genius. He
had the large innocence which has so well caused him to
be called a "primitive." He had the disbelief in sin
which finds a counterpart in the ignorance of childhood
as to wrong. He had the naïveté which made him perhaps prefer the company of the lower classes, so de-
ficient in psychological subtleties, so fearlessly fierce in
expressions, so impetuous in open acts and desires, and
who gave his directness of vision and of statement their
proper opportunity, and his reality of physical things
and world of sense a pleasure because of the strength of
the instincts which they contained and to which they
appealed. He had the recoil against Philistinism which
made him find a vivifying freshness in the savor of the
soil, of nature, in the souls of his rapacious peasantry
and personages morally condemned by higher civilization.
He had, suffering from premonitions of his coming
mental troubles, the absolute necessity to seek in simpler
life and surroundings and companionship a temporary
forgetfulness and also a less rarefied atmosphere whose
rougher ways would deaden by ruder shocks, physical
and psychical, his fears and visions and hauntings of personal and general sense of misery, a sort of Hamlet-

heart, with no hope of recovery. This is really the good side of Maupassant. But there is that other more chilling one by which he is the result of a decadent century and type; a modern and not merely mediæval realist, cold, critical, skeptical, blasé, with a philosophic indifference of disgust, at the end of the century a countershock of Pessimism in its centre, Wertherism and *Maladie du siècle* in its beginning.

The effect of all this upon Maupassant and his work is naturally twofold. There is life in life; that is, not only a tremendous variety of characterization and soul-coloring, in the series which—since criticism has categorized them for us—includes a fivefold division of his tales, into those of Normandy, of clerkships, of aristocratic society, of supernatural elements, and of the vicissitudes of voyages; but there is the feeling of life in the superabundance of strength, of vitality, which, the more as compressed into the cumulative power of the successful *conte*, limited to few, or comparatively few, pages, sustains an intensified interest, because rapidity of action and of statement preclude literary lassitude. And, secondly, there is in Maupassant's later a softening of the harsher lines in his earlier work, a growing spirit of visible sympathy, and, as Lemaître shows, a revulsion to idealism, due to reflection or anxiety about the unknown; and with apprehensive sadness of the future comes a chastening of heart and so of speech, and a dignifying of sentiments and therefore of the humanity which possesses them.

Yet perhaps no one more than Maupassant himself would, looking down from a psychic state, enjoy an irony by which even impersonality is neutralized, and

by which Maupassant the man, whose personal and
social successes were notorious, has marked in a broad
trail through his works a large part of the life he lived,
the thoughts he thought in connection with his experiences, and, after all attempt at stolid suppression, a
large if nameless part of personal equationism. After
all, Coleridge is right. The concentric circles of individual influence by which even the solitary soul sends
itself out to touch all others however it strives against
it, might well be a standing truth in literature as well
as life. Maupassant by no means yields his stern theory
of quiescence for the author, whose presence and pre-
dilections and prejudices are to be concealed so studi-
ously. But a large reconstruction of himself is possible,
on broad or specific lines, from his shorter and
lengthier work. The atmosphere of avaricious Norman
peasant and proprietor, the crafty and cunning types,
the parish priests, the Prussians, the war episodes, the
stories of hunting, of each of which so many are in his
contes, are reminiscences of his youth, his surroundings,
and one of his favorite diversions; his impressions of
Italy reappear in both novels and tales; his trips of
travel make no pretense of personal concealment, as
they fall outside the rules for his fiction; his adventures
in north African climes are further patent personalities;
the experiences in the portraits of the ministerial
bureaus are reflections of his own; Parisian society, the
press, the quackeries of cure-resorts which his failing
health, undermined by over-living, could gauge, the
world of art and of literature, the dissipated *demi-monde*
and dangerous adventurers, the stories of suicides and
startling apparitions, the horrors of approaching age,

and the desolateness and despair at advancing death,— these all mean Maupassant's own activities and mental miseries.

It seems scarcely necessary to name the volumes taking their title from their first story, while leaving the rest of their short-story contents unanalyzed. But there is danger in differentiating too closely. The diamonds and the dirt too often go together. Or a few lines of brutal crudity of statement are too often the flaw which destroys the discussion of otherwise faultless pieces. The best basis is therefore to pass over the doubtful or detestable ethics and to avoid the perusal of what is entirely profit-less, save to mature critical minds. Enough illustrations of Maupassant's legitimate lines are found in the present collection or in some Englished sets of his stories. It is also unnecessary to compare the critics with each other. Upon them, too, may rest the responsibility of fuller statements and more specific indications. But — though critical conception is not advanced by mere collation of personalities—to even the average student of French Literature, attractive analogies without affinities present themselves, which might almost suggest periodicity in the personal, as well as in the results of production. There is Maupassant and there is Musset ; the former without the sensitive soul of the latter, because more practical than poetic; with, were it not that unconsciousness of sin in the life of the senses, a deliberate will to be wicked rather than weak wish or tendency; both dying, a little over a generation apart, at almost the same age, com-paratively young, a demise hastened by their excesses in living. There is, in style used as reflex of man, Méri-mée, and there is Maupassant, both masters of imperson-

ality, both feeling the miseries of solitude, both surrounded by the gaieties of social life, both beginning
their tales as casual. But in the grewsome stories told
in hunting or similar parties of Mérimée, you feel the
cold, self-contained critic, skillfully inventing the con-
struction of his weird piece and discreetly disappearing
during the action or certainly at the dénouement. But
with Maupassant, whose fevered and vision-haunted
brain and distorted sense of relations have not injured
the perfectness of the story and its setting, there is so
much of terror and accent of belief in untoward psychic
possibilities, that one is not surprised to learn that it
was the expression of reality of sufferings, and that it did
not need absinthe, the curse of the Parisian artisan and
the bane of the blasé *boulevardier*, nor morphia to make
Maupassant dream dire dreams for later chronicling,
while there crept upon him the shadow of the insanity
and death of a brother, which unbalanced him and led
to his attempted suicide at the close of 1891, to end
shortly after by his prostration from paresis and his
death in a private asylum, the pitiful extinction of a
splendid physique, of a brilliant brain-power, and of a
character of which one of his ministerial superiors said:
"He has never been guided in his social relations but
by tact, affability, and generosity."

To fling the condemning stone at his fatality, partly
hereditary, is hard. For it would be interesting in literary history to analyze how far their passions, reflected
in mental troubles, have affected authors. There is
Coleridge and after him De Quincey. And the malady
of Maupassant had perhaps, because of predisposition,
more of excuse than the weaknesses of these. Bachelors

are more subject, as is statistically known, to insanity
and to suicide, a funereal fact which Maupassant's
love of the fiercely humorous or the merely farcical—
and there is a touch of both in the otherwise sad
statement—might well have seized as the basis of a further story. Maupassant's morbidezza, apart from this, is
quite in keeping with the spirit of the new schools of
psychological intensity which ends in annihilation.
Yet looking at it from the broader field of the literature
of a part of a period, himself or men à la Maupassant
have not *lived* in the sense that their predecessors did, a
point which may explain many things in their work, and
its failures. Byron, whether by his genius or the help
of circumstances, anticipating the later literary develop-
ments of the century, centring in himself the blasé of
decayed Bourbonism, the complaints of Chateaubriand,
and the moral misery of a weakened personality at its
shortcomings, due to inherent British Puritanism,
Byron represented old and new tendencies. But modern
sentimentalism is so seared, the virility of the old *viveur*
has given place to such a vapid and often vicious type,
and the *roué* has become such a second-rate performer
and social cad instead of gay courtier—and nineteenth-
century club-life, transporting the graces of intercourse
into a hostile atmosphere, unfettered but unfashioned
by feminine influences, is greatly responsible for the
change—that the worst features, often without even
superficial fairness of polish, remain to mark the differences of treatment of practically similar themes. In
such a sense Maupassant emphasizes and is a product of
his age.

Taine has said that "the disappearance of style is the

perfection of style." In that lies Maupassant's own
power and perfection, since he allows no intermediary
between the thing and our view of it. Impersonal,
independent, intimate interpreter of things, pure realist,
who intersperses his work with no documents, no creeds,
no methods, no philosophizing, no quotations; whose
pictures portray humanity as wicked from weakness of
will and selfishness, and whose types are drawn from the
middle ranks principally and average types, thus being
truer to realism than extreme social or soul,—Maupassant is the combination in superlativity of the inventive
romancer under realistic guise and the acme of personal
negativity in literature. But we may make critical ca-
veats. To "treat emotional subjects unemotionally"
may enhance effect. To tone down the splendors of
Flaubertian style may be advantageous. Yet the sacrifice of color and the warmth that goes with it, the too
great concealment of the sympathetic element, may result in heart-chill increased by the written miseries, and
end in a clear simplicity akin to paucity of form and
expression.

With great gaiety even upon a background of grief;
the lamentable even in the ludicrous; natural in his
choice of characters and in their representation; a
pessimism inspired by sympathy; no attempt at depth
of thought yet causing it, Maupassant is one of the few
authors who has not faltered in any part of his career
and failed to keep on an upward plane of progress
towards extraordinary technical and literary perfection.

His indifference, it is said, made him refuse the
Academy, for which he was assured of twenty-eight
votes. He had, for a similar reason, as well as by

constitutional reserve, few friends, believing also that
souls are impenetrable, and yet suffering in his solitude.
He was fond of sports, yachting in particular. He
never would talk literature. But to him and to his
French qualities, more, perhaps, than to any of the
classics in style and form of whom he is latest, and in
some senses, chief, may be applied, with the limitations
due to his concealed sympathy, those words which he applied to Flaubert, called in dedicating to him his poems
"the illustrious and paternal friend whom I love with
all my tenderness, the irreproachable master whom I ad-
mire above all," the words "impersonal," "impassible,"
and—with no limitations for literary Maupassant—
"impeccable."

MAUPASSANT-CRITIQUES

1. Guy de Maupassant. Essay by Jules Lemaître in his
   Les Contemporains, Premiere Série. Paris, H.
   Lecène et H. Oudin, 1890.
2. *Les Nouvelles de M. de Maupassant.* Essay by
   Ferdinand Brunetière in *Le Roman Naturaliste.*
   Paris, Calmann Lévy, 1893.
   Also in Revue des Deux-Mondes, 1888, vol. 5.
3. M. Guy de Maupassant et les Conteurs Français, in
   La Vie Littéraire, by Anatole France. Paris,
   Calmann Lévy, 1888.
4. *L'Œuvre de Guy de Maupassant.* Essay by M.
   Réné Doumic, in Revue des Deux-Mondes, vol. 6
   of 1893. Also in *Ecrivains d'aujourd'hui* by
   Réné Doumic. Paris, Perrin et Cie. 1895.

Critique of 1, 2, 4 in *Modern Language Notes* for May,
  1894, by O. F. Johnston.
Guy de Maupassant in Henry James' *Partial Portraits*.
Guy de Maupassant, by Émile Faguet (Revue Bleue, 15
  juillet 1893).
Guy de Maupassant, in *Les Contemporains*, Sixième
  Série, by Jules Lemaître.
Guy de Maupassant, by Yetta Blaze de Bury, in *The
  New Review*, vol. v, 1891.
  Also, critiques in the *Academy*, the *Spectator*, etc.
Portraits de Cire. By Hugues Le Roux. One of these
  is about Maupassant. Paris, Lecène, Oudin et
  Cie., 1894.
Zola, Dumas, Guy de Maupassant, by Léon Tolstoï.
  Paris, Léon Chailley, 1896.
Guy de Maupassant, in *Études et portraits littéraires.*
  By Michel Saloman. Paris, E. Plon, Nourrit et
  Cie., 1896.

FRANÇOIS COPPÉE

LE MORCEAU DE PAIN

Le jeune duc de Hardimont se trouvait à Aix en
Savoie, où il faisait prendre les eaux à sa fameuse
jument *Périchole*, devenue poussive depuis le " chaud
et froid " qu'elle avait attrapé au Derby, et il finissait
5 de déjeuner, lorsqu'ayant jeté un regard distrait sur
le journal, il y lut la nouvelle du désastre de Reichshoffen.

Il vida son verre de chartreuse, posa sa serviette
sur la table du restaurant, fit donner à son valet de
10 chambre l'ordre de boucler les malles, prit, deux
heures après, l'express de Paris, et courut au bureau
de recrutement s'engager dans un régiment de ligne.

On a beau avoir mené, de dix-neuf à vingt-cinq
ans, l'existence énervante du petit crevé — c'était le
15 mot d'alors, — on a beau s'être abruti dans les écuries
de courses et dans les boudoirs de chanteuses d'opé-
rettes, il est des circonstances où l'on ne peut oublier
qu'Enguerrand de Hardimont est mort de la peste à
Tunis, le même jour que saint Louis, que Jean de
20 Hardimont a commandé les Grandes Compagnies sous
Du Guesclin, et que François-Henri de Hardimont a
été tué en chargeant à Fontenoi avec la Maison-
Rouge. Le jeune duc, en apprenant qu'une bataille

avait été perdue par des Français sur le territoire français, sentit le sang lui monter au visage et eut l'horrible impression d'un soufflet.

C'est pourquoi, dans les premiers jours de novembre 1870, rentré dans Paris avec son régiment qui 5 faisait partie du corps de Vinoy, Henri de Hardimont, fusilier à "la troisième" du "second" et membre du Jockey, était de grand'garde avec sa compagnie devant la redoute des Hautes-Bruyères, position fortifiée à la hâte, que protégeait le canon du fort 10 de Bicêtre.

L'endroit était sinistre: une route plantée de manches à balais et toute défoncée de boueuses ornières, traversant les champs lépreux de la banlieue, et, sur le bord de cette route, un cabaret aban- 15 donné, un cabaret à tonnelles, où les soldats avaient établi leur poste. On s'était battu là peu de jours auparavant; la mitraille avait cassé en deux quelques-uns des baliveaux de la route, et tous portaient sur leur écorce les blanches cicatrices des coups de feu. 20 Quant à la maison, son aspect faisait frémir; le toit avait été crevé par un obus, et les murs lie de vin semblaient badigeonnés avec du sang. Les tonnelles éventrées, sous leurs réseaux de brindilles noires, le jeu de tonneau renversé, la balançoire dont le vent 25 humide faisait grincer les cordes mouillées, et les inscriptions auprès de la porte, égratignées par les balles: *Cabinets de société — Absinthe — Vermouth — Vin à 60 cent. le litre* — qui encadraient un lapin mort, peint au-dessus de deux queues de billard liées 30 en croix par un ruban, tout rappelait avec une ironie cruelle la joie populaire des dimanches d'autrefois. Et, sur tout cela, un vilain ciel d'hiver où roulaient

de gros nuages couleur de mine de plomb, un ciel
bas, colère, haineux.

À la porte du cabaret, le jeune duc se tenait immobile, son chassepot en bandoulière, son képi sur les
5 yeux, ses mains gourdes dans les poches de son pantalon rouge, et grelottant sous sa peau de mouton. Il
s'abandonnait à sa sombre rêverie, ce soldat de la
défaite, et il regardait d'un œil navré la ligne des
coteaux, perdus dans la brume, d'où s'échappait à
10 chaque instant, avec une détonation, le flocon blanc
de la fumée d'un canon Krupp.

Tout à coup, il sentit qu'il avait faim.

Il mit un genou en terre et tira de son sac, posé
près de lui contre le mur, un gros morceau de pain de
15 munition; puis, comme il avait perdu son couteau, il
mordit à même et mangea lentement.

Mais, après quelques bouchées, il en eut assez; le
pain était dur et avait un goût amer. Dire qu'on
n'en aurait de frais qu'à la distribution du lendemain,
20 si l'intendance le voulait bien, encore. Allons, c'était
quelquefois bien rude, le métier; et ne voilà-t-il pas
qu'il se souvenait, à présent, de ce qu'il appelait jadis
ses déjeuners hygiéniques, lorsque, le lendemain d'un
souper un peu trop échauffant, il s'asseyait contre
25 une fenêtre du rez-de-chaussée, au Café Anglais, qu'il
se faisait servir — mon Dieu, la moindre des choses;
— une côtelette, des œufs brouillés aux pointes d'as-
perges, et que le sommelier, connaissant ses habitudes, posait sur la nappe et débouchait avec précau-
30 tion une fine bouteille de vieux léoville, doucement
couchée dans un panier. Fichtre de fichtre! C'était
le bon temps tout de même, et il ne s'habituerait
jamais à ce pain de misère.

Et, dans un moment d'impatience, le jeune homme jeta le reste de son pain dans la boue.

Au même instant, un lignard sortait du cabaret; il se baissa, ramassa le morceau, s'éloigna de quelques pas, essuya le pain avec sa manche et se mit à le dévorer 5 avidement.

Henri de Hardimont avait déjà honte de son action et considérait avec pitié le pauvre diable qui faisait preuve d'un si bon appétit. C'était un long et grand garçon, assez mal bâti, avec des yeux de fiévreux et 10 une barbe d'hôpital, et d'une maigreur telle que ses omoplates faisaient saillie sous le drap de sa capote usée.

—Tu as donc bien faim, camarade? dit-il en s'approchant du soldat.   15

—Comme tu vois, répondit celui-ci, la bouche pleine.

—Excuse-moi donc. Si j'avais su qu'il pût te faire plaisir, je n'aurais pas jeté mon pain.

—Il n'y a pas de mal, va, reprit le soldat. Je ne 20 suis pas si dégoûté.

—N'importe, dit le gentilhomme, ce que j'ai fait est mal et je me le reproche. Mais je ne veux pas que tu emportes une mauvaise opinion de moi, et comme j'ai du vieux cognac dans mon bidon... par- 25 bleu! nous allons boire la goutte ensemble.

L'homme avait fini de manger. Le duc et lui burent une gorgée d'eau-de-vie; la connaissance était faite.

—Et tu t'appelles? demanda le lignard.   30

— Hardimont, répondit le duc, en supprimant son titre et sa particule... Et toi ?

— Jean-Victor... On vient seulement de me verser dans la compagnie... Je sors de l'ambulance... J'ai été blessé à Châtillon... Ah! l'on était bien, à l'ambulance, et l'infirmier vous y donnait de bon bouillon de cheval... Mais je n'avais qu'une égratignure; le major m'a signé ma sortie, et, tant pis! on va recommencer à crever de faim... Car, tu me croiras si tu veux, camarade, mais, tel que tu me vois, j'ai eu faim toute ma vie.

Le mot était effrayant, dit à un voluptueux qui s'était surpris tout à l'heure à regretter la cuisine du Café Anglais, et le duc de Hardimont regarda son compagnon avec un étonnement presque épouvanté. Le soldat eut un sourire douloureux, qui laissa voir ses dents de loup, ses dents d'affamé, si blanches dans sa face terreuse, et comme s'il eût compris qu'on attendait de lui une confidence:

— Tenez, dit-il en cessant brusquement de tutoyer son camarade, devinant sans doute en lui un heureux et un riche, — tenez, promenons-nous un peu de long en large sur la route pour nous réchauffer les pieds, et je vous dirai des choses que vous n'avez sans doute jamais entendues... Je m'appelle Jean-Victor, Jean-Victor tout court, parce que je suis un enfant trouvé, et mon seul bon souvenir, c'est le temps de ma première enfance, à l'hospice. Les draps étaient blancs, à nos petits lits, dans le dortoir; on jouait dans un jardin, sous de grands arbres, et il y avait une bonne sœur, toute jeune, pâle comme un cierge, — elle s'en allait de la poitrine — dont j'étais le préféré et auprès de qui j'aimais mieux me promener

que de jouer avec les autres enfants, parce qu'elle
m'attirait contre sa jupe en posant sur mon front sa
main maigre et chaude... Mais à douze ans, après
la première communion, plus rien que de la misère!
L'administration m'avait mis en apprentissage chez 5
un rempailleur de chaises du faubourg Saint-Jacques.
Ce n'est pas un métier, vous savez; impossible d'y
gagner sa vie, à preuve que, la plupart du temps, le
patron ne pouvait embaucher comme apprentis que
les pauvres petits qui sortent des Jeunes-Aveugles. 10
Aussi c'est là que j'ai commencé à souffrir de la faim.
Le patron et la patronne, — deux vieux Limousins,
qui sont morts assassinés, — étaient des avares terribles, et le pain, dont on vous coupait un petit morceau
à chaque repas, restait sous clef le reste du temps. 15
Et le soir donc, au souper, il fallait voir la patronne
avec son bonnet noir, quand elle nous servait la soupe,
en poussant un soupir à chaque coup de louche dans
la soupière... Les deux autres apprentis, les "Jeunes
Aveugles," étaient les moins malheureux; on ne leur 20
en donnait pas plus qu'à moi, mais ils ne voyaient pas
du moins le regard de reproche de cette méchante femme quand elle me tendait mon assiette... Et voilà le
malheur, j'avais déjà un gros appétit. Est-ce de ma
faute, voyons?... J'ai fait là trois ans d'apprentis- 25
sage, avec une fringale continuelle... Trois ans! On
connaît le métier en un mois; mais l'administration
ne peut pas tout savoir et ne se doute pas qu'on ex-
ploite les enfants... Ah! vous vous étonniez de me
voir prendre du pain dans la boue? Allez, j'ai l'habi- 30
tude; j'en ai assez ramassé des croûtes dans les
ordures, et quand elles étaient trop sèches, je les lais-
sais tremper toute la nuit dans ma cuvette... Il y

avait quelquefois des aubaines aussi, il faut tout dire,
les morceaux de pain grignotés d'un bout, que les
gamins tirent de leurs paniers et jettent sur le trottoir,
en sortant de l'école. Je tâchais de rôder par là, en
5 faisant les courses... Et puis, quand l'apprentissage
a été fini, ce fut le métier, comme je vous le disais,
qui ne nourrissait pas son homme. Oh! j'en ai fait
d'autres, j'avais du cœur à l'ouvrage, allez! J'ai servi
les maçons; j'ai été garçon de magasin, frotteur, est-
10 ce que je sais? Bah! aujourd'hui, l'ouvrage manquait; une autre fois, je perdais ma place... Bref, je
ne mangeais jamais à ma suffisance... Ah! tonnerre!
j'en ai eu de ces rages en passant devant les boulan-
geries! Heureusement pour moi, dans ces moments-
15 là, je me suis toujours souvenu de ma bonne sœur de
l'hospice, qui me recommandait si souvent d'être
honnête, et j'ai cru sentir sur mon front la chaleur
de sa petite main... Enfin, à dix-huit ans, je me suis
engagé... Vous le savez aussi bien que moi, le trou-
20 pier en a tout juste assez... Maintenant — ce serait
presque pour en rire — voilà le siège et la famine!...
Vous voyez que je ne vous ai pas menti, tout à l'heure,
quand je vous disais que j'avais toujours, toujours, eu
faim!

25 Le jeune duc avait bon cœur, et en écoutant cette
plainte terrible, dite par un homme comme lui, par
un soldat que l'uniforme faisait son égal, il se sentit
profondément ému. Ce fut même heureux pour son
flegme de dandy que le vent du soir séchât dans
30 ses yeux deux larmes qui venaient de les obscurcir.

— Jean-Victor, dit-il en cessant à son tour par un

instinct délicat de tutoyer l'enfant trouvé, si nous
survivons tous deux à cette affreuse guerre, nous nous
reverrons et j'espère vous être utile. Mais, pour le
moment, comme il n'y a pas d'autre boulanger aux
avant-postes que le caporal d'ordinaire et comme ma 5
ration de pain est deux fois trop grosse pour mon
mince appétit, — c'est dit, n'est-ce pas? — nous
partagerons en bons camarades.

Elle fut solide et chaude, la poignée de main que
se donnèrent les deux hommes; puis, comme la nuit 10
tombait et qu'ils étaient harassés par les veilles et les
alertes, ils rentrèrent dans la salle du cabaret où une
douzaine de soldats étaient couchés sur de la paille
et, s'y jetant à côté l'un de l'autre, ils s'endormirent
d'un profond sommeil.   15

Vers minuit, Jean-Victor s'éveilla seul, ayant faim
probablement.   Le vent avait balayé les nuages et un
rayon de lune, pénétrant dans le cabaret par le trou
du toit, éclairait la blonde et charmante tête du jeune
duc, endormi comme un Endymion.   Encore tout at- 20
tendri de la bonté de son camarade, Jean-Victor le
regardait avec une admiration naïve quand le sergent
du peloton ouvrit la porte et appela les cinq hommes
qui devaient aller relever les sentinelles avancées. Le
duc était du nombre, mais il ne s'éveilla point à l'appel 25
de son nom.

— Hardimont, debout! répéta le sous-officier.

— Si vous le voulez bien, mon sergent, dit Jean-
Victor en se levant, je monterai sa faction... il dort si
bien... et c'est mon camarade.   30

— Comme tu voudras.

Et, les cinq hommes partis, les ronflements recom-
mencèrent.

Mais, une demi-heure après, des coups de feu, pressés et tout proches, éclatèrent dans la nuit. En un instant, tout le monde fut sur pied; les soldats sortirent du cabaret, marchant avec précaution, la main au tonnerre du fusil, et regardant au loin sur la route, toute blanchie par la lune.

— Mais quelle heure est-il donc ? dit le duc. J'étais de faction cette nuit.

Quelqu'un lui répondit:

— Jean-Victor y est allé à votre place.

En ce moment, on vit un soldat qui arrivait en courant sur la route.

— Eh bien ? lui demanda-t-on, quand il s'arrêta, tout essoufflé.

— Les Prussiens attaquent... replions-nous sur la redoute.

— Et les camarades ?

— Ils viennent... Il n'y a que ce pauvre Jean-Victor...

— Comment ? s'écria le duc.

— Tué raide d'une balle dans la tête... Il n'a pas dit: ouf !

*
* *

Une nuit de l'hiver dernier, vers deux heures du matin, le duc de Hardimont sortait du cercle avec son voisin, le comte de Saulnes; il venait de perdre quelques centaines de louis et sentait un peu de migraine.

— Si vous le voulez bien, André, dit-il à son compagnon, nous reviendrons à pied... J'ai besoin de prendre l'air.

— Comme il vous plaira, cher ami, quoique le pavé soit bien mauvais.

Ils renvoyèrent donc leurs coupés, relevèrent le
collet de leurs pelisses et descendirent vers la Madeleine.   Tout à coup le duc fit rouler un objet qu'il
avait frappé du bout de sa bottine; c'était un gros
croûton de pain tout souillé de boue.   5

Alors, à sa stupéfaction, M. de Saulnes vit le duc
de Hardimont ramasser le morceau de pain, l'essuyer
soigneusement avec son mouchoir armorié et le poser
sur un banc du boulevard, dans la lumière d'un bec
de gaz, bien en évidence.   10

— Qu'est-ce que vous faites donc là ? dit le comte
en éclatant de rire.   Êtes-vous fou ?

— C'est en souvenir d'un pauvre homme qui est
mort pour moi, répondit le duc dont la voix tremblait
légèrement... Ne riez pas, mon cher, vous me déso- 15
bligeriez !

DEUX PÎTRES

La nuit étant pure et criblée d'étoiles, il y avait
foule sur le champ de foire; mais elle se pressait
surtout, éblouie et charmée, devant la baraque des
lutteurs, où quelques falots rouges et fumeux éclai- 20
raient la parade qui venait de commencer.   Roulant
leurs gros membres dans des maillots sales, et ignoble-
ment parés de manchettes de fourrure aux pieds et
aux poignets, les athlètes — quatre voyous aux têtes
de belluaires — étaient rangés en ligne devant la 25
toile peinte qui représentait leurs exploits; ils se
tenaient là, le front bas, les jambes écartées, leurs
bras aux durs biceps croisés sur les pectoraux.   Auprès d'eux, le prévôt de l'établissement, ancien
"sous-off" à la moustache tombante de vieux buveur 30

d'eau-de-vie, serré dans sa ceinture, un cœur de drap
rouge sur son plastron de cuir, s'appuyait sur une
paire de fleurets. La femme-canon, une rose dans
les cheveux, avec un paletot d'homme enfilé contre la
5 fraîcheur du soir, par-dessus son pet-en-l'air de dan-
seuse, jouait à la fois des cymbales et de la grosse
caisse, et faisait un accompagnement enragé aux trois
mesures de polka, toujours les mêmes, écorchées par
un clarinettiste aveugle; et le patron de l'arène,
10 espèce d'Hercule à face de galérien, son ventre de
Silène sanglé dans un caleçon écarlate, rugissait des
appels furieux dans un porte-voix. Mêlé à la foule
des rôdeurs de barrière, des militaires en bordée et
des filles à soldats, je considérais avec dégoût ce spec-
15 tacle abject, dernier vestige des jeux olympiques.

Soudain la musique se tut et tout le public éclata
de rire. Le pître venait d'apparaître.

Il portait le costume ordinaire de son emploi:
courte veste et bas chinés de paysan d'opéra-comique,
20 grand tricorne rejeté en arrière, perruque rouge à
queue retroussée, avec un papillon au bout. C'était
un tout jeune homme, hélas! mais son visage, em-
plâtré de farine, était déjà marqué de la flétrissure
du vice. Se plantant devant le public et ouvrant
25 niaisement la bouche, il montra des gencives sai-
gnantes, où manquaient presque toutes les dents.
Le patron lui donna un grand coup de pied.

— Entrez, dit-il tranquillement.

Alors le dialogue traditionnel, ponctué de soufflets,
30 s'engagea entre le saltimbanque et son paillasse, et
toute l'assemblée s'esclaffait devant ces souvenirs de
la farce classique, tombés du théâtre aux tréteaux, et
dont le comique grossier, mais sûr, semble comme

un crapuleux écho du rire de Molière. Le pître déploya son impur génie, lançant à chaque instant une plaisanterie, un calembour immonde, auquel son maître, simulant une pudique indignation, répondait par quelque taloche. Mais l'adroit bobèche excellait 5 dans l'art de recevoir des camouflets. Il savait à merveille courber son corps en arc de cercle sous l'impulsion d'un coup de pied, et, après avoir reçu sur la joue droite une gifle donnée à tour de bras, il enflait immédiatement son visage avec la langue et se 10 mettait à pleurnicher jusqu'à ce qu'un nouveau soufflet eût fait passer la fluxion artificielle dans sa joue gauche. Les coups pleuvaient sur lui drus comme grêle, et, s'envolant sous les mornifles, la farine de sa face et la poudre rouge de sa perruque l'envelop- 15 paient comme une nuée. Enfin, il épuisa toutes les ressources de la basse scurrilité, tordions ridicules, grimaces grotesques, fausses coliques, chutes à plat ventre, etc., jusqu'au moment où le patron, jugeant le boniment assez long et le public suffisamment 20 amorcé, le congédia par une dernière paire de calottes.

La musique reprit alors avec une telle violence que les toiles peintes en tremblèrent. Le pître, ayant saisi les baguettes d'un tambour fixé à l'un des 25 montants de l'échafaudage, mêla une triomphante série de *ra* et de *fla* au bombardement de la grosse caisse, au tonnerre fêlé des cymbales et aux glapissements éperdus de la clarinette. Le maître lutteur, mugissant de nouveau dans son porte-voix, annonça 30 que la représentation allait commencer; en signe de défi, il lança trois ou quatre vieux gants d'escrime à des compères; la foule se précipita dans la baraque, et bientôt il ne resta plus qu'un faible groupe de badauds devant les tréteaux déserts.

J'allais m'éloigner, lorsque je remarquai, tout à côté de moi, une vieille femme qui regardait avec une étrange fixité ces planches vides où brûlaient toujours les falots sanglants. Elle portait le bonnet de linge et le fichu croisé des plus pauvres femmes du peuple, et toute sa personne respirait la décence et l'honnêteté. Me demandant quel puissant intérêt pouvait la retenir à cette place, je l'examinai avec plus d'attention, et je vis que ses yeux étaient pleins de larmes, et que ses mains, qu'elle joignait contre sa poitrine, étaient crispées par le désespoir.

— Qu'avez-vous ? lui dis-je en m'approchant d'elle, poussé par une sympathie instinctive.

— Ce que j'ai, mon bon monsieur ? s'écria la vieille en fondant en larmes. J'ai qu'en passant sur ce champ de foire... oh! bien par hasard, je vous assure, car je n'ai pas le cœur au plaisir... en passant devant cette horrible baraque, je viens de reconnaître, dans le malheureux qui recevait tant de soufflets... mon propre fils, monsieur, mon unique enfant!... C'est le chagrin de toute ma vie, voyez-vous! Je ne savais pas ce qu'il était devenu depuis... ah! depuis que mon pauvre défunt l'a fait embarquer comme mousse... Il était apprenti chez un quincaillier, monsieur; il a volé son patron, lui, le fils de deux honnêtes gens!... Moi, j'aurais pardonné... Vous savez, les mères!... Mais mon homme, quand on est venu lui dire que son fils avait volé, il était comme fou!... C'est de ça qu'il est mort, bien sûr!... Je n'avais jamais revu le malheureux enfant. Voilà cinq ans que j'étais sans nouvelles de lui. Je cherchais à me tromper. Je

me disais: L'expérience l'aura corrigé... Et là, là,
tout à l'heure...

Et la vieille sanglotait à faire pitié. Un rassem-
blement s'était formé. Ce n'était plus à moi qu'elle
parlait, ce n'était pas à la foule; c'était à elle-même, 5
à sa propre douleur!

— Lui, mon Adrien! un enfant que j'ai nourri
de mon lait! Saltimbanque sur un théâtre de foire!
Frappé, insulté devant tout le monde!... Lui, que
j'ai sauvé, quand il a été si malade, à quatre ans, 10
paillasse dans une baraque!... Lui, le beau bébé
dont j'étais si fière et que je faisais admirer à mes
voisins, lorsqu'il était tout petit et qu'il se roulait
tout nu sur mes genoux, en tenant son petit pied
dans sa main!...   15

Tout à coup, à ce moment de son navrant monologue, la vieille femme s'aperçut qu'on l'entourait,
qu'on l'écoutait. Elle promena sur les spectateurs
un regard étonné, comme quelqu'un qui s'éveille en
sursaut; elle me reconnut, moi qui l'avais interrogée, 20
et devint affreusement pâle.

— Qu'est-ce que j'ai dit? bégaya-t-elle. Laissez-
moi passer!

Et, brusquement, nous écartant tous avec un geste
impérieux, elle s'éloigna d'un pas rapide et disparut 25
dans la nuit.

Cette aventure m'avait vivement impressionné; j'y
pensais souvent, et depuis lors, quand le hasard mettait devant mes yeux une créature affreuse et dé-
gradée, — la fille du coin de la rue traînant sa jupe 30
de soie claire dans le sillon lumineux d'un bec de gaz,
ou le bohème alcoolisé, avachi sur une banquette de
café et penchant sa face verte sur son verre d'ab-

sinthe, — je songeais: " Dire que cet être-là a été un petit enfant! "

Or, peu de temps après cette rencontre, — ayons soin de ne pas indiquer la date, — l'on m'entraîna dans une tribune de la Chambre des députés pour assister à une séance à sensation. Peu importe la loi qu'on devait discuter ce jour-là, mais c'était l'éternelle et monotone histoire; un candidat au ministère, ancien homme d'opposition, proposait de porter atteinte à je ne sais quelle liberté qu'il avait revendiquée naguère avec beaucoup de virulence et d'énergie. Une fois de plus, l'homme au pouvoir allait manquer aux promesses du tribun. En bon français, cela s'appelle trahir; mais en langage parlementaire, on emploie cette périphrase: " accomplir une évolution." L'opinion était partagée, la majorité incertaine; et du discours qu'il allait prononcer dépendait le sort de ce personnage politique. Aussi, ce jour-là, les législateurs étaient à leur poste, et la Chambre ne ressemblait pas, comme d'habitude, à une classe d'écoliers turbulents tenue par un pion sans autorité. La buvette devait être déserte, et les députés des centres eux-mêmes n'étaient pas absorbés dans leur correspondance particulière.

L'orateur monta à la tribune. Il avait la banale figure de l'avocat prolixe, aux yeux effrontés, aux lèvres débordantes, et comme grossies par l'abus de la parole. Il feuilleta d'abord ses paperasses avec un air d'importance, goûta son verre d'eau sucrée, se campa droit sur les reins; puis il se mit à débiter un discours vide de sens, avec la dégoûtante facilité du barreau, abusant des idées vagues, des termes abstraits, des mots en *ment* et en *ion*, des clichés et des

phrases toutes faites. Un murmure flatteur accueillit
la fin de l'exorde; car le peuple français, en général,
et le monde politique, en particulier, manifeste un
goût dépravé pour ce genre d'éloquence. Enhardi,
le beau parleur entra alors dans le vif de la question et 5
chanta cyniquement la palinodie. Il ne reniait aucune de ses opinions, ne répudiait aucun de ses actes;
il serait toujours libéral (coup de poing dans l'esto-
mac), mais ce qui était bon hier pouvait être dan-
gereux aujourd'hui; vérité au delà des Alpes, erreur 10
en deçà. On abusait de la longanimité du gouvernement. Et il effrayait l'Assemblée, devenait pro-
phétique, lâchait les hydres. Il risqua même un peu
de lyrisme, marchant dans de vieilles métaphores déjà
éculées du temps de Cicéron, et comparant tour à 15
tour sa politique, dans la même phrase, à un pilote, à
un coursier et à un flambeau. Tant de poésie ne
pouvait qu'accentuer le succès; il y eut une salve de
bravos, et l'opposition grogna, pressentant sa défaite.
Des interruptions violentes éclatèrent; des voix fu- 20
rieuses rappelaient sa vie passée à l'orateur, lui je-
taient ses paroles d'autrefois comme des insultes. Il
ne s'émut pas et prit un air de dédain qui fit le meilleur effet. Alors les bravos redoublèrent et il souriait
vaguement, songeant sans doute aux épreuves de 25
l'*Officiel* dont il pourrait tout à l'heure, sans trop de
mensonge, charger les marges de " Profondes sensa-
tions" et de " Longs applaudissements." Aussi,
quand le calme se rétablit, sûr du succès, il affectait
une sérénité majestueuse. Il reprit son discours, 30
planant comme une oie, se lançant dans la haute doc-
trine, citant Royer-Collard.

Mais je n'écoutais plus. Le scandaleux spectacle

donné par ce cabotin politique, qui sacrifiait des principes éternels à son intérêt d'un jour, évoquait dans mon souvenir la baraque des lutteurs. La rhétorique glacée de cette harangue, où ne vibraient ni 5 l'émotion ni la loyauté, me rappelait le boniment appris par cœur du pître enfariné des tréteaux. L'air de superbe qu'avait pris l'orateur sous la pluie des reproches et des injures ressemblait singulièrement à l'indifférence du paillasse bruyamment soufflété. Ces 10 phrases sonores qui venaient de retentir sonnaient faux comme une musique foraine. Le mot "liberté" ronflait comme la grosse caisse; "l'intérêt public" et le "salut de l'État" se heurtaient avec un bruit discordant comme celui des cymbales; et quand ce farceur 15 ceur eut parlé de son "patriotisme," j'avais cru entendre le *couac* d'une clarinette.

Un long brouhaha me tira de ma rêverie. Le discours était terminé et, descendu dans l'hémicycle, l'orateur donnait des poignées de main. On allait 20 voter; les urnes circulaient; mais le résultat était prévu et la foule des tribunes s'écoulait déjà.

En traversant le vestibule, je vis une vieille dame en noir, fort entourée; elle était vêtue comme une bourgeoise cossue et paraissait radieuse. J'arrêtai 25 un de ces petits jeunes gens bien mis, comme on en voit trotter dans les corridors des ministères, — je le connaissais un peu, — et je lui demandai quelle était cette dame.

— C'est la mère de l'orateur, me répondit-il avec 30 une émotion administrative... Elle doit être bien fière.

Bien fière!... La vieille maman qui pleurait si fort sur le champ de foire ne l'était pas, elle! et, si la

mère de Sa future Excellence avait réfléchi, elle aurait regretté, elle aussi, le temps où son fils était tout
petit et se roulait sur les genoux maternels, en tenant
son petit pied dans sa main !...

Mais, bah ! tout est relatif, même la honte.   5

UN VIEUX DE LA VIEILLE

Les Vieux de la Vieille ! les soldats du grand
Empereur !... Ils sont si superbes, ces Diomèdes et ces
Idoménées de l'Iliade moderne, que tous ceux qui en
ont parlé, qui les ont peints d'après nature, en ont
reçu comme un coup de génie, comme un souffle 10
d'épopée. Voyez plutôt, dans le seul Balzac, toutes
ces belles figures militaires : Hulot, devenu sourd à
force d'entendre le canon ; Chabert le spectre, montrant la cicatrice de son crâne, et ce formidable
truand de Philippe Bridau, avec son regard bleu 15
d'acier " qui plombe les imbéciles."

Eh bien, si jeune que je sois encore, — mes quarante ans seraient l'adolescence pour un jeune-premier
ou pour un musicien prix-de-Rome — j'ai pu voir et
connaître encore un de ces magnifiques sabreurs, et 20
c'est ce souvenir d'enfance que je voudrais fixer
aujourd'hui.   .

Oh ! cela remonte loin, très loin, et voici que
j'évoque une des premières impressions de ma mémoire. Je me revois bambin de cinq ans, ma main dans 25
celle de mon père, devant le Palais des Tuileries, un
1er mai, jour de la Saint-Philippe. Il y a foule autour
de la musique de la garde nationale qui joue la *Parisienne.* On chante :

Soldat du drapeau tricolore,   30
D'Orléans, toi qui l'as porté !

et l'enthousiasme est au comble, et les voltigeurs
mettent leurs shakos à pompon jaune au bout de leurs
baïonnettes, lorsque la famille royale paraît au balcon :
le roi en pantalon blanc, le grand cordon de la Légion
5 d'honneur sous son habit bleu-barbeau à boutons d'or,
agitant son chapeau gris ; la Reine avec ses véné-
rables " anglaises," et les princes dans leurs uniformes
de généraux d'Afrique.

Mais mon père hausse les épaules, en entendant
10 crier : *Vive le Roi!* et entraîne vivement son gamin.
Quel dommage ! je trouvais cela magnifique ! Car il
est légitimiste, le pauvre cher homme ! légitimiste
bien désintéressé, lui, petit employé sans fortune,
humble de mœurs et de cœur. Son Roi, à lui, c'est
15 le duc de Bordeaux, dont nous avons à la maison un
portrait gravé, dans un cadre d'acajou, un portrait à
l'âge de dix-huit ans, avec une jolie figure poupine,
les cheveux en coup de vent et, au bas, le *fac-simile*
de la signature du prince. Sois tranquille, cher et
20 vénéré père, si sceptique en ces matières que soit
devenu ton fils, ce portrait est toujours à sa place,
dans la salle à manger, ce portrait sur lequel je t'ai
vu lever tant de fois, pendant le repas, ton fidèle regard d'honnête homme !

25 Ce jour-là, le jour où l'on avait crié : *Vive le Roi!*
devant Louis-Philippe, — dire que cela se passait en
1847 ! — ce jour-là, comme assez souvent d'ailleurs,
mon père m'emmenait chez son vieil ami, le capitaine
Blot. Car le capitaine était aussi henriquinquiste que
30 mon père, bien qu'il eût été décoré de la main de
l'Empereur à l'affaire du pont de Montereau.

*
* *

Comment s'était opérée cette conversion ? C'est tout une histoire.

Aux journées de juillet 1830, Blot était capitaine dans les dragons de la garde. Entre nous, il ne s'était guère soucié de politique jusqu'alors. Conscrit de la 5 grande levée de 1813, maréchal-des-logis pendant la campagne de France, sous-lieutenant à Waterloo, il avait obéi à ses chefs, rondement et simplement, comme une bonne pâte de héros qu'il était, et je ne voudrais pas jurer qu'il n'eût pas eu beaucoup de 10 chagrin quand on lui avait deux fois changé sa cocarde tricolore en cocarde blanche. Mais enfin il était resté au service par goût autant que par esprit de discipline, parce qu'il aimait son régiment, ses camarades, son uniforme et son cheval. Aux "trois glorieuses," il 15 commandait son escadron ; quand son tour était venu de charger, il avait chargé, et une mauvaise balle mâchée lui avait brisé le genou. On l'avait transporté au Val-de-Grâce ; Larrey — le vieux Larrey de Napoléon — lui avait coupé la jambe à moitié cuisse, et 20 l'un des plus beaux officiers de l'armée, l'hercule qui faisait gémir sa jument en serrant les genoux, était sorti de l'hôpital, décrivant à chaque pas un demi-cercle avec sa jambe de bois et s'appuyant sur une canne à béquille. 25

Blessé dans une émeute ! Amputé pour un méchant coup de fusil tiré par un voyou ! C'était rude pour le vieux dragon qui avait traversé sans une égratignure les paquets de mitraille et les feux de bataillon de Champaubert, de Montmirail et des Quatre- 30 Bras. Mais, quoi ! il fallait se résigner. Le capitaine était un stoïque ; il pouvait vivre à l'aise avec sa pension de retraite et quelque bien qu'il avait ;

et quand il eut installé dans un petit appartement,
rue du Bac, au fond d'une cour, son mobilier style
empire, sa croix de Montereau sous un verre et ses
panoplies de sabres et de pistolets, il songea qu'après
5 tout l'âge du repos était venu et, bien vite, il n'eut
même plus de mélancolie lorsque, se jetant dans un
de ses fauteuils en velours d'Utrecht jaune, à tête de
sphinx, il voyait s'étendre, toute droite devant lui, sa
jambe de bois dans son pantalon dont le gros drap
10 bleu était serré près du bout, par une coulisse, comme
une bourse.

Mais il reçut des visites d'anciens camarades, d'officiers de la garde démissionnaires, gens de qualité qui
boudaient le nouveau régime. Tous témoignaient
15 une sympathie attendrie, presque respectueuse, à la
victime de la Révolution, à l'invalide de Juillet; ils
le plaignaient, exaltaient sa belle conduite, son dévouement à la bonne cause, au roi légitime. Si mo-
deste que fût l'excellent homme, ces compliments ne
20 lui déplaisaient pas. Il se disait bien, quand il était
tout seul, qu'il n'avait fait que son devoir de soldat.
Son colonel avait commandé: " Par pelotons, rompez
les escadrons." Alors il avait enroulé deux fois autour de son poignet la dragonne de son sabre, pour
25 taper plus fort, et il avait chargé d'aussi bon cœur
qu'à Mont-Saint-Jean, sous Lefèvre-Desnouettes, mais
sans se demander si Charles X était oui ou non de
droit divin. Néanmoins, quand un de ses anciens
compagnons d'armes — un noble, un "monsieur de,"
30 ainsi que le capitaine disait à la façon des gens du
peuple — venait lui parler de sa fidélité, de sa loyauté,
de ses principes, l'honnête Blot finissait par prendre

au sérieux ces petites flatteries et par croire, comme
on dit, que c'était arrivé.

Puis les femmes s'en mêlèrent, car plusieurs de ses
camarades étaient mariés; et, passant par leurs bou-
ches, les éloges touchaient bien plus vivement le vieux 5
brave. Elles vinrent d'abord avec leurs maris, puis
seules, liberté qu'autorisaient l'âge déjà très respec-
table et l'infirmité du capitaine, et ce fut bientôt une
mode, dans le faubourg Saint-Germain, d'aller chez
celui qu'on appelait maintenant "le pauvre martyr," 10
de l'entourer de petits soins, de câlineries, de lui faire
de gracieux présents. On voit la confusion du bon
capitaine lorsqu'une marquise, s'il vous plaît, lui ap-
portait un tabouret pour son unique pied, un tabouret
dont elle avait fait la tapisserie de ses nobles mains, 15
et il commençait à trouver que c'était de la part de la
marquise une attention très délicate, d'y avoir brodé
quelques fleurs de lys.

Pardieu! le capitaine ne reniait point son passé, et
malgré la grimace un peu dégoûtée qu'il surprenait 20
parfois sur le visage de ses aristocratiques visiteuses,
il n'avait pas décroché des murs de son salon les gra-
vures qui représentaient le Petit Caporal buvant à la
gourde d'un grenadier, ou couché sur deux chaises
et chauffant sa botte au bivouac d'Austerlitz. Mais, 25
le jour où la femme de son ancien chef d'escadrons—
une petite vicomtesse blonde qui parfumait d'une
odeur de verveine, en agitant son mouchoir, le logis
du capitaine — lui fit hommage du portrait de Charles
X, gravé d'après Lawrence, le dragon ne put pas moins 30
faire que de donner au Bourbon une place entre deux
Bonapartes; si bien qu'au bout de quelque temps, les
opinions et les meubles du capitaine présentèrent les

mêmes inconséquences et les mêmes contradictions.
Dans sa petite bibliothèque, que surmontaient, en se
faisant pendant, les bustes du Premier Consul et de
Marie-Antoinette, un Bonald, — non coupé, j'en ai bien
5 peur, — était surpris d'avoisiner le *Mémorial de Sainte-*
Hélène, et les *Victoires et Conquêtes des Français*
s'étonnaient d'être auprès des *Mémoires de Cléry;* de
même que sur la muraille, au dessous d'un trophée de
vieux sabres d'ordonnance qui avaient jadis travaillé
10 les côtes des Coalisés, un singulier tableau, encadré
de velours noir offrait l'image d'un saule pleureur
dans le feuillage duquel se découpaient, par des blancs
adroitement ménagés, les profils des augustes prisonniers du Temple.

⁎

15   En 1847, c'est-à-dire après avoir été traité de martyr pendant dix-sept ans, le capitaine Blot était donc
devenu plus légitimiste qu'un voltigeur de Gand; et
c'est pourquoi mon excellent père, ce jour de Sainte-
Philippe où il était tellement irrité d'avoir entendu
20 saluer par le cri de: *Vive le Roi!* l'apparition, au
balcon des Tuileries, du toupet et des favoris gris de
l'usurpateur, m'emmenait chez son vieil ami afin de
s'y soulager par une conversation séditieuse.

Moi, j'aimais beaucoup aller chez le capitaine, car
25 il adorait les enfants; et dès que son ancien brosseur,
devenu son valet de chambre, nous avait introduits,
mon père et moi, le brave homme — un Kléber en
cheveux blancs — me faisait asseoir sur sa moitié de
cuisse, me couvrait de caresses et envoyait chercher
30 une assiette de gâteaux.   Puis, se levant et marchant
agilement par la chambre, malgré sa jambe de bois,

il m'installait près de la fenêtre d'où l'on voyait des
jardins, devant une petite table, ouvrait sous mes
yeux son " Norvins illustré " et me disait :

— Tiens, conscrit.... regarde les images.

Et tandis que, tout en mangeant des pâtisseries et 5
en écoutant chanter les fauvettes dans le feuillage
vert, je voyais défiler devant mes regards enfantins
les gloires de la République et de l'Empire, ressus-
citées par le crayon de Raffet, les deux amis tenaient
les discours les plus factieux contre le gouvernement 10
du pauvre Louis-Philippe, et leurs deux colères re-
tombaient toujours sur M. Guizot comme les mar-
teaux alternés de deux forgerons battant le fer rouge
sur l'enclume.

Parfois cependant, dans le feu de la conversation, 15
le capitaine se levait et se promenait de long en large,
en faisant craquer son pilon. Machinalement il regardait par dessus mon épaule l'estampe du " Norvins " ouvert devant moi, et, si par hasard elle représentait un de ses vieux combats, il plantait là sa 20
diatribe sur les mariages espagnols ou sur l'indemnité
Pritchard, et, tout de suite, en avant les grands souvenirs !

— Oui, oui, c'est bien cela, disait-il en posant son
doigt sur le livre à la page de la bataille de Monte- 25
reau... Il était là, en haut du coteau de Surville,
braquant sa lunette sur le pont, où les grenadiers de
Mortier attaquaient les Wurtembourgeois à la baïonnette, et le vent, un vent très aigre de février, épar-
pillait la crinière de son cheval et soulevait les pans 30
de sa capote grise ; et nous autres, les dragons, nous
étions là, sous sa main... C'est alors qu'il s'est passé
une chose terrible... Un général, l'uniforme tout

noirci, sans chapeau, arrive devant notre colonel et
lui crie, avec un geste impérieux: "A votre tour!"
Mais le colonel, un vieux malin, regarde le pont, voit
que les bonnets à poils ne l'ont pas encore forcé, que
5 nous allons charger les camarades, et répond carrément: "Non, mon général... Pas encore..." L'autre
devient cramoisi, cherche d'instinct un pistolet dans
ses fontes... et, de fait, notre chef jouait un jeu à se
faire brûler la cervelle en face de ses escadrons...
10 Mais l'Empereur — il était à quinze pas de là — avait
tout vu, tout entendu. Il étendit la main, sa petite
main de femme, et fit un geste qui voulait dire: "La
paix!"... Hein! quel homme! donner raison à un
subalterne! compromettre d'un coup la discipline!...
15 Mais il ne pensait plus qu'à une chose: gagner sa
bataille, et notre colonel avait raison; il n'était pas
encore temps de charger... Un instant après, le pont
était libre, et, cette fois, Napoléon ne fit pas même un
geste; mais il lança au colonel un regard qui lui tra-
20 versa le cœur... Alors le vieux se tourna vers nous,
tout debout sur ses étriers, le bras et le sabre en l'air,
effrayant à voir; il nous lâcha un "N... de D...,
dragons!" que nous connaissions bien, et tout le régiment partit au galop en criant comme un seul homme:
25 Vive l'Empereur!

Mais soudain, le narrateur s'arrêtait court et, en me
retournant, surpris, je voyais mon père qui souriait et
qui montrait du doigt au capitaine le portrait de
Charles X.

30 — Que voulez-vous? que voulez-vous? disait alors
le brave homme, rougissant et balbutiant... c'est le
jour où *il* m'a décoré.

*

J'avais oublié le capitaine Blot, qui fut si bon pour moi dans mon enfance; mais son souvenir m'est revenu, un jour de l'été dernier, dans un petit port de la Manche, où je me promenais sur un quai brûlé de soleil. Je regardais un canon hors d'usage, qu'on avait 5 planté en terre par la culasse pour amarrer les navires, et qui devait être à cette place depuis bien long- temps, car le vent l'avait rempli de terre et de sable jusqu'à la gueule, si bien qu'une touffe de chardons de mer avait poussé là.   10

Cette petite fleur bleue dans la vieille pièce de bronze m'a rappelé la bonté du vieux soldat.

LES VICES DU CAPITAINE

NOUVELLE

I

Peu importe le nom de la petite ville de province où le capitaine Mercadier — trente-six ans de services, vingt-deux campagnes, trois blessures, — se retira 15 quand il fut mis à la retraite.

Elle était pareille à toutes les petites villes qui sol- licitent, sans l'obtenir, un embranchement de chemin de fer; comme si ce n'était pas l'unique distraction des indigènes d'aller tous les jours, à la même heure, 20 sur la place de la Fontaine, voir arriver au grand galop la diligence, avec son bruit joyeux de claquements de fouet et de grelots. Elle comptait trois mille habitants, que la statistique appelait ambitieusement des âmes, et tirait vanité de son titre de chef-lieu de 25 canton. Elle possédait des remparts plantés d'arbres, une jolie rivière pour pêcher à la ligne, et une église de la charmante époque du gothique flamboyant, déshonorée par un affreux Chemin de Croix venu tout droit du quartier Saint-Sulpice. Tous les lundis, elle s'émaillait des grands parapluies bleus et rouges de 5 son marché, et les gens de la campagne y venaient en charrettes et en berlingots; mais, le reste de la semaine, elle se replongeait avec délices dans le silence et dans la solitude qui la rendaient chère à sa population de petits bourgeois. Ses rues étaient pavées en 10 têtes de chat; on y apercevait, par les fenêtres des rez-de-chaussée, des tableaux en cheveux et des bouquets de mariées sous un verre, et, par les demi-portes des jardins, des statuettes de Napoléon en coquillages. La principale auberge s'appelait naturellement *l'Écu* 15 *de France*, et le receveur de l'enregistrement rimait des acrostiches pour les dames de la société.

Le capitaine Mercadier avait choisi cette résidence de retraite par la raison frivole qu'il y avait autrefois vu le jour, et que, dans sa tapageuse enfance, il y 20 avait décroché les enseignes et maçonné les boutons de sonnettes. Pourtant il ne venait retrouver là ni parents, ni amis, ni connaissances, et les souvenirs de son jeune âge ne lui retraçaient que des visages indignés de marchands qui lui montraient le poing du 25 seuil de leur boutique, un catéchisme où l'on le menaçait de l'enfer, une école où on lui prédisait l'échafaud, et, enfin, son départ pour le régiment, hâté par une malédiction paternelle.

Car ce n'était pas un saint homme que le capitaine. 30 Son ancienne feuille de punitions était noire de jours de salle de police infligés pour actes d'indiscipline, absences aux appels et tapages nocturnes dans les chambrées. Bien des fois on avait dû lui arracher

ses galons de caporal et de sergent, et il lui avait fallu
tout le hasard et toute la licence de la vie de campagne
pour gagner enfin sa première épaulette.   Dur et
brave soldat, il avait passé presque toute sa vie en
Algérie, s'étant engagé dans le temps où nos fantas- 5
sins portaient le haut képi droit, les buffleteries
blanches et la grosse giberne.   Il avait eu Lamoricière pour commandant; le duc de Nemours, près
duquel il reçut sa première blessure, l'avait décoré,
et, quand il était sergent-major, le père Bugeaud 10
l'appelait par son nom et lui tirait les oreilles.   Il
avait été prisonnier d'Abd-el-Kader, portait les traces
d'un coup de yatagan sur la nuque, d'une balle dans
l'épaule et d'une autre dans la cuisse; et, malgré
l'absinthe, les duels, les dettes de jeu et les juives 15
aux yeux noirs en amande, il avait péniblement conquis, à la pointe de la baïonnette et du sabre, son
grade de capitaine au 1er régiment de tirailleurs.

Le capitaine Mercadier — trente-six ans de services,
vingt-deux campagnes, trois blessures — venait donc 20
d'obtenir sa pension de retraite, pas tout à fait deux
mille francs, qui, joints aux deux cent cinquante
francs de sa croix, le mettaient dans cet état de
misère honorable que l'État réserve à ses anciens
serviteurs.   25

Son entrée dans sa ville natale fut exempte de faste.
Il arriva, un matin, sur l'impériale de la diligence,
mâchonnant un cigare éteint et déjà lié avec le con-
ducteur, à qui, pendant le trajet, il avait raconté le
passage des Portes de Fer; plein d'indulgence du 30
reste pour les distractions de son auditeur, qui l'in-
terrompait souvent par un blasphème ou par l'épithète
de carcan adressée à la jument de droite.   Quand la

voiture s'arrêta, il lança sur le trottoir sa vieille valise, maculée d'étiquettes de chemins de fer, aussi nombreuses que les changements de garnison de son propriétaire; et les oisifs d'alentour furent absolument 5 stupéfaits de voir un homme décoré — chose encore rare en province — offrir le vin blanc au cocher sur le comptoir du prochain cabaret.

Il s'installa sommairement. Dans une maison de faubourg, où mugissaient deux vaches captives et où 10 les poules et les canards passaient et repassaient sous la porte charretière, une chambre meublée était à louer. Précédé d'une maritorne, le capitaine gravit un escalier à grosse rampe de bois, parfumé d'une forte odeur d'étable, et pénétra dans une vaste pièce 15 carrelée que tapissait un papier bizarre, représentant, imprimée en bleu sur fond blanc et répétée à l'infini, l'image de Joseph Poniatowski, à cheval, sautant dans l'Elster. Cette décoration monotone, mais qui rappelait nos gloires militaires, séduisit sans doute le capi- 20 taine, car, sans s'inquiéter du peu de confortable des chaises de paille, des meubles de noyer et du petit lit aux rideaux jaunis, il conclut sans hésitation. Un quart d'heure lui suffit pour vider sa malle, pendre ses habits, reléguer dans un coin ses bottes, et orner 25 la muraille d'un trophée composé de trois pipes, d'un sabre et d'une paire de pistolets. Après une visite à l'épicier d'en face, chez lequel il acheta une livre de bougies et une bouteille de rhum, il revint, déposa son emplette sur la cheminée, et promena autour de 30 lui le regard d'un homme très satisfait. Puis, avec la promptitude des camps, il se rasa sans miroir, brossa sa redingote, inclina son chapeau sur l'oreille, et s'alla promener par la ville, en quête d'un café.

II

Le séjour de l'estaminet était une habitude invé-
térée chez le capitaine. Il y satisfaisait à la fois les 5
trois vices égaux dans son cœur: le tabac, l'absinthe .
et les cartes. Sa vie toute entière s'y était écoulée, et
il aurait pu dresser, de toutes les villes où il avait
garnisonné, un plan par cantines, marchands de tabac
à comptoir, cafés et cercles militaires. Il ne se sen- 10
tait vraiment à son aise qu'une fois assis sur le velours
ras d'une banquette, devant un carré de drap vert
près duquel s'amoncellent les chopes et les soucoupes.
Son cigare ne lui semblait bon que s'il avait frotté
l'allumette sous le marbre de la table, et jamais il 15
n'avait manqué, après avoir attaché son sabre et son
képi à la patère et s'être installé en lâchant quelques
boutons de sa tunique, de pousser un profond soupir
de soulagement et de s'écrier:

— Ça va mieux! 20

Son premier soin fut donc de rechercher l'établissement qu'il fréquenterait, et, après avoir fait un
tour de ville sans rien trouver à sa convenance, il
arrêta enfin son regard de connaisseur sur le café
Prosper, situé à l'angle de la place du Marché et de 25
la rue de la Paroisse.

Ce n'était pas son idéal. L'extérieur offrait bien
quelques détails par trop provinciaux: ce garçon en
tablier noir, par exemple, et ces petits ifs dans leurs
caisses vertes, et ces tabourets, et ces tables de bois 30
recouvertes de toile cirée. Mais l'intérieur plut au
capitaine. Il fut réjoui, dès son entrée, par le bruit
du timbre que toucha la grasse et fraîche dame du

comptoir, en robe claire, avec un ruban ponceau dans
ses cheveux bien pommadés. Il salua galamment
cette personne et jugea qu'elle occupait, avec une
suffisante majesté, sa place triomphale entre les deux
5 édifices de bols à punch, congrûment couronnés par
des billes de billard. Il constata que la salle était
gaie, propre, également semée de sable jaune; il en fit
le tour, se regarda passer dans les glaces, apprécia les
panneaux, où des mousquetaires et des amazones
10 sablaient le champagne dans des paysages pleins de
roses trémières, se fit servir, fuma, trouva le divan
moelleux et l'absinthe savoureuse, et fut assez indulgent pour ne pas se plaindre des mouches qui se bai-
gnaient dans les consommations avec une familiarité
15 toute campagnarde.

Huit jours après, il était devenu un pilier du café
Prosper.

On y connut bien vite ses habitudes ponctuelles; on
prévint ses désirs, et il ne tarda point à prendre ses
20 repas avec les patrons du lieu. Recrue précieuse pour
les habitués, gens terrassés par le terrible ennui de la
province et pour qui l'arrivée de ce nouveau venu,
passé maître à tous les jeux et racontant assez gaie-
ment ses guerres et ses amours, était une véritable
25 bonne fortune; le capitaine fut lui-même enchanté
de rencontrer des humains encore ignorants de son
répertoire. Il en avait donc pour six mois à dire ses
razzias, ses chasses, ses batailles, la retraite de Constantine, la capture de Bou-Maza, et les réceptions
30 d'officiers avec leur total effrayant de punchs au
kirsch.

Faiblesse humaine! Il n'était pas fâché d'être un
peu oracle quelque part, lui dont les petits sous-

lieutenants, arrivant de Saint-Cyr, fuyaient naguère
les trop longues histoires.

Ses auditeurs ordinaires étaient le maître du café,
gros sac à bière silencieux et stupide, toujours en
manches de veste et remarquable seulement par ses 5
pipes à sujets; l'huissier-priseur, personnage gogue-
nard et vêtu de noir, méprisé pour son habitude peu
élégante d'emporter le reste de son sucre; le receveur
de l'enregistrement, — celui des acrostiches, — être
très doux et d'une constitution faible, qui envoyait 10
aux journaux illustrés la solution des mots carrés et
des rébus; et enfin le vétérinaire du canton, le seul
qui, en sa qualité d'athée et de démocrate, se permît
quelquefois de contredire le capitaine.   Ce praticien,
homme à favoris touffus et à pince-nez, présidait le 15
comité radical aux époques d'élections, et, lorsque le
curé faisait une petite collecte parmi ses dévotes pour
orner son église de quelque horrible statue en plâtre
doré et enluminé, dénonçait par une lettre au *Siècle* la
cupidité des fils de Loyola.   20

Le capitaine étant un soir sorti pour aller chercher des cigares, après une discussion politique assez
vive, le susdit vétérinaire grommela quelques phrases
sourdes et irritées où il était question de " dire son
fait," de "traîneur de sabre," et de "couper la fi- 25
gure." Mais, l'objet de ces menaces vagues étant
rentré soudain, en sifflant une marche et en faisant
le moulinet avec sa canne, l'incident n'eut pas de
suites.

En somme, le groupe vivait en bonne intelligence 30
et se laissait volontiers présider par le nouvel habitué,
dont la tête martiale et la barbiche blanche étaient
vraiment assez imposantes; et la petite ville, qui était

déjà fière de bien des choses, pouvait l'être aussi de
son capitaine en retraite.

III

Le bonheur parfait n'existe pas, et le capitaine
Mercadier, qui croyait l'avoir rencontré au café Pros-
5 per, dut bientôt revenir de cette illusion.

Le fait est que le lundi, jour de marché, l'estaminet
n'était pas tenable.

Dès l'aube, il était envahi par les maraîchers, les
fermiers, les marchands de cochons, les marchands de
10 volailles ; gens à grosse voix, à gros cous rouges, à
gros fouet à la main, portant la blouse neuve et la
casquette de loutre, concluant leurs affaires autour
d'un litre, tapant du pied, frappant du poing, tutoyant
le garçon et crevant le billard.

15 Quand le capitaine arrivait à onze heures pour ab-
sorber sa première absinthe, il trouvait tout ce monde
déjà gris et commandant des déjeuners considérables.
Sa place ordinaire était prise ; on le servait lentement
et mal. Le timbre du comptoir ne cessait de retentir ;
20 le patron et le garçon, la serviette sous le bras, couraient, affolés. Bref, c'était un jour néfaste et qui
bouleversait son existence.

Or, un lundi matin qu'il était resté chez lui, sûr
d'avance que le café serait trop bruyant et trop en
25 combré, un doux rayon de soleil d'automne l'engagea
à descendre s'asseoir sur le banc de pierre placé à côté
de la porte de la maison. Il était là, assez mélanco-
lique et fumant un cigare humide, quand il vit venir
du bout de la rue, — c'était une ruelle mal pavée et
30 aboutissant à la campagne, — une demi-douzaine

d'oies que chassait devant elle avec une gaule une petite fille de huit ou dix ans.

Le capitaine, en arrêtant son regard distrait sur cette enfant, s'aperçut qu'elle avait une jambe de bois.   5

Il n'y avait rien de paternel dans le cœur de ce soudard. C'était celui d'un célibataire endurci. Lorsque jadis, dans les rues d'Alger, les petits mendiants arabes le poursuivaient de leurs prières importunes, le capitaine les avait souvent chassés d'un coup 10 de cravache ; et les rares fois qu'il avait pénétré dans le ménage nomade d'un camarade marié et père de famille, il était parti en maugréant contre les bambins criards et malpropres qui avaient touché avec leurs mains grasses aux dorures de son uniforme.   15

Mais la vue de cette infirmité particulière, qui lui rappelait le douloureux spectacle des blessures et des amputations, émut cependant le vieux soldat.   Il éprouva presque un serrement de cœur devant cette chétive créature, à peine vêtue d'un jupon en loques 20 et d'une mauvaise chemise, et qui courait bravement derrière ses oies, son pied nu dans la poussière, en boitant sur son pilon mal équarri.

Les volailles, reconnaissant leur domicile, entrèrent dans la cour de la laiterie, et la petite se disposait 25 à les suivre, quand le capitaine l'arrêta par cette question :

— Eh ! fillette, comment t'appelles-tu ?

— Pierrette, monsieur, pour vous servir, répondit-elle en fixant sur lui ses grands yeux noirs, et en 30 écartant de son front sa chevelure en désordre.

— Tu es donc de la maison ?   Je ne t'avais pas encore vue.

— Oui-dà, et je vous connais bien, allez ! Car je couche sous l'escalier, et vous me réveillez, en rentrant, tous les soirs.

— Vraiment, petiote ? Eh bien, on marchera sur ses pointes, à l'avenir. Et quel âge as-tu ?

— Neuf ans, monsieur, vienne la Toussaint.

— La patronne d'ici est-elle ta parente ?

— Non, monsieur, je suis en service.

— On te donne ?...

— La soupe et le lit sous l'escalier.

— Et qu'est-ce qui t'a arrangée comme cela, ma pauvre petite ?

— Un coup de pied de vache, quand j'avais cinq ans.

— As-tu ton père et ta mère ?

L'enfant rougit sous son hâle.

— Je sors des Enfants-Trouvés, dit-elle d'une voix brève.

Puis, ayant gauchement salué, elle rentra dans la maison en claudicant, et le capitaine entendit s'éloigner, sur le pavé de la cour, le bruit sec de la petite jambe de bois.

— Nom de nom ! songea-t-il en reprenant machinalement le chemin du café, voilà qui n'est pas réglementaire. Un soldat, du moins, on le flanque aux Invalides, avec l'argent de sa médaille pour s'acheter du tabac. Un officier, on lui colle une perception et il se marie dans sa province. Mais, à cette gamine, une pareille infirmité ! Voilà qui n'est pas réglementaire.

Ayant constaté en ces termes l'injustice de la destinée, le capitaine vint jusqu'au seuil de son cher café; mais il y aperçut une telle cohue de blouses

bleues, il y entendit un tel brouhaha de gros rires et
de carambolages, qu'il rentra chez lui, plein d'humeur.

Sa chambre — c'était peut-être la première fois
qu'il y passait plusieurs heures de la journée — lui
parut sordide. Les rideaux du lit avaient le ton 5
d'une pipe culottée, le foyer était jonché de crachats
et de bouts de cigares, et on aurait pu écrire son nom
dans la poussière qui revêtait tous les meubles.

Il contempla quelque temps les murailles où le sublime lancier de Leipsick trouvait cent fois un glorieux 10
trépas; puis, pour se désennuyer, il passa en revue sa
garde-robe. Ce fut une lamentable série de poches
percées, de chaussettes à jours, de chemises sans
bouton.

— Il me faudrait une servante, se dit-il.   15

Puis il songea à la petite boiteuse.

— Voilà. Je louerais le cabinet voisin. L'hiver
vient, et la petite doit geler sous l'escalier. Elle sur-
veillerait mes vêtements, mon linge, nettoierait le
casernement. Un brosseur, quoi ?   20

Mais un nuage assombrit ce tableau confortable.
Le capitaine se souvenait que l'échéance de son tri-
mestre était encore lointaine, et que sa note prenait
des proportions inquiétantes au café Prosper.

— Pas assez riche, rêvait-il en monologuant. Et 25
cependant on me vole là-bas, c'est positif. La pension est beaucoup trop coûteuse, et ce barbu de véte-
rinaire joue comme feu Bézigue. Voilà huit jours
que je paie sa consommation. Qui sait ? je ferais
peut-être mieux de charger la petite de l'ordinaire. 30
La soupe au café le matin, le pot-au-feu à midi et un
rata tous les soirs. Les vivres de campagne, enfin.
Ça me connaît.

Décidément, il était tenté. En sortant, il vit justement la maîtresse de la maison, grosse paysanne brutale, et la petite invalide, qui, toutes deux, la fourche à la main, remuaient le fumier dans la cour.

— Sait-elle coudre, savonner, faire la soupe? demanda-t-il brusquement.

— Qui? Pierrette? Pourquoi donc?

— Sait-elle un peu de tout cela?

— Dam! elle sort de l'hospice, où l'on apprend à se servir soi-même.

— Dis-moi, fillette, ajouta le capitaine en s'adressant à l'enfant, je ne te fais pas peur. Non, n'est-ce pas? Et vous, la mère, voulez-vous me la céder? J'ai besoin d'une domestique.

— Si vous vous chargez de son entretien.

— Alors, c'est dit. Voilà vingt francs. Qu'elle ait, ce soir, une robe et un soulier. Demain nous arrangerons le reste.

Et, après avoir donné une petite tape amicale sur la joue de Pierrette, le capitaine s'éloigna, enchanté de ce qu'il venait de conclure.

— Il faudra peut-être rogner quelques bocks et quelques absinthes, pensait-il, et se méfier du bézigue du vétérinaire. Mais il n'y a pas à dire, ce sera bien plus réglementaire.

IV

— Capitaine, vous êtes un lâcheur.

Telle fut l'apostrophe dont les cariatides du café Prosper saluèrent désormais les entrées du capitaine de jour en jour plus rares.

Car le pauvre homme n'avait pas prévu toutes les

conséquences de sa bonne action.   La suppression de
l'absinthe matinale avait suffi à couvrir les modestes
frais de l'entretien de Pierrette; mais combien n'avait-
il pas fallu d'autres réformes pour parer aux dépenses
imprévues de son ménage de garcon ! Pleine de recon- 5
naissance, la petite fille voulait la prouver par son zèle.
Déjà la chambre avait changé d'aspect.   Les meubles
étaient rangés et astiqués, le foyer décent, le carreau
verni, et les araignées ne filaient plus leurs toiles sur
les   Morts de Poniatowski placées dans les coins. 10
Quand le capitaine revenait, la soupe aux choux
l'invitait par son parfum dès l'escalier, et la vue des
plats fumants sur la nappe grossière mais blanche,
auprès d'une assiette à fleurs et d'un couvert reluisant,
achevait de le mettre en appétit.   Pierrette profitait 15
alors de la bonne humeur de son maître pour avouer
quelque secrète ambition.   Il fallait des chenets pour
la cheminée, où elle faisait maintenant du feu, un
moule pour les gâteaux qu'elle réussirait si bien.   Et
le capitaine, que la demande de l'enfant faisait sourire 20
et qui se sentait doucement gagner par les voluptés du
at home, promettait d'y penser, et le lendemain rem-
plaçait ses londrès par des cigares d'un sou, hésitait
devant l'offre de cinq points d'écarté, ou se refusait
son troisième bock ou son second verre de char- 25
treuse.

Certes, la lutte fut longue; elle fut cruelle.   Bien
des fois, vers l'heure d'un apéritif interdit par l'économie, quand la soif lui séchait la gorge, le capitaine
dut faire un effort héroïque pour retirer sa main 30
déjà posée sur le bec de cane de l'estaminet; bien
des fois il erra en rêvant de roi retourné et de quinte
et quatorze.   Mais presque **toujours** il rentrait cou-

rageusement chez lui; et comme il aimait davantage
Pierrette à chaque sacrifice qu'il lui faisait, il l'embrassait mieux ces jours-là. Car il l'embrassait. Ce
n'était plus sa servante. Une fois qu'elle se tenait
5 debout près de la table, l'appelant: Monsieur, et
toute respectueuse, il n'y put tenir, il lui prit les
deux mains et il lui dit avec fureur:

— Embrasse-moi d'abord, et puis assieds-toi et fais-
moi le plaisir de me tutoyer, mille tonnerres!

10   Aujourd'hui c'est fini. La rencontre d'un enfant a
sauvé cet homme d'une vieillesse ignominieuse. Il a
substitué à ses vieux vices une jeune passion; il
adore ce petit être infirme qui sautille autour de
lui dans la chambre commode et bien ameublée.

15   Déjà il a appris à lire à Pierrette, et voici que, se
rappelant sa calligraphie de sergent-major, il lui trace
des exemples d'écriture. Sa plus grande joie, c'est
lorsque l'enfant, attentive devant son papier et faisant
parfois un pâté qu'elle enlève vivement avec sa langue,
20 est parvenue à copier toutes les lettres d'un interminable adverbe en *ment*. Son inquiétude, c'est de
songer qu'il devient vieux et qu'il n'a rien à laisser à
son adoptée.

Aussi voilà qu'il est presque avare; il thésaurise;
25 il veut se sevrer de tabac, bien que Pierrette lui
bourre sa pipe et la lui allume. Il compte épargner
sur son maigre revenu de quoi acheter plus tard
un petit fonds de mercerie. C'est-là que, lorsqu'il
sera mort, elle vivra obscure et paisible, gardant
30 accrochée quelque part, dans l'arrière-boutique, une
vieille croix d'honneur qui la fera se souvenir du
capitaine.

Tous les jours, il va se promener avec elle sur le

rempart. Quelquefois passent par là des gens étrangers à la ville, qui jettent un regard de compassion
surprise sur ce vieux soldat épargné par la guerre et
sur cette pauvre enfant estropiée; et alors il se sent 5
attendrir — oh! délicieusement, jusqu'aux larmes, —
quand un de ces passants murmure en s'éloignant:

— Pauvre père ! sa fille est pourtant jolie !

SCÉNARIO

J'ai vu autrefois, dans une table d'hôte de la rue
du Dragon, où je déjeunais souvent avec un étudiant 10
en droit de mes amis, l'un des fous ou des imposteurs
qui se sont fait passer pour Louis XVII.

C'était un vieillard d'assez haute taille, sec et
maigre, au teint vineux, au nez suffisamment bourbonien, à qui son poil blanc de vieux sanglier donnait 15
un faux air de ressemblance avec le populaire Béarnais du Pont-Neuf. Signe particulier: il était amputé d'un bras, et la manche de sa décente redingote
noire était proprement repliée sous son aisselle. Je
crois que ce bonhomme, dont la mort a été signalée, 20
en son temps, par plusieurs journaux, était plutôt un
insensé qu'un fripon, car son visage respirait l'honnêteté et la franchise. Bien qu'il fût facile, m'a-t-on
dit alors, de lui faire raconter ses infortunes de
Dauphin méconnu en lui offrant une demi-tasse, je 25
n'eus jamais cette curiosité, et aucun des jeunes
gens qui prenaient leurs repas à la table d'hôte de la
rue du Dragon ne céda au cruel caprice de s'amuser
du pauvre vieux. Ils le traitaient tous avec les égards
dus à son âge et, par cet instinct naturel qui fait que 30

les Orientaux considèrent les fous comme sacrés, ils
n'excitaient jamais et respectaient au contraire sa
démence. Ayant imité leur réserve, j'ai donc vu
seulement, et non connu, ce soi-disant Roi très chré-
5 tien, ce prétendu Fils aîné de l'Église, qui tant de
fois, en ma présence, a chipoté ses œufs brouillés au
fromage et trempé dans le dernier verre de bordeaux
de sa demi-bouteille un biscuit à la poussière.

Mais le seul aspect de ce vieillard qui se donnait
10 pour l'auguste martyr du Temple, devait forcément
faire rêver un jeune poète, attiré déjà par les déce-
vantes aventures du théâtre, et ce faux Dauphin, que
le hasard mettait sur ma route, me fit concevoir, à
cette époque, un sujet de drame, dont, selon toutes
15 probabilités, je ne tirerai jamais parti, mais que j'ai
le caprice d'esquisser à grands traits aujourd'hui.

Un gentilhomme, ami personnel du comte de Provence, le comte de ***, a fait la campagne d'Amérique
et adopté les idées libérales que l'armée de Lafayette
20 rapporta dans les plis de son drapeau. La Révolution éclate, il s'y jette d'abord à corps perdu; mais
bientôt les excès le dégoûtent et l'épouvantent, il
se retire, et le Feuillant ne devient pas un Jacobin.
Pourtant, tout en ayant horreur des violences du par-
25 ti populaire, il déplore la politique incertaine ou per-
fide de la Cour; la fuite à Varennes l'indigne, et, au
Dix Août, il n'est pas, l'épée à la main, sur l'escalier
des Tuileries.

Mais la captivité, le jugement, la mort du Roi,
30 celle de la Reine surtout, emplissent de remords cette

âme scrupuleuse; il se reproche, — lui noble, resté,
dans le fond de son cœur, fidèle à la cause royale, —
ses doutes et ses hésitations, et, pour expier son in-
action passée, il forme le projet, il se donne la mission de délivrer l'enfant royal, retenu prisonnier au 5
Temple.

Il y réussit. Les moyens romanesques employés
pour l'évasion importent peu. On en trouvera plusieurs — et l'on n'aura que l'embarras du choix
— dans les chimériques récits de Mathurin Bruneau, 10
d'Hervagault, du baron de Richemont, de Naundorff,
etc. Le comte de *** parviendra-t-il à enlever le Dauphin dans un cheval de carton, artifice renouvelé
des Grecs et de la prise de Troie? Substituera-t-on au
roi Louis XVII un enfant idiot, sourd et muet, qu'on 15
laissera dans son cachot? Toutes ces folies ont été
racontées, comme des événements très vraisemblables,
par de graves historiens, par M. Louis Blanc lui-
même, si je ne me trompe. Le dramaturge a bien le
droit de les admettre et d'en faire son profit. 20

Donc voilà l'enfant délivré, mais dans quel état
lamentable! Les barbares traitements auxquels il a
été soumis par ses bourreaux l'ont amené au dernier
degré de l'état que les hommes de science appellent
la misère physiologique. Tout son corps n'est qu'une 25
plaie; il ne parle plus, et, — détail essentiel — sa
raison est égarée et il a perdu la mémoire.

Son sauveur, après avoir mis le Dauphin en lieu
sûr et l'avoir entouré de soins dévoués, se demande ce
qu'il doit faire. Rendra-t-il le jeune prince à ses 30
parents? Aux yeux de l'ancien compagnon d'armes
de Lafayette, du gentilhomme libéral, les frères de
Louis XVI font une guerre impie à la France en la

combattant avec les étrangers; si l'enfant leur était
remis, ils le nourriraient certainement des préjugés
de l'Ancien Régime, et, s'il devait un jour monter sur
le trône, il serait un mauvais roi. Alors le rêveur,
5 l'idéologue, conçoit un dessein étrangement hardi: —
garder l'enfant, s'enfuir avec lui en Amérique, pro-
fiter de sa folie momentanée pour lui faire croire,
quand son intelligence se réveillera, qu'il est le fils
d'un humble colon, lui donner la saine et vigoureuse
10 éducation du travail et de la pauvreté, et plus tard,
lorsque les circonstances l'exigeront et le permettront,
lui révéler le secret de sa naissance et lui dire:

— Tu croyais être simple citoyen dans un pays
libre?... Eh bien, tu es le Roi de France! Va régner
15 sur ton peuple et donne-lui la liberté!

Il est bien entendu — on ne fait pas de mélodrame
sans une ficelle, sans une "croix de ma mère" quelconque, — qu'il existe une preuve matérielle, indénia-
ble, de l'identité du Dauphin; et, puisque nous nous
20 lançons dans la fantaisie, que diriez-vous de trois fleurs
de lys tatouées sur son bras par le comte de ***, qui
serait parvenu à porter ce fait à la connaissance de
Madame Royale, la sœur et la compagne de captivité
de Louis XVII?

25 Le comte de *** mène à bien sa singulière entreprise. Après avoir prévenu les Princes de l'évasion
et du nouveau sort de leur neveu, il parvient à s'embarquer à Nantes avec l'enfant malade, passe en
Amérique et s'établit à la Louisiane, où il achète
30 une petite plantation avec les derniers rouleaux de
louis qui restent dans sa ceinture de fugitif. Là, le
jeune prince, après une très longue convalescence, se
rétablit; et, comme pour aider le comte dans ses

projets, des lacunes subsistent dans la mémoire de
l'enfant, qui ne garde de son passé qu'un terrible mais
très confus souvenir.

Les années s'écoulent, et, tandis que là-bas, sur le
vieux continent, Napoléon bouleverse et rebouleverse 5
la carte d'Europe, le fils de Louis XVI devient un
beau, fier, intelligent et courageux jeune homme; et
son soi-disant père, le gentilhomme planteur, qu
veille chaque soir, dans sa maison de planches, sur
l'*Émile* de Rousseau, soumet son élève au régime d'une 10
éducation libérale et philosophique.

La nouvelle des désastres de la Grande Armée en
Russie, celle de la bataille de Leipzig, inspirent au
comte de *** de graves réflexions. Il prévoit que
l'Empire va s'écrouler et il sent approcher l'heure où 15
il devra livrer au Dauphin le secret de sa royale ori-
gine. Une maladie le surprend alors, une maladie
mortelle; il rédige pour son ancien ami — pour le
comte de Provence, devenu Louis XVIII, — une mis-
sive solennelle qu'il signe et timbre de ses armes, et, 20
sentant venir l'agonie, il fait des aveux complets au
jeune homme stupéfié, lui remet la lettre et meurt.

Hein? Quelle scène! Et le monologue auprès du
cadavre? Vous les devinez, et rien ne s'oppose, n'est-
ce pas? à ce que l'auteur répande ici des torrents 25
d'éloquence. Mais je ne trace qu'un scénario som-
maire, qu'un plan écrit au courant de la plume, et je
suis forcé de précipiter les événements.

Débarqué au Havre dans les derniers jours du mois
de mars 1814, le jeune prince arrive à Paris en même 30
-temps que les Alliés, et c'est à la barrière Clichy, derrière la queue et les ailes de pigeon du vieux Moncey,
que nous le retrouvons, un fusil à la main. Car au

bruit du canon, qu'il croit entendre pour la première
fois,—il n'était qu'un petit enfant, au Dix Août,—il
obéit à son instinct de patriote, et l'un des derniers
coups de feu qui défendent l'Empereur est tiré par le
5 chef de la maison de France!

C'est un " effet," comme on dit en argot de théâtre,
ou je ne m'y connais pas.

Grièvement blessé à l'affaire de Clichy, le jeune
homme est recueilli et soigné dans une famille pari-
10 sienne, et la fille de la maison... Mais il suffit;
vous voyez poindre l'intrigue d'amour. Quand il est
remis sur pied, tout est dit: la Restauration est faite,
Louis XVIII sur le trône, et l'Ancien Régime rétabli,
ou à peu près. Mon Bourbon libéral ne souffrira pas
15 cela; il se fera reconnaître de son oncle, réclamera
ses droits et ouvrira pour son peuple une ère d'indé-
pendance et de prospérité.

Je vous préviens que je vais déshonorer Louis XVIII
et lui distribuer un "troisième rôle," un rôle de traî-
20 tre; mais les auteurs dramatiques sont sans pitié et
sacrifieraient père et mère à une situation.

Nous voici arrivés à la scène entre Louis XVII et
Louis XVIII, à la scène capitale, à la "scène à faire,"
comme dit notre ami Sarcey.

25 Le Roi ne peut pas douter de la bonne foi du jeune
homme qui est devant lui. Il a jadis été prévenu par
le comte de *** de l'évasion du Dauphin et, dans la
lettre qu'on lui présente, il reconnaît bien, non seulement l'écriture, mais les idées de son ancien ami.
30 Donc, le plan du comte a réussi; il rend à la France
un prince qui a pardonné à la Révolution, qui en a
accepté, qui en appliquera les principes. Tout en fré-
missant à cette pensée, Louis XVIII a d'abord un

mouvement vraiment royal. Il veut obéir à la loi es-
sentielle de la monarchie héréditaire, et cette couronne, qu'il a si longtemps désirée, attendue, il la dé-
posera aux pieds du chef de la dynastie. Si cruel que
soit le sacrifice, il l'accomplit; il ouvre ses bras à son 5
neveu, et, après une longue étreinte, il le traite avec
le plus profond respect, lui dit " Sire " et " Votre Majesté," et, se tenant debout sur ses jambes de podagre,
il l'oblige à s'asseoir devant lui, dans son fauteuil
royal. 10

Mais ce n'est qu'un éclair d'attendrissement et de
générosité. L'ambitieux, le rusé politique ne tarde
pas à reparaître. S'autorisant de son âge et de sa pa-
renté, il interroge le jeune homme, lui offre des con-
seils, lui demande quels sont ses projets. En quel- 15
ques mots, Louis XVII expose sa politique; il donnera
toutes les libertés, accomplira toutes les réformes.
Alors le vieux Bourbon, sincèrement convaincu d'ailleurs qu'il perdra la France en la livrant à ce révolu-
tionnaire, conçoit une pensée coupable: 20

— Ainsi, dit-il au jeune prince, — car la discussion
s'est échauffée — votre idéal est celui des assassins
de votre famille et du Roi-Martyr qui fut votre
père ?

— Je me souviens seulement, répond le Dauphin, 25
de la parole qu'il a prononcée sur l'échafaud et que le
roulement des tambours de Santerre n'a pu étouffer:
Je pardonne à mes ennemis !

C'en est trop ! Le vieux roi jette au feu la lettre
du comte de ***, seule .preuve de l'identité de son 30
neveu, et lui adresse ces horribles mots:

— Le Dauphin est mort prisonnier au Temple...
Je ne vous connais pas... Vous êtes un faussaire ou

un aliéné... Sortez, ou je vous fais mettre dehors par les laquais!

Indigné d'un déni de justice aussi audacieux, aussi criminel, le prince veut lutter. Impossible! Enfin, 5 après les Cent-Jours, et ayant eu à surmonter bien des obstacles, il parvient jusqu'à sa sœur, cette Madame Royale qui partagea sa captivité et qui est devenue la duchesse d'Angoulême. Elle est fort émue par le visage bourbonien du jeune homme, par les trois fleurs 10 de lys tatouées sur son bras; mais ce ne sont pas là des preuves positives, et, pour jeter le trouble dans l'esprit de la duchesse, un ordre du Roi à la police secrète multiplie les Faux-Dauphins. Enfin, las d'être confondu avec des fous et des intrigants, dégoûté, dé- 15 couragé, le malheureux renonce à la lutte et rentre dans une obscurité où il est consolé du moins par l'amour d'une humble et tendre femme, de qui le trône l'eût séparé à jamais.

Mais ce n'est pas le dénouement; il est, je vous prie 20 de le croire, un peu plus corsé que cela. Ce dénoue- ment — ou plutôt cet épilogue — a lieu sur une bar- ricade, dans une rue de Paris, en juillet 1830, et là, le chef de la maison de Bourbon, Louis XVII, roi de France et de Navarre, se fait tuer pour les droits du 25 peuple, en criant: "Vive la République!"

Tel est le "très horrificque" mélodrame que m'inspira, vers l'âge de vingt ans, la vue du pauvre vieux manchot qui mangeait si piteusement ses œufs brouillés à la table d'hôte de la rue du Dragon. Je 30 trouvais jadis ce plan superbe; aujourd'hui j'ai moins de confiance.

Je croyais alors un peu, comme on a pu voir, aux idées révolutionnaires et aux œuvres d'imagination pure. Depuis lors, j'ai bien changé. Je considère les choses de la politique avec un indulgent scepticisme, et, — rare exception parmi mes contemporains, 5 — je n'ai dans ma poche aucune Constitution, destinée à assurer le bonheur du peuple français. Quant aux inventions arbitraires et compliquées des romans-feuilletons et des pièces du Boulevard du Crime, je les vénère sans doute; mais je les donnerais toutes 10 bien volontiers pour une seule page écrite en bonne et solide prose ou — ce qui vaut mieux — pour quelques beaux vers.

De plus, la légende des Dauphins s'est effondrée; mon savant ami, M. de Chantelauze, est en train d'en 15 démolir les dernières ruines. Je renonce donc à écrire mon *Louis XVII*, qui d'ailleurs ressemble trop aux *Faux Smerdis* et aux *Faux Démétrius* des tragiques abolis du siècle dernier.

C'est assez dire que, si un jeune auteur dramatique, 20 envieux de la gloire de M. Adolphe d'Ennery, voulait développer ce scénario et le faire siffler au théâtre des Nations, je serais coulant sur la question des droits d'auteur.

LA ROBE BLANCHE

Les Brésiliens au teint couleur jus de tabac, gar-25 rottés de chaînes d'or et dont le portefeuille est gonflé de comptes de reïs, s'imaginent connaître Paris quand ils ont assisté à une "première" d'opérette, fait le tour du "persil" au Bois de Boulogne et soupé dans un restaurant de nuit; et nous sommes de tels fanfa-30

ruos de vice que nous donnons volontiers le titre de
Parisien à quiconque comprend vite un calembour et
sait le prix de tout à la mode. En réalité, la vie tout
entière d'un observateur ne suffirait pas pour explorer
5 à fond la monstrueuse capitale, dont chaque quartier,
chaque rue même, a sa physionomie personnelle, son
caractère original. La différence des types qu'on y
rencontre est si tranchée que leur déplacement semble
impossible. Quelle surprise pour le flâneur, s'il voyait
10 un coulissier juif des environs de la Bourse traverser
les paisibles cours de l'Institut !

Cette infinie variété d'aspect des rues de la grande
ville est pour le véritable Parisien, pour le Parisien
de Paris, une source inépuisable d'intérêt, et entre-
15 tient chez lui, pourvu qu'il soit doué de quelque puissance imaginative, la fraîcheur et la vivacité d'impressions du voyageur débarqué de la veille. Moi-
même, qui suis né à Paris, qui l'ai toujours habité, et
qui pourrais me plaindre, comme Alfred de Musset,
20 d'en connaître tous les pavés, je suis encore étonné
bien souvent des découvertes que j'y fais dans mes
promenades aventureuses. N'ai-je pas trouvé la
silencieuse mélancolie d'un canal de Venise derrière la
manufacture des Gobelins, et dans Grenelle, à deux
25 pas du Champ-de-Mars, une place publique du Caire,
brûlée de soleil, un excellent décor pour le meurtre
du général Kléber percé de six coups de poignard par
le fanatique Souleyman-el-Habbi ?

Quand je vins habiter le coin perdu du faubourg
30 Saint-Germain, où je vis depuis une dizaine d'années,
je me pris d'affection pour la très calme et presque
champêtre rue Rousselet, qui s'ouvre juste devant la
porte de ma maison. Au XVIIe siècle, elle s'appelait

l'Impasse des Vaches et elle n'était sans doute alors
qu'un chemin à fondrières; mais quelques seigneurs
avaient déjà construit, de ce côté, leur "maison des
champs," et c'est là qu'est morte Mme de la Sablière,
l'excellente amie de La Fontaine, dans son logis, 5
"près des Incurables." Un hôtel du siècle dernier,
situé au coin de la rue Oudinot, est devenu l'hôpital
des Frères Saint-Jean-de-Dieu, et les arbres de leur
beau jardin dépassent le vieux mur effrité qui occupe
presque tout le côté droit de la rue Rousselet. De 10
l'autre côté s'étend une rangée d'assez pauvres
maisons, où logent des artisans et des petits employés,
et qui toutes jouissent de la vue du jardin des Frères.
La rue Rousselet est très mal pavée, le luxe du trottoir n'y apparaît que par tronçons; l'une des 15
dernières, elle a vu disparaître l'antique reverbère à
potence et à poulie. Peu de boutiques, et des plus
humbles: l'échoppe du cordonnier en vieux, le trou
noir de l'Auvergnat marchand de charbon, le cabaret
d'angle avec l'enseigne classique: *Au bon coing*, et de 20
tristes épiceries où vieillissent dans un bocal des sucres
d'orge fondus par vingt étés et gelés par vingt hivers,
à côté d'images d'Épinal, — une page de hussards
dans leur uniforme de 1840, ou le portrait authentique
et violemment peinturluré du Juif-Errant, encadré 25
des couplets de la célèbre complainte. — Des linges
sèchent aux fenêtres, des poules picorent dans le ruisseau. On se croirait là dans un faubourg de province
très reculée, un de ces faubourgs qui s'en vont vers la
campagne et où la ville redevient village.   30
Comme il passe à peine une voiture par quart
d'heure dans la rue Rousselet, on y laisse jouer les
enfants, qui sont nombreux dans les quartiers popu-

laires. Ils n'ont point le souci de doter le "gosse"
ou la fillette, qui entreront en apprentissage à douze
ans et gagneront leur vie à seize.

Aussi, dans le renfoncement du vieux mur, sous la
5 charrette abandonnée, il y a de fameuses parties de
billes, allez! C'est effrayant ce qu'on y use de fonds
de culottes! et, à quatre heures, à la sortie de l'école
des Frères de la rue Vanneau, la rue grouille de
moutards. J'ai fini par les connaitre, à force de
10 passer là, par m'intéresser à eux, par leur sourire.
Pour eux non plus je ne suis pas un inconnu, et souvent il me faut interrompre ma rêverie et répondre à
un "Bonjour, m'sieu," que me lance une gamine en
bonnet rond ou un jeune drôle en pantalon trop large.
15 A la Fête-Dieu, quand ils établissent des petites
chapelles devant les portes, avec une serviette blanche,
une bonne Vierge en plâtre, trois roses dans un verre
et deux petits chandeliers en plomb, ils me poursuivent
en secouant une soucoupe, où ma pièce de deux sous
20 sonne joyeusement. Enfin ils me traitent en voisin,
en ami, moi, le passant absorbé et inoffensif. Par les
jours de septembre où il fait du vent, les galopins
écartent devant moi la ficelle de leur cerf-volant, et,
les soirs d'été, la petite fille qui saute en demandant
25 "du vinaigre" s'arrête pour me laisser enjamber la
corde.

C'est ainsi que j'ai remarqué la petite boiteuse.
— Il y a bien longtemps de cela, je venais de
m'installer dans le quartier et elle pouvait avoir
30 alors huit ou dix ans. — Ce n'était pas elle, hélas!
qui aurait pu demander "du vinaigre." En grand
deuil, — son père, un compagnon charpentier, venait
de mourir, — elle s'asseyait sur une borne, sa petite

béquille dans sa jupe, et elle regardait jouer les
autres. Elle m'attendrissait, avec son air triste et
sage, ses grands yeux bleus dans sa figure pâlotte,
et ses bandeaux châtains sous son béguin noir. A
la longue, elle avait vaguement deviné ma pitié dans 5
mon regard; elle y répondait par un sourire mélan-
colique. Je lui disais au passage: — Bonjour, mignonne!

Du temps s'écoula, — deux ou trois ans passent si
vite! — et, un jeudi matin du mois de mai, où le jar- 10
din des Frères Saint-Jean-de-Dieu embaumait la
verdure nouvelle et où des fils de la Vierge flottaient
dans l'air, je m'aperçus, en sortant de chez moi, vers
onze heures, que la rue Rousselet avait un aspect de
fête inaccoutumé. Parbleu! c'était le jour de la 15
première communion des enfants. L'ouvrier, qui
mangeait tous les soirs du jésuite en lisant son journal, avait eu beau déclamer... "On n'est pas des
païens," avait déclaré la maman, et les enfants étaient
tout de même allés au catéchisme. Et puis, la pre- 20
mière communion des gamins, c'est une occasion de
"caler l'atelier," de faire une petite noce; et le
savetier radical, qui fumait sa pipe sur le seuil de sa
boutique, pouvait bien hausser les épaules et mur-
murer entre ses dents: "Ah! malheur!" la rue n'en 25
avait pas moins son air des dimanches. Eh! là-bas,
la petite blanchisseuse, qui courez en portant sur vos
deux mains une chemise d'homme empesée comme
une cuirasse, dépêchez-vous! La pratique a fini de se
raser devant le miroir attaché à l'espagnolette de la 30
croisée, et l'on s'impatiente. Il y a de la presse aussi
chez le pâtissier de la rue de Sèvres: dès hier soir, on
commandait des godiveaux, et la fruitière du n° 9 est

en train de faire une scène, parce qu'on a oublié son
nougat. Chez le perruquier, par exemple, — la
boutique peinte en bleu, où le plat à barbe en cuivre
frissonne au vent printanier, — ça empeste encore le
5 cheveu brûlé, mais l'ouvrage est fini depuis longtemps;
toute la marmaille était frisée dès sept heures du
matin. Maintenant, c'est une affaire bâclée, on
revient de l'église, et le monde se met aux fenêtres
pour voir passer les communiants.

10 Superbes, les garçons, avec la veste neuve et le bras-
sard de satin à franges d'or, excepté Victor pourtant,
le fils de l'ébéniste, qui vient d'attraper une paire de
calottes. (Aussi quelle idée de laisser tomber sa tar-
tine de raisiné sur son pantalon! Cet animal-là n'en
15 fait jamais d'autres; ça lui apprendra.) Mais ce sont les
petites en blanc qui sont jolies! Les blondes surtout!
Le voile de mousseline leur sied à ravir. Elles le savent
bien, les coquines, et elles baissent les yeux pour se
donner une mine plus virginale, et aussi pour regarder
20 leurs gants de filoselle, les premiers qu'elles aient mis
de leur vie. Pour les brunes, elles ont un peu l'air de
mouches tombées dans du lait; mais n'importe, leurs
mamans ne sont pas les moins fières. Oh! les pauvres
mamans! elles se sont faites belles pour la circon-
25 stance, et elles ont arboré des toilettes qui révèlent
des poèmes de misère et d'économie. Voilà une
pèlerine de velours qui doit dater de l'Exposition de
1867, et voilà un cachemire français qui connaît certainement le chemin du Mont-de-Piété. Bah! les
30 fillettes qui les accompagnent sont quand même
habillées tout battant neuf; et, lorsque la pèlerine
dit au cachemire: "Elle est joliment *forcie*, votre
demoiselle," le cachemire répond d'un ton satisfait:

"Que voulez-vous ? *A va* sur ses treize ans." Et la
pèlerine conclut: "Comme ça nous pousse!" Enfin,
c'est un beau jour pour tout le monde, et les pères,
— ces hommes! ça ne croit à rien! — peuvent "blaguer" la cérémonie chez le marchand de vins, il 5
n'est pas moins vrai que tout à l'heure, à la paroisse,
quand l'orgue jouait en sourdine et quand les enfants
ont marché vers l'autel, en file indienne, les garçons
d'un côté, les filles de l'autre, le cierge allumé à la
main, toutes les mamans ont pleuré.   10

J'avais bien vite reconnu ma petite boiteuse dans le
nuage blanc des communiantes.   Était-ce à cause de
sa béquille noire sur laquelle elle s'appuyait pour
sautiller, ou à cause de la robe de veuve de sa pauvre
vieille mère qui la tenait par la main ?   Mais elle me 15
sembla plus immaculée, plus pure, plus blanche que
les autres.   Elle me parut aussi plus émue, plus re-
cueillie que ses compagnes; son visage enfantin avait
une expression naïve et mystique qui eût tenté le
pinceau d'Holbein.   20

Ce jour-là, j'accentuai pour elle mon bonjour
amical, et j'étais tout heureux, en m'éloignant, de
penser qu'elle aussi avait eu sa robe blanche.   Une
robe blanche! l'idéal de la parure pour les filles du
peuple!   25

Depuis lors, plusieurs printemps ont fleuri et, par
de belles matinées du mois de mai, plusieurs fois le
vent parfumé a fait flotter les voiles blancs des communiantes dans la rue Rousselet.   Des années ont
passé, des années avec leurs printemps, mais avec 30
leurs hivers aussi; des choses ont changé, des gens
ont vieilli dans ce paisible quartier.   D'autres enfants
jouent encore aux billes sous la vieille charrette, mais

le perruquier a fermé boutique; le savetier radical
fume toujours sa pipe sur le seuil de son échoppe,
mais sa barbe a grisonné; enfin on a lu, un jour, un
billet bordé de noir, collé avec quatre pains à cacheter
5 sur les volets fermés de la fruitière du n° 9, et maintenant c'est une blanchisseuse qui s'est établie là, pour
faire concurrence à l'ancienne, qui demeure en face.
Mais cela ne réussira pas, car la mère Vernier, la femme de ménage, — une langue d'enfer dont je vous
10 conseille de vous méfier, — prétend que la nouvelle
patronne est une sans-soin qui lui a perdu une cami-
sole, et que ses ouvrières sont des rien du tout, qui
batifolent avec le sergent de ville, — vous savez le
grand blond médaillé, celui qui a une si belle mous-
15 tache tombante de buveur d'eau-de-vie. — Malgré
tout, la rue Rousselet a conservé à peu près sa physionomie d'autrefois, et le mur des Frères Saint-Jean est
plus dégradé que jamais par les saxifrages.

Mais la petite boiteuse?

20 Hélas! elle a très peu grandi, bien qu'elle soit une
jeune fille à présent, et qu'en comptant sur mes doigts
je découvre qu'elle aura bientôt vingt ans. Quand je
la rencontre, sautillant plus lourdement sur sa béquille,
— une béquille neuve, un peu plus haute que l'an-
25 cienne, — je n'ose plus dire: "Bonjour, mignonne!"
et je me contente de lui tirer mon chapeau. D'ailleurs,
elle sort rarement. Sa mère est maintenant concierge
dans la maison du brocheur, et la fenêtre de la loge,
qui donne sur la rue, est placée trop haut pour que je
30 puisse y jeter un regard en passant; mais la présence
de ma petite amie se trahit par le bruit incessant de
sa machine à coudre. Elle travaille pour la confection, et il paraît qu'elle gagne d'assez bonnes journées.

On m'a assuré qu'elle est bien plus infirme que je
ne croyais et qu'elle a une jambe toute séchée. Elle
ne se mariera pas. Quel dommage!

Cependant, presque toutes ses camorades de première communion ont déjà mis leur seconde robe 5
blanche, celle du mariage. L'autre samedi encore,
l'épicière a marié sa fille à son premier garçon. (Je
me doutais bien que ça finirait par là; les dimanches
soirs, quand la mère prenait le frais sur le pas de sa
porte et quand les jeunes gens jouaient à la raquette, 10
ils envoyaient toujours le volant dans l'allée du n° 23,
qui est noire comme un four, et ils disparaissaient
ensemble, censément pour le ramasser. Comme c'est
malin!) Oh! l'épicière a bien fait les choses; on est
allé autour du lac en grande remise et l'on a dîné à 15
la Porte-Maillot. Eh bien! au moment où la mariée
est montée en voiture, avec sa traîne de soie blanche
et sa fleur d'oranger dans les cheveux, — elle a l'air
insolent, cette grande rousse! — j'ai aperçu ma pauvre
petite boiteuse, qui se tenait à quelques pas de là, 20
appuyée sur sa béquille, et qui regardait d'un œil
d'envie.

Hélas! il n'y aura bientôt plus qu'elle, de toutes les
filles de son âge, dans la rue Rousselet, qui n'aura mis
de robe blanche qu'une fois dans sa vie! 25

LE REMPLAÇANT

Il avait dix ans à peine quand on l'arrêta, une première fois, pour vagabondage.

Il dit aux juges ceci:

— Je m'appelle Jean-François Leturc, et voilà six
mois que je suis auprès de l'homme qui chante, entre 30

deux lanternes, sur la place de la Bastille, en frottant
une corde à boyau. Je dis le refrain en même temps
que lui, et ensuite c'est moi qui crie: "Demandez le
recueil de chansons nouvelles, dix centimes, deux
5 sous." Il était toujours en ribotte et me battait; voilà
pourquoi les agents m'ont trouvé, l'autre nuit, dans
les démolitions. Avant, j'étais avec celui qui vend du
poil à gratter. Ma mère était blanchisseuse, elle se
nommait Adèle. Autrefois un monsieur l'avait établie
10 dans un rez-de-chaussée, à Montmartre. C'était une
bonne ouvrière et qui m'aimait bien. Elle gagnait de
l'argent parce qu'elle avait la clientèle des garçons de
café et que ces gens-là ont besoin de beaucoup de
linge. Le dimanche, elle me couchait de bonne heure,
15 pour aller au bal; mais, en semaine, elle m'envoyait
chez les Frères où j'ai appris à lire. Enfin, voilà. Le
sergent de ville qui battait son quart dans notre rue
s'arrêtait toujours devant la fenêtre pour lui parler.
Un bel homme, avec la médaille de Crimée. Ils se
20 sont mariés, et tout a marché de travers. Il m'avait
pris en grippe et excitait maman contre moi. Tout le
monde me flanquait des calottes, et c'est alors que,
pour fuir la maison, j'ai passé des journées entières
sur la place Clichy, où j'ai connu les saltimbanques.
25 Mon beau-père perdit sa place, maman ses pratiques;
elle alla au lavoir pour nourrir son homme. C'est là
qu'elle est devenue poitrinaire, rapport à la buée.
Elle est morte à Lariboisière. C'était une bonne
femme. Depuis ce temps-là, j'ai vécu avec le mar-
30 chand de poil à gratter et le racleur de corde à boyau.

— Est-ce qu'on va me mettre en prison ?

Il parla ainsi carrément, cyniquement, comme un
homme. C'était un petit galopin déguenillé, haut

comme une botte, le front caché sous une étrange
tignasse jaune.

Personne ne le réclamant, on le mit aux Jeunes
Détenus.

Peu intelligent, paresseux, surtout maladroit de 5
ses mains, il ne put apprendre là qu'un mauvais
métier, rempailleur de chaises. Pourtant il était
obéissant, d'un naturel passif et taciturne, et ne
semblait pas trop profondément corrompu dans cette
école de vice. Mais lorsque, arrivé à sa dix-septième 10
année, il fut relancé sur le pavé parisien, il y retrouva,
pour son malheur, ses camarades de prison, tous
affreux drôles exerçant les professions de la boue.
C'était des éleveurs de dogues pour la chasse aux
rats dans les égouts; des cireurs de souliers, les nuits 15
de bal, dans le passage de l'Opéra; des lutteurs
amateurs se laissant volontairement *tomber* par les
hercules de foire; des pêcheurs à la ligne, en plein
soleil, sur les trains de bois. Il fit un peu de tout
cela, et, quelques mois après sa sortie de la maison de 20
correction, il fut de nouveau arrêté pour un petit vol:
une paire de vieux souliers enlevée à un étalage.
Résultat: un an de prison à Sainte-Pélagie, où il
servit de brosseur aux détenus politiques.

Il vécut, étonné, dans ce groupe de prisonniers, 25
tous très jeunes et négligemment vêtus, qui parlaient
à voix haute et portaient la tête d'une façon si solennelle. Ils se réunissaient dans la cellule du plus âgé
d'entre eux, garçon d'une trentaine d'années, incar-
céré depuis longtemps déjà et comme installé à 30
Sainte-Pélagie; une grande cellule, tapissée de cari-
catures coloriées, et par la fenêtre de laquelle on
voyait tout Paris, ses toits, ses clochers et ses dômes,

et là-bas, la ligne lointaine des coteaux, bleue et
vague sur le ciel. Il y avait aux murailles quelques
planches chargées de volumes et tout un vieil attirail
de salle d'armes: masques crevés, fleurets rouillés,
5 plastrons et gants perdant leur étoupe. C'est là que
les *politiques* dînaient ensemble, ajoutant à l'immu-
able "soupe et le bœuf," des fruits, du fromage, et
des litres de vin que Jean-François allait acheter à la
cantine: repas tumultueux, interrompus de violentes
10 disputes, où l'on chantait en chœur au dessert la
Carmagnole et le *Ça ira!* On prenait cependant un
air de dignité, les jours où l'on faisait place à un
nouveau venu, traité d'abord gravement de citoyen,
mais dès le lendemain tutoyé et appelé par son petit
15 nom. Il se disait là des grands mots: Corporation,
Solidarité, et des phrases tout à fait inintelligibles
pour Jean-François, telles que celle-ci, par exemple,
qu'il entendit une fois proférer impérieusement par
un affreux petit bossu qui noircissait du papier toutes
20 les nuits:
— C'est dit. Le cabinet est ainsi composé: Raymond à l'instruction publique, Martel à l'intérieur,
et moi aux affaires étrangères.

Son temps fait, il erra de nouveau à travers Paris,
25 surveillé de loin par la police, à la façon de ces han-
netons que les enfants cruels font voler au bout d'un
fil. Il devenait un de ces êtres fuyants et craintifs
que la loi, avec une sorte de coquetterie, arrête et
relâche tour à tour, un peu comme ces pêcheurs
30 platoniques qui, pour ne pas dépeupler leur vivier,
rejettent bien vite à l'eau le poisson sortant à peine
du filet. Sans se douter qu'on fit tant d'honneur à
son chétif individu, il avait un dossier spécial dans

les mystérieux cartons de la rue de Jérusalem, ses
nom et prénoms étaient écrits en belle bâtarde sur
le papier gris de la couverture, et les notes et rap-
ports, soigneusement classés, lui donnaient ces appel-
lations graduées: le nommé Leturc, l'inculpé Leturc, 5
et enfin le condamné Leturc.

Il resta deux ans hors de prison, dînant à la Californie, couchant dans les garnis à la nuit, et quelquefois dans les fours à chaux, et prenant part, avec
ses semblables, à d'interminables parties de bouchon 10
sur les boulevards, près des barrières. Il portait la
casquette grasse en arrière, les pantoufles de tapisserie
et la courte blouse blanche. Quand il avait cinq sous,
il se faisait friser. Il dansait chez Constant, à Mont-
parnasse, achetait deux sous, pour le revendre quatre, 15
à la porte de Bobino, le valet de cœur ou l'as de trèfle
servant de contremarque, ouvrait à l'occasion une
portière de voiture, entraînait des rosses au marché
aux chevaux. Tous les malheurs ! il tira au sort et
amena un bon numéro. Qui sait si l'atmosphère 20
d'honneur qu'on respire au régiment, si la discipline
militaire, ne l'auraient pas sauvé ? Repris, dans un
coup de filet, avec de jeunes rôdeurs qui dévalisaient
les ivrognes endormis sur les trottoirs, il se défendit
très énergiquement d'avoir pris part à leurs expé- 25
ditions. C'était peut-être vrai. Mais ses antécédents
tinrent lieu de preuve, et il fut envoyé pour trois ans
à Poissy. Là, il fabriqua de grossiers jouets d'enfant,
se fit tatouer les pectoraux et apprit l'argot et le Code
pénal. Nouvelle libération, nouveau plongeon dans 30
le cloaque parisien, mais bien court, cette fois, car au
bout de six semaines tout au plus il fut de nouveau
compromis dans un vol nocturne, aggravé d'escalade

et d'effraction, affaire ténébreuse, où il avait joué un
rôle obscur, moitié dupe et moitié recéleur. En
somme, sa complicité parut évidente, et il fut condamné à cinq années de travaux forcés. Son chagrin,
5 dans cette aventure, fut surtout d'être séparé d'un
vieux chien qu'il avait ramassé sur un tas d'ordures
et guéri de la gale. Cette bête l'avait aimé.

Toulon, le boulet au pied, le travail dans le port,
les coups de bâton, les sabots sans paille, la soupe aux
10 gourganes datant de Trafalgar, pas d'argent pour le
tabac, et l'horrible sommeil du lit de camp grouillant
de forçats, voilà ce qu'il connut pendant cinq étés
torrides et cinq hivers souffletés par le mistral. Il
sortit de là, ahuri, fut envoyé en surveillance à Ver-
15 non, où il travailla quelque temps sur la rivière; puis,
vagabond incorrigible, il rompit son ban et revint encore à Paris.

Il avait sa masse, cinquante-six francs, c'est-à-dire
le temps de la réflexion. Pendant sa longue absence,
20 ses anciens et horribles camarades s'étaient dispersés.
Il était bien caché et couchait dans une soupente,
chez une vieille femme à qui il s'était donné comme
un marin las de la mer, ayant perdu ses papiers dans
un récent naufrage, et qui voulait essayer d'un autre
25 état. Sa face hâlée, ses mains calleuses, et quelques
termes de bord qu'il lâchait de temps à autre, rendaient ce roman assez vraisemblable.

Un jour qu'il s'était risqué à flâner par les rues, et
que le hasard de la marche l'avait conduit jusque
30 dans ce Montmartre où il était né, un souvenir in-
attendu l'arrêta devant la porte de l'école des Frères
dans laquelle il avait appris à lire. Comme il faisait
très chaud, cette porte était ouverte, et, d'un seul

regard, le farouche passant put reconnaître la paisible
salle d'étude. Rien n'était changé: ni la lumière
crue tombant par le grand châssis, ni le crucifix au-
dessus de la chaire, ni les gradins réguliers avec les
planchettes garnies d'encriers de plomb, ni le tableau 5
des poids et mesures, ni la carte géographique sur
laquelle étaient même encore piquées les épingles
indiquant les opérations d'une ancienne guerre. Distrait et sans réfléchir, Jean-François lut, sur la
planche noircie, cette parole de l'Évangile qu'une 10
main savante y avait tracée comme exemple d'écriture:

— Il y a plus de joie au ciel pour un pécheur qui
se repent que pour cent justes qui persévèrent.

C'était sans doute l'heure de la récréation, car le 15
Frère professeur avait quitté sa cathèdre, et, assis sur
le bord d'une table, il semblait conter une histoire à
tous les gamins qui l'entouraient, attentifs et levant
les yeux. Quelle physionomie innocente et gaie que
celle de ce jeune homme imberbe, en longue robe 20
noire, en rabat blanc, en gros vilains souliers, et dont
les cheveux bruns mal coupés se retroussaient par
derrière! Toutes ces figures pâlottes d'enfants du
peuple qui le regardaient paraissaient moins enfantines que la sienne, surtout lorsque, charmé d'une 25
candide plaisanterie de prêtre qu'il venait de faire, il
partait d'un bon et franc éclat de rire qui montrait
ses dents saines et bien rangées, et si communicatif,
que tous les écoliers éclataient bruyamment à leur
tour. Et c'était simple et doux ce groupe dans ce 30
rayon joyeux qui faisait étinceler les yeux clairs et les
boucles blondes.

Jean-François le considéra quelque temps en silence,

et, pour la première fois, dans cette nature sauvage,
toute d'instinct et d'appétit, s'éveilla une mystérieuse,
une douce émotion.   Son cœur, ce rude cœur cuirassé,
que la trique du chiourme ou la lourde poigne de
5 l'argousin tombant sur l'épaule ne faisait plus tressaillir, battit jusqu'à l'oppression.   Devant ce spectacle, où il revoyait son enfance, ses paupières se
fermèrent douloureusement, et, contenant un geste
violent, en proie à la torture du regret, il s'éloigna à
10 grands pas.

Les mots écrits sur le tableau noir lui revinrent
alors à la pensée.

— S'il n'était pas trop tard, après tout? murmura-
t-il.   Si je pouvais encore, comme les autres, mordre
15 honnêtement dans mon pain bis, dormir mon somme
sans cauchemar?   Bien malin le mouchard qui me
reconnaîtrait.   Ma barbe, que je rasais là-bas, a
repoussé maintenant drue et forte.   On peut se terrer
dans la grande fourmilière, et la besogne n'y manque
20 pas.   Quiconque ne crève point tout de suite dans
l'enfer du bagne en sort agile et robuste, et j'y ai
appris à monter aux cordages avec des charges sur le
dos.   On bâtit partout ici, et les maçons ont besoin
d'aides.   Trois francs par jour, je n'en ai jamais tant
25 gagné.   Qu'on m'oublie, c'est tout ce que je demande.

Il suivit sa courageuse résolution, il y fut fidèle, et,
trois mois après, c'était un autre homme.   Le maître
pour lequel il travaillait le citait comme son meilleur
compagnon.   Après la longue journée, passée sur
30 l'échelle, au grand soleil, dans la poussière, à ployer
et à redresser constamment les reins pour prendre le
moellon des mains de l'homme placé à ses pieds et le
repasser à l'homme placé au-dessus de sa tête, il ren-

trait manger la soupe à la gargote, éreinté, les jambes
lourdes, les mains brûlantes et les cils collés par le
plâtre, mais content de lui et portant son argent bien
gagné dans le nœud de son mouchoir. Il sortait
maintenant sans rien craindre, car son masque blanc 5
le rendait méconnaissable, et puis il avait observé que
le regard méfiant du policier s'arrête peu sur le vrai
travailleur. Il était silencieux et sobre. Il dormait
le bon sommeil de la bonne fatigue. Il était libre.

Enfin, récompense suprême! il eut un ami.   10

C'était un garçon maçon comme lui, nommé Savinien, un petit paysan limousin, aux joues rouges,
venu à Paris le bâton sur l'épaule, avec le paquet au
bout, qui fuyait le marchand de vin et allait à la
messe le dimanche. Jean-François l'aima pour sa 15
santé, pour sa candeur, pour son honnêteté, pour
tout ce que lui-même avait perdu, et depuis si longtemps. Ce fut une passion profonde, contenue, qui
se traduisait par des soins et des prévenances de père.
Savinien, lui, nature molle et égoïste, se laissait faire, 20
satisfait seulement d'avoir trouvé un camarade qui
partageait son horreur du cabaret. Les deux amis
logeaient ensemble, dans un garni assez propre, mais
leurs ressources étant très bornées, ils avaient dû admettre dans leur chambre un troisième compagnon, 25
vieil Auvergnat sombre et rapace, qui trouvait encore
moyen d'économiser sur son maigre salaire de quoi
acheter du bien dans son pays.

Jean-François et Savinien ne se quittaient presque
pas. Les jours de repos, ils allaient faire ensemble 30
de longues promenades aux environs de Paris et dîner
sous la tonnelle, dans une de ces guinguettes où il y
a beaucoup de champignons dans les sauces et d'inno-

cents rébus au fond des assiettes. Jean-François se
faisait alors conter par son ami tout ce qu'ignorent
ceux qui sont nés dans les villes. Il apprenait le
nom des arbres, des fleurs et des plantes, l'époque des
5 différentes récoltes; il écoutait avidement les mille
détails du grand labeur bucolique: les semailles d'automne, le labourage d'hiver, les fêtes splendides de la
moisson et de la vendange, et les fléaux battant le sol,
et le bruit des moulins au bord de l'eau, et les che-
10 vaux las menés à l'abreuvoir, et les chasses matinales
dans le brouillard, et surtout les longues veillées,
autour du feu de sarment abrégées par les histoires
merveilleuses. Il découvrait en lui-même une source
d'imagination jusqu'alors inconnue, trouvant une
15 volupté singulière au seul récit de ces choses douces,
calmes et monotones.

Une crainte le troublait pourtant, celle que Savinien ne vînt à connaître son passé. Parfois il lui
échappait un mot ténébreux d'argot, un geste ig-
20 noble, vestiges de son horrible existence d'autrefois, et
il éprouvait la douleur d'un homme de qui les an-
ciennes blessures se rouvrent; d'autant plus qu'il
croyait voir alors, chez Savinien, s'éveiller une curiosité malsaine. Quand le jeune homme, déjà tenté
25 par les plaisirs que Paris offre aux plus pauvres, l'in-
terrogeait sur les mystères de la grande ville, Jean-
François feignait l'ignorance et détournait l'entretien; mais il concevait alors sur l'avenir de son ami
une vague inquiétude.

30 Elle n'était point sans fondement, et Savinien ne
devait pas rester longtemps le naïf campagnard qu'il
était lors de son arrivée à Paris. Si les joies gros-
sières et bruyantes du cabaret lui répugnaient tou-

jours, il était profondément troublé par d'autres
désirs pleins de dangers pour l'inexpérience de ses
vingt ans. Quand vint le printemps, il commença
à chercher la solitude et erra d'abord devant l'entrée
illuminée des bals de barrières qu'il voyait franchir 5
par les couples de fillettes en cheveux, se tenant par
la taille et se parlant tout bas. Puis, un soir que les
lilas embaumaient et que l'appel des quadrilles était
plus entraînant, il franchit le seuil, et, dès lors, Jean-
François le vit changer peu à peu de mœurs et de 10
physionomie. Savinien devint plus coquet, plus dé-
pensier; souvent il empruntait à son ami sa misérable
épargne, qu'il oubliait de lui rendre. Jean-François,
se sentant abandonné, à la fois indulgent et jaloux,
souffrait et se taisait. Il ne se croyait pas le droit 15
d'adresser des reproches; mais son amitié pénétrante
avait de cruels, d'insurmontables pressentiments.

Un soir qu'il gravissait l'escalier de son garni, absorbé dans ses préoccupations, il entendit dans la
chambre où il allait entrer un dialogue de voix irri- 20
tées, parmi lesquelles il reconnut celle du vieil
Auvergnat qui logeait avec lui et Savinien. Une
ancienne habitude de méfiance le fit s'arrêter sur le
palier, et il écouta pour connaître la cause de ce
trouble.   25

— Oui, disait l'Auvergnat avec colère, je suis sûr
qu'on a ouvert ma malle et qu'on y a volé les trois
louis que j'avais cachés dans une petite boîte; et celui
qui a fait le coup ne peut être qu'un des deux compagnons qui couchent ici, à moins que ce ne soit 30
Maria, la servante. La chose vous regarde autant
que moi, puisque vous êtes le maître de la maison, et
c'est vous que je traînerai en justice, si vous ne me

laissez pas tout de suite chambarder les valises des
deux maçons. Mon pauvre magot! il était encore
hier à sa place, et je vais vous dire comment il est
fait, pour que, si nous le retrouvons, on ne m'accuse
5 pas encore d'avoir menti. Oh! je les connais, mes
trois belles pièces d'or, et je les vois comme je
vous vois. Il y en a une plus usée que les autres,
d'un or un peu vert, et c'est le portrait du grand
Empereur; l'autre, c'est celui d'un gros vieux qui a
10 une queue et des épaulettes, et la troisième, où il y a ·
dessus un Philippe en favoris, je l'ai marquée avec
mes dents. C'est qu'on ne me triche pas, moi.
Savez-vous qu'il ne m'en fallait plus que deux autres
comme ça pour payer ma vigne. Allons! fouillez
15 avec moi dans les nippes des camarades, ou je vais
appeler la garde, fouchtra!

— Soit, répondit la voix du patron de l'hôtel, nous
allons chercher avec Maria. Tant pis si vous ne
trouvez rien et si les maçons se fâchent. C'est vous
20 qui m'aurez forcé.

Jean-François avait l'âme remplie d'épouvante. Il
se rappelait la gêne et les petits emprunts de Savinien, l'air sombre qu'il lui avait trouvé depuis quelques jours. Cependant il ne voulait pas croire à un
25 vol. Il entendait l'Auvergnat haleter, dans l'ardeur
de sa recherche, et il serrait ses poings fermés contre
sa poitrine, comme pour comprimer les battements
furieux de son cœur.

— Les voilà! hurla tout à coup l'avare victorieux.
30 Les voilà! mes louis, mon cher trésor! Et dans le
gilet des dimanches de ce petit hypocrite de Limousin. Voyez, patron, ils sont bien comme je vous ai
dit. Voilà le Napoléon, et l'homme à la queue, et le

Philippe que j'ai mordu.   Regardez l'encoche.   Ah!
le petit gueux! avec son air de sainte nitouche.   J'aurais plutôt soupçonné l'autre.   Ah! le scélérat! faudra
qu'il aille au bagne.

En ce moment, Jean-François entendit le pas 5
bien connu de Savinien qui montait lentement l'escalier.

— Il va se trahir, pensa-t-il.   Trois étages.   J'ai le
temps.

Et, poussant la porte, il entra, pâle comme un 10
mort, dans la chambre où il vit l'hôtelier et la bonne
stupéfaite dans un coin, et l'Auvergnat à genoux
parmi les hardes en désordre, qui baisait amoureuse-
ment ses pièces d'or.

— En voilà assez, fit-il d'une voix sourde.   C'est 15
moi qui ai pris l'argent et qui l'ai mis dans la malle
du camarade.   Mais c'est trop dégoûtant.   Je suis un
voleur et non pas un Judas.   Allez chercher la police.
Je ne me sauverai pas.   Seulement il faut que je dise
un mot en particulier à Savinien, que voilà.   20

Le petit Limousin venait en effet d'arriver et,
voyant son crime découvert, se croyant perdu, il
restait là, les yeux fixes, les bras ballants.

Jean-François lui sauta violemment au cou, comme
pour l'embrasser; il colla sa bouche à l'oreille de 25
Savinien, et lui dit d'une voix basse et suppliante:

— Tais-toi!

Puis se tournant vers les autres:

— Laissez-moi seul avec lui.   Je ne m'en irai pas,
vous dis-je.   Enfermez-nous, si vous voulez, mais 30
laissez-nous seuls.

Et, d'un geste qui commandait, il leur montra la
porte.   Ils sortirent.

Savinien, brisé par l'angoisse, s'était assis sur un lit
et baissait les yeux sans comprendre.

— Écoute, dit Jean-François qui vint lui prendre
les mains. Je devine. Tu as volé les trois pièces
d'or pour acheter quelque chiffon à une fille. Cela
t'aurait valu six mois de prison. Mais on ne sort de
là que pour y rentrer, et tu serais devenu un pilier de
correctionnelle et de cours d'assises. Je m'y entends.
J'ai fait sept ans aux Jeunes Détenus, un an à Sainte-
Pélagie, trois ans à Poissy, cinq ans à Toulon. Maintenant, n'aie pas peur. Tout est arrangé. J'ai mis
l'affaire sur mon dos.

— Malheureux! s'écria Savinien; mais l'espérance
renaissait déjà dans ce lâche cœur.

— Quand le frère aîné est sous les drapeaux, le
cadet ne part pas, reprit Jean-François. Je suis ton
remplaçant, voilà tout. Tu m'aimes un peu, n'est-ce
pas? Je suis payé. Pas d'enfantillage. Ne refuse
pas. On m'aurait rebouclé un de ces jours; car je
suis en rupture de ban. Et puis, vois-tu, cette vie-là,
ce sera moins dur pour moi que pour toi; ça me connaît, et je ne me plains pas si je ne te rends pas ce
service pour rien et si tu me jures que tu ne le feras
plus. Savinien, je t'ai bien aimé, et ton amitié m'a
rendu bien heureux; car c'est grâce à elle que, tant
que je t'ai connu, je suis resté honnête et pur, et tel
que j'aurais toujours été peut-être, si j'avais eu comme
toi un père pour me mettre un outil dans la main,
une mère pour m'apprendre mes prières. Mon seul
regret, c'était de t'être inutile et de te tromper sur
mon compte. Aujourd'hui, je me démasque en te
sauvant. Tout est bien. — Allons, adieu! ne pleur-
niche pas, et embrasse-moi; car j'entends déjà les

grosses bottes sur l'escalier. Ils reviennent avec la
rousse, et il ne faut pas que nous ayons l'air de nous
connaître si bien devant ces gens-là.

Il serra brusquement Savinien contre sa poitrine;
puis il le repoussa loin de lui, lorsque la porte se rou- 5
vrit toute grande.

C'était l'hôtelier et l'Auvergnat qui amenaient les
sergents de ville. Jean-François s'élança sur le palier, tendit ses mains aux menottes et s'écria en riant:

— En route, mauvaise troupe!   10

Aujourd'hui, il est à Cayenne, condamné à perpé-
tuité, comme récidiviste.

UN ENTERREMENT DRAMATIQUE

Pendant vingt-cinq ans, il avait joué les troisièmes
rôles au boulevard du Crime; et sa voix âpre, son nez
en bec d'aigle, son œil brillant d'une lueur mauvaise, 15
avaient même fait de lui un assez bon comédien dans
cet emploi. Pendant vingt-cinq ans, vêtu de l'habit
de tête-ronde et serré par le ceinturon de cuir fauve
de Mordaunt, il avait reculé, avec une allure de scorpion blessé, devant la colichemarde de d'Artagnan; 20
drapé dans la lévite crasseuse de Rodin, il avait frotté
ses mains sèches en murmurant le terrible: *Patience!*
patience! et, plongé dans le fauteuil du duc d'Este, il
avait dit à Lucrèce Borgia, avec un regard de côté
suffisamment infernal: *Ayez soin de ne pas vous trom-* 25
per... Le flacon d'or, Madame! Quand, précédé d'un
trémolo, il faisait son entrée en scène, la troisième
galerie frissonnait, et un soupir de soulagement ac-
cueillait le moment où le jeune-premier lui disait
enfin: *A nous deux maintenant!* et l'immolait pour 30
le plus grand triomphe de la vertu.

Mais ce genre de succès, qui ne se traduit que par
des murmures d'horreur, n'est pas de ceux qui ren-
dent bien séduisante la carrière dramatique; et d'ailleurs le vieil acteur avait toujours caché dans un repli
5 de son âme l'ideal bourgeois qui est au fond de presque tous les artistes. Il souhaitait pour ses vieux
jours l'aisance et la considération du boutiquier retiré;
la maison de campagne où l'on s'attable en famille,
devant un melon, sous la tonnelle; les soirées à
10 gâteaux, l'hiver; sa fille élevée au couvent; son fils
en uniforme de polytechnicien; la croix d'honneur.

Or, quand nous eûmes occasion de le connaître, il
avait déjà presque réalisé son rêve.

A la suite de la faillite du théâtre où il était engagé
15 depuis longtemps, des capitalistes avaient songé à lui
pour relever l'entreprise. Avec de l'ordre, du bon
sens, une grande pratique de son métier, un instinct
littéraire assez juste, il était devenu un excellent
directeur. Il possédait des rentes sur le Grand-Livre,
20 une villa à Montmorency; son fils achevait ses études
à Sainte-Barbe; sa fille venait de sortir des Oiseaux;
et, si les malices des petits journaux avaient retardé
sa nomination dans la Légion d'honneur, en rappelant
chaque année, aux environs du 1er janvier, ses anciens
25 ravages dans les avant-scènes, jadis, quand il jouait
les "rôles à collants," il pouvait espérer que le ruban
rouge ne tarderait pas à fleurir sa boutonnière. Il
avait bien conservé quelques habitudes de cabotin,
comme de tutoyer tout le monde et de se teindre
30 les moustaches; mais, comme il était, en somme, bon,
honnête et serviable, il avait conquis l'estime et l'amitié de tous ceux qui l'approchaient.

Aussi ce fut avec une peine très sincère que tout le

monde dramatique apprit un jour l'affreux malheur
qui venait de frapper ce brave homme. Sa fille, une
enfant de dix-sept ans, était morte subitement d'une
fièvre cérébrale.

Nous savions quelle adoration il avait pour cette 5
enfant, comment il l'avait élevée dans les principes
les plus sévères de famille et de religion, loin du
théâtre, un peu comme Triboulet cache sa fille
Blanche dans la petite maison du cul-de-sac Bucy.
Nous avions deviné que toutes les ambitions et les 10
espérances de cet homme reposaient sur la tête de cet
être charmant, qui, tout près de la corruption des
coulisses, avait grandi dans l'innocence et dans la
pureté, de même que parfois, dans l'herbe rare des
faubourgs, on voit une fleur des champs croître à la 15
porte d'un bouge.

Un des premiers nous nous rendîmes au funèbre
rendez-vous que nous avait assigné le billet bordé de
noir.

Devant la maison mortuaire, le menu peuple des 20
environs encombrait la rue, attiré par les pompes de
l'enterrement de première classe commandé par le
vieux comédien, qui avait conservé le goût de la mise
en scène jusque dans sa douleur. Le corbillard magnifique, et les nombreuses voitures de deuil, aux 25
chevaux drapés et empanachés, stationnaient déjà le
long du trottoir et, sous la porte, dans l'ombre des
lourdes draperies frangées et écussonnées d'argent,
parmi les scintillements de la chapelle ardente, entre
deux béguines lisant des prières dans leurs eucologes, 30
le cercueil massif se dessinait sous son drap blanc,
chargé de bouquets de violettes de Parme.

Tout en nous promenant parmi la foule, nous

remarquâmes bientôt les groupes formés par ceux qui,
comme nous, attendaient le départ du convoi. Il y
avait là presque tous les comédiens et toutes les
comédiennes de Paris, qui étaient venus rendre le
5 dernier devoir à la fille de leur camarade. Rien
n'était plus naturel, sans doute; mais nous n'en
éprouvâmes pas moins un sentiment étrange en voyant autour du cercueil de cette pure jeune fille, qui
avait exhalé son dernier soupir dans une prière, la
10 réunion de tous ces visages marqués par la flétrissure
du théâtre.

Ils étaient tous là: les premiers rôles, les comiques,
les amoureux, les traîtres; elles ne manquaient aucune: les soubrettes, les duègnes, les coquettes, les
15 ingénuités. Drapé dans un paletot-sac et coiffé d'un
feutre d'où débordaient ses longs cheveux gris, le
superbe aventurier de tous les drames de cape et
d'épée s'adossait au contre-vent d'une boutique, dans
son attitude familière, et croisait les bras pour mon-
20 trer ses belles mains; tandis qu'un petit vieux au
masque chiffonné de paillasse lui parlait vivement, en
le tenant par un bouton, de cette voix grasse et
éraillée qui nous avait fait si souvent pouffer de rire.
A côté du jeune-premier séculaire, qui, sanglé dans
25 sa redingote trop courte et dans son pantalon collant
à sous-pieds, massait de sa main gantée les boucles
trop noires de ses cheveux, un grand gaillard, d'une
beauté de modèle, n'avait pas voulu renoncer, même
pour ce jour-là, à ses excentricités de costume, et se
30 carrait dans une cape de velours noir et dans ses
bottes à l'écuyère. Oh! comme elles paraissaient
tristes, vieilles et fatiguées, au jour gris de ce matin
d'hiver, toutes ces têtes pathétiques, gracieuses ou

risibles, que nous n'étions habitués à voir que trans-
figurées par le prestige de la scène! Les mentons
étaient devenus bleuâtres sous le rasoir trop fréquent,
les cheveux rares et secs sous le fer chaud du coiffeur,
les peaux rugueuses sous l'action mordante des on- 5
guents et des vinaigres, et les yeux atones, brûlés par
la lumière de la rampe, clignotaient, presque rétrac-
tiles, comme ceux des hibous au soleil.

Les femmes surtout faisaient pitié. Forcées, par
extraordinaire, de se lever de très bonne heure, et 10
n'ayant pas trouvé le temps exigé pour leur savante
et minutieuse toilette, elles se tenaient par groupes
de quatre ou cinq, frileuses et emmitouflées sous les
manteaux de fourrure, les manchons et les triples
voilettes noires. Malgré le petit bout de maquillage 15
fait à la hâte, elles étaient méconnaissables, et il nous
fallut un effort de pensée pour retrouver en elles un
souvenir de ce sublime sérail des théâtres parisiens.
Sur tous ces types charmants apparaissaient les stig-
mates de la lassitude et de l'âge. Les uns s'ossifiaient 20
dans une maigreur fanée; les autres s'alourdissaient
d'une graisse malsaine et adipeuse. Les rides ra-
yaient les fronts et étoilaient les tempes; les lèvres
étaient livides, les yeux cernés de plomb; le teint
surtout effrayait: ce teint uniforme, morbide et em- 25
poisonné, œuvre du rouge végétal et du blanc gras.
Cette grosse commère à l'encolure de bourgeoise, à
qui l'on eût rêvé un cabas, c'était la reine terrible et
fatale des grandes œuvres romantiques, et cette petite
personne blonde et pâlotte, si fade sous ses dentelles, 30
et qu'aurait si bien complétée le rouleau de toile cirée
de la maîtresse de piano au cachet, c'était l'exquise
ingénue que tous les vaudevillistes avaient mariée au

dénouement de leurs pièces. Il y avait là des airs de
tête de vieille copiste du Louvre, des sourires de
Célimène macabre.

Bientôt arrivèrent dans des fiacres les fonctionnaires de l'administration des théâtres, en gants noirs
et en habit, avec un air de tristesse officielle; les
jeunes reporters, saute-ruisseau du journalisme, regardant tout le monde sous le nez, en prenant des
notes; les auteurs dramatiques, les feuilletonnistes
du lundi; enfin tous ces êtres nocturnes, éreintés et
blasés, qu'on est convenu d'appeler le *Tout-Paris des
premières.*

Les groups devinrent plus compacts, des conversations animées s'engagèrent. D'anciens camarades
se retrouvaient. On échangeait des poignées de
main; on reprenait, vu la circonstance, ses sourires
de cordialité; des femmes s'embrassaient à travers le
voile.

Au passage on saisissait des lambeaux de dialogue,
tels que ceux-ci: *Quand passe la machine de chose?
— Étais-tu hier à la première des Variétès?* Des
termes de coulisses étaient entendus: *Mes moyens,
mon charme, mon physique.* Il se faisait même des
affaires. Un nouveau directeur était très entouré;
une vieille actrice organisait son bénéfice.

Tout à coup, il se fit un mouvement dans la foule.
Les croque-morts venaient de placer le cercueil dans
le corbillard et les jeunes filles de la confrérie de la
Vierge, dont était la morte, se rangeaient, voilées de
blanc, sur deux lignes, aux côtés du char funèbre.
Précédé d'un maître de cérémonies en bas de soie et
le tricorne à la main, le pauvre père avait paru sur

le trottoir, en grand deuil, en cravate blanche, bouleversé de douleur et soutenu par des amis.

Le convoi se mit en marche et l'on arriva à la
paroisse, heureusement tout proche.

On dit une grand'messe en musique qui n'en finis- 5
sait pas. Il faisait trop chaud dans l'église bondée
de monde, et l'inattention était générale. Des gens,
qui ne s'étaient reconnus que là, se saluaient de loin
d'un léger mouvement de tête; des entretiens à voix
basse s'échangeaient; quelques jeunes acteurs pre- 10
naient des attitudes, en se tournant du côté des
femmes, et des pituites répondaient aux *Dominus
vobiscum* chevrotés par le prêtre. A l'élévation,
derrière l'autel, éclata un magnifique *Pie Jesu*
chanté par un baryton célèbre qui n'avait jamais mis 15
dans sa voix plus de langueur amoureuse. Dans les
bas-côtés, les petites gens du quartier, se hissant sur
la pointe du pied et s'accrochant à la balustrade, se
montraient du doigt les célébrités.

L'office terminé, le long défilé commença, et tous 20
allèrent, au seuil de l'église, jeter quelques gouttes
d'eau bénite sur la bière, et serrer la main du vieil
acteur, qui, brisé de désespoir et ayant à peine la
force de tenir son chapeau, s'appuyait contre un
pilier.   25

Ce fut le moment le plus horrible.

Emportés par l'habitude de "jouer la situation,"
tous ces gens de théâtre mirent dans la marque de
sympathie donnée à leur ami le caractère de leur
emploi. Le premier-rôle s'avançait gravement, posait 30
sa tête de trois quarts, et jetait "le regard à la destinée." L'ancien tragédien à barbe grise prenait une
mine stoïque et n'oubliait pas de "vibrer" en pro-

nonçant un mâle: *Du courage!* Le pitre s'approchait, trottinant, secouant la tête en faisant trembler
ses joues et murmurait: *Ma pauvre vieille!* Et la
reine de féerie, prise d'un attendrissement, se jetait
5 avec emphase au cou du malheureux père, qui, le visage boursouflé, les yeux sanglants, la lèvre pendante,
noircissait sa figure et ses mains gantées de blanc
avec la teinture de ses moustaches, délayée par les
larmes.

10 Et pendant ce temps-là, à quelques pas de cette
scène grotesque et sinistre, nous pouvions voir,—
dernier mot de l'antithèse,— les blanches jeunes filles
de la confrérie agenouillées sur les chaises les plus
rapprochées du cercueil de leur compagne, et qui
15 pour elle sans doute demandaient à Dieu, dans leur
naïve et virginale prière, le paradis qu'elles pouvaient
rêver; un joli paradis du style jésuite, tout en bois
sculpté et doré et en marbre polychrome, où l'on voit
au fond, dans une lumière de transparent et de
20 trompe-l'œil, la Vierge couronnée d'étoiles, avec le
serpent sous ses pieds, tandis que de petits chérubins
font voler au-dessus de sa tête une banderolle d'azur,
sur laquelle ces mots flamboient: *Ecce Regina Ange-
lorum.*

LA VIEILLE TUNIQUE.

25 À l'époque où j'étais expéditionnaire dans les
bureaux du ministère de la guerre, j'avais pour collègue et pour camarade de pièce un nommé Jean
Vidal, ancien sous-officier, amputé du bras gauche
pendant la campagne d'Italie, mais à qui restait en-
30 core sa main droite, sa "belle main" de fourrier, avec
laquelle il exécutait des merveilles calligraphiques en

ronde, en bâtarde, en gothique, et dessinait, d'un seul
trait de plume, un petit oiseau dans le paraphe de sa
signature.

Un digne homme, ce Vidal ! Le type du vieux
soldat, probe et pur. Bien qu'il eût à peine quarante 5
ans et que de rares poils gris apparussent dans sa barbiche blonde d'ancien zouave, déjà nous l'appelions
tous, au bureau, le père Vidal, mais avec moins de
familiarité que de respect; car nous connaissions sa
vie d'honneur et de dévouement, là-bas, dans son 10
petit logement à bon marché, au fond de Grenelle, où
il avait recueilli une sœur à lui, veuve avec une ribam-
belle d'enfants, et où il entretenait tout ce petit
monde sur son maigre budget, c'est-à-dire l'argent de.
sa croix, de sa pension et de ses appointements. Trois 15
mille francs pour cinq personnes ! N'importe, les
redingotes du père Vidal, — ces redingotes dont la
manche gauche, la manche vide, s'attachait au troisième bouton, — étaient toujours brossées comme pour
la revue du général inspecteur, et le brave homme 20
prenait tellement au sérieux son ruban rouge, toujours
frais, qu'il le retirait de sa boutonnière quand il portait un paquet dans la rue, — quelque paire de bottes
de chez Latour, rue Montorgueil, ou quelque pantalon
de fatigue, acheté le matin à la Belle-Jardinière. 25

Comme je demeurais alors, moi aussi, dans la banlieue du sud de Paris, je faisais route assez souvent,
pour m'en retourner chez moi, avec le père Vidal, et
je m'amusais à lui faire raconter ses campagnes, tout
en cheminant par ce quartier de l'École-Militaire, où 30
l'on rencontrait alors à chaque pas — c'était dans les
dernières années de l'Empire — les beaux uniformes
de la garde impériale, guides verts, lanciers blancs,

et ces sombres et magnifiques officiers d'artillerie,
noir et or, — un costume sous lequel cela valait la
peine de se faire tuer.

Quelquefois, par les chaudes soirées d'été, j'offrais
5 l'absinthe à mon compagnon, — douceur que le pauvre
Vidal se refusait par économie, — et nous nous arrê-
tions une demi-heure devant le café d'officiers de
l'avenue de la Mothe-Piquet. Ces jours-là, l'ancien
" sous-off," qui était devenu le plus sage des pères de
10 famille et avait perdu l'habitude du "perroquet," se
levait de table avec un coup d'ivresse héroïque dans le
cerveau et j'étais bien sûr d'entendre, pendant le reste
de la route, quelque belle histoire de guerre.

Un soir, — je crois, Dieu me pardonne, que le père
15 Vidal avait bu deux verres d'absinthe ! — voilà qu'en
longeant l'horrible boulevard de Grenelle, il s'arrêta
brusquement devant la devanture d'un fripier militaire, comme il y en a beaucoup dans ce quartier-là.
C'était une sale et sinistre boutique, montrant dans
20 sa vitrine des pistolets rouillés, des sébiles pleines de
boutons, des épaulettes d'or rouge, et devant laquelle
étaient suspendues, parmi des haillons sordides, quelques vieilles tuniques d'officiers, pourries sous la pluie
et rongées par le soleil, mais qui, conservant le pince-
25 ment de la taille et la carrure des épaules, avaient
encore on ne sait quel aspect presque humain.

Vidal, me saisissant le bras de sa seule main et
tournant vers moi ses regards un peu ivres, leva son
moignon pour désigner une de ces défroques, — une
30 tunique d'officier d'Afrique, avec la jupe à cent plis

et le triple galon d'or grimpant sur la manche et
faisant un huit, à la houzarde.

— Tenez, me dit-il, voilà l'uniforme de mon ancien
corps... une tunique de capitaine.

Et, s'étant approché pour examiner la loque de 5
plus près, il lut le numéro gravé sur les boutons et
reprit, enthousiasmé :

— C'est de mon régiment!... C'est du premier
zouaves!

Mais, tout à coup, la main du père Vidal, qui avait 10
déjà saisi la jupe de la vieille tunique, resta immobile,
son visage s'assombrit, ses lèvres tremblèrent et, bais-
sant les yeux, il murmura, avec un accent d'épouvante :

— Mon Dieu! si c'était la *sienne!*   15

Puis, d'un geste brusque, il retourna la tunique et
je pus voir, au milieu du dos, un petit trou rond dans
le drap, un trou de balle, cerné d'une crasse noire qui
était sans doute du vieux sang, — et ce trou sinistre
faisait horreur et pitié, comme une blessure.   20

— Oh! oh! dis-je au père Vidal, qui avait tout de
suite laissé retomber le vêtement et s'était remis en
route, d'un pas pressé, la tête basse, — voilà une
vilaine cicatrice!...

Et, pressentant une histoire, j'ajoutai pour exciter 25
mon compagnon à la raconter :

— Ordinairement ce n'est pas par derrière que les
capitaines de zouaves reçoivent les balles.

Mais il ne paraissait pas m'entendre; il marmottait
des mots en mordant sa moustache.   30

— Comment a-t-*elle* pu s'échouer là? il y a loin du
champ de bataille de Melegnano au boulevard de
Grenelle... Oui, je sais bien, les corbeaux qui suivent

l'armée, les dépouilleurs de cadavres... Mais pourquoi
là, justement, à deux pas de l'École-Militaire, où son
régiment est caserné, à *l'autre?*... Et *il* a dû passer
par ici, *il* a dû *la* reconnaître... Oh! c'est comme un
5 revenant!

— Voyons, père Vidal, fis-je en lui prenant le bras
et violemment intéressé, vous n'allez pas continuer à
parler par énigmes, et vous me direz bien quel souvenir vous rappelle cette tunique trouée.

10 Je crois bien que, sans les deux absinthes, je n'aurais rien su, car, à cette demande, le père Vidal me
jeta un regard méfiant, presque craintif; mais soudain, comme prenant une grande résolution, il me dit
d'une voix brève:

15 — Eh bien, oui, je vous conterai la chose... Aussi
bien vous êtes un jeune homme instruit et honnête,
j'ai confiance en vous, et, quand j'aurai fini, vous me
direz — mais là, bien franchement, la main sur la
conscience, — si vous me trouvez excusable d'avoir agi
20 comme j'ai agi... Voyons, par où commencer?... Ah!
d'abord, je ne peux pas vous dire son nom, à *l'autre*,
puisqu'il vit encore, mais je le désignerai par le sobri-
quet que nous lui donnions au régiment... *La-Soif*,
oui, nous l'appelions La-Soif, et il n'avait pas volé son
25 surnom, étant de ceux qui ne grouillent pas de la
cantine et qui sifflent douze petits verres aux douze
coups de midi... Il était sergent à la quatrième du
second, où j'étais fourrier, et il marchait à côté de
moi, en serre-file... Bon soldat, très bon soldat...
30 Ivrogne, chapardeur, aimant les batteries, toutes les
mauvaises habitudes d'Afrique... Mais brave comme
une baïonnette, avec des yeux bleus et froids comme
l'acier, dans sa face tannée à barbe rouge, où l'on

voyait bien tout de suite qui le particulier n'était pas
commode. Au moment où j'étais arrivé du dépôt
aux bataillons de guerre, La-Soif venait de finir son
congé; il se rengagea, toucha la prime et tira une
bordée de trois jours, pendant lesquels il roula dans
les bas quartiers d'Alger, avec quatre ou cinq noceurs
comme lui, empilés dans une calèche et portant un
drapeau tricolore, où on lisait ces mots: *Ça ne durera
pas toujours!* On le rapporta à la caserne, la tête
fêlée d'un coup de sabre; il s'était battu avec des 10
tringlos, chez une Mauresque, qui avait reçu dans la
bagarre un coup de pied dont elle était morte. La-
Soif guérit; on lui flanqua quinze jours de bloc et on
lui retira ses galons. C'était la deuxième fois qu'il
les perdait. Sans sa mauvaise conduite, La-Soif, qui 15
était d'une famille bourgeoise et avait reçu de l'instruction, aurait été officier depuis longtemps... Donc,
après l'affaire de la Mauresque, on lui reprit ses
galons, mais, dix-huit mois plus tard, comme je venais
de passer sergent-fourrier, il les avait déjà rattrapés, 20
grâce à l'indulgence du capitaine, vieil Africain qui
l'avait vu faire le coup de feu en Kabylie.
Mais voilà que le vieux est promu chef de bataillon
et qu'on nous envoie un capitaine de vingt-huit ans,
un Corse nommé Gentile, sorti de l'école, un garçon 25
froid, ambitieux, plein de mérite, disait-on, mais très
exigeant dans le service, dur pour les hommes, et vous
collant des huit joirs de salle de police pour une tache
de rouille sur le fusil ou un bouton de moins à la
guêtre; de plus, n'ayant pas encore servi en Algérie, 30
et n'admettant pas du tout, mais pas du tout, l'indiscipline et la *fantasia*. Du premier coup, le capitaine
Gentile prit La-Soif en grippe, et réciproquement.

Ça ne pouvait pas manquer. La première fois que le
sergent ne répondit pas à l'appel du soir, huit jours
de bloc; la première fois qu'il se grisa, quinze jours.
Quand le capitaine — un petit brun, raide comme un
5 poil, avec des moustaches de chat effarouché — lui
jetait la punition à la face, en ajoutant d'un ton sec :
" Je sais qui vous êtes, et je vous materai, mon cher ! "
La-Soif ne répondait rien et s'en allait d'un pas tranquille du côté de la salle de police; mais le capitaine
10 se serait peut-être un peu radouci tout de même, s'il
avait vu le coup de colère qui rougissait la figure du
sergent, dès qu'il avait tourné la tête, et l'éclair de
rage qui passait dans ses terribles yeux bleus.

Là-dessus, voilà que l'Empereur déclare la guerre
15 aux Autrichiens et qu'on nous embarque pour
l'Italie... Mais il ne s'agit pas ici de la campagne,
j'arrive au fait... La veille du combat de Melegnano,
— où j'ai laissé mon bras, vous savez, — notre
bataillon campait au milieu d'un petit village, et
20 avant de rompre les rangs, le capitaine nous avait fait
un petit discours — il avait raison, le capitaine, —
pour nous rappeler que nous étions en pays ami, qu'il
était de notre honneur de nous y bien conduire et que
celui qui ferait la moindre peine à l'habitant serait
25 puni d'une façon exemplaire. Pendant qu'il parlait,
La-Soif, qui chancelait un peu en s'appuyant sur son
flingot, à côté de moi, — il avait vidé, depuis le
matin, la moitié du bidon de la cantinière, — haussa
légèrement les épaules; mais, par bonheur, le capi-
30 taine ne s'en aperçut pas.

Au milieu de la nuit, je suis réveillé en sursaut.
Je saute de la botte de paille sur laquelle je dormais
dans une cour de ferme, et je vois, au clair de la lune,
un groupe de camarades et de paysans qui arrachaient
des bras de La-Soif, furieux comme un lion, une belle 5
fille, toute dépoitraillée et déchevelée, en train d'in-
voquer la Madone et tous les saints du paradis.
J'accours pour prêter main-forte, mais le capitaine
Gentile arrive avant moi.   D'un coup d'œil, — il
avait un vrai regard de maître, le petit Corse, — il 10
fait reculer le sergent terrifié: puis, après avoir
rassuré la Lombarde par quelques mots qu'il lui dit
en italien, il revient se camper devant le coupable et,
lui mettant sous le nez un doigt qui tremblait:

— On devrait brûler la cervelle à des misérables 15
comme vous, lui dit-il.   Dès que je pourrai voir le
colonel, vous perdrez encore vos galons, et ce sera
pour de bon, cette fois... On se bat demain, tâchez de
vous faire tuer.

On se recoucha, mais le capitaine avait dit vrai, et, 20
dès le point du jour, ce fut la canonnade qui nous
éveilla.   On courut aux armes, on forma la colonne,
et La-Soif — jamais ses sacrés yeux bleus ne m'avaient paru plus méchants — vint se placer auprès de
moi.   Le bataillon se mit en marche.   Il s'agissait de 25
déloger les habits blancs qui s'étaient fortifiés, avec
du canon, dans le village de Meleguano.   En avant,
marche!   Nous n'avions pas fait deux kilomètres que,
v'lan! la mitraille des Autrichiens nous prend par le
travers et jette par terre une quinzaine d'hommes de 30
la compagnie.   Alors, nos officiers, qui attendaient
l'ordre de charger, nous font coucher dans le maïs, en
tirailleurs; mais eux restent debout, naturellement,

et je vous assure que ce n'était pas notre capitaine
qui se tenait le moins droit. Nous, à genoux dans
les épis, nous continuions à tirer sur la batterie qui
était à portée. Tout à coup, je me sens pousser le
5 coude, je me retourne et je vois La-Soif qui me regardait, le coin de la lèvre relevé d'un air de blague, et
qui armait son fusil.

— Tu vois bien le capitaine ? me dit-il en le dési-
gnant d'un geste de tête.

10 — Oui... Eh bien ? lui répondis-je avec un regard
sur l'officier, qui étaitdebout à vingt pas de nous.

— Eh bien, il a eu tort de me parler comme il a
fait, cette nuit.

Puis, d'un geste précis et rapide, en deux temps, il
15 épaula son arme, fit feu.. et je vis le capitaine, le
torse brusquement cambré, la tête jetée en arrière,
battre une seconde l'air des deux mains, laisser choir
son épée et tomber lourdement sur le dos.

— Assassin ! m'écriai-je en saisissant le bras du
20 sergent.

Mais il me fit rouler à trois pas de lui, d'un coup
de crosse dans la poitrine.

— Imbécile ! Prouve que c'est moi qui l'ai tué.

Je me relevai, en fureur; mais tous les tirailleurs
25 se relevaient aussi. Notre colonel, tête nue, sur son
cheval fumant, était là, nous montrant du sabre la
batterie autrichienne, et hurlant de tous ses pou-
mons:

— En avant, les zouaves... A la baïonnette !

30 Qu'est-ce que je pouvais faire, n'est-ce pas ?
Charger comme les autres. Et ça a été fameux,
allez, la charge des zouaves à Melegnano! Avez-
vous vu quelquefois la grosse mer battre un écueil ?

Oui. Et bien c'était tout à fait la même chose.
Chaque compagnie grimpait là-haut comme la lame
sur le rocher. Trois fois la batterie se couvrit de
vestes bleues et de culottes rouges, et trois fois nous
vîmes reparaître le terrassement, avec ses gueules de 5
canons, impassibles, comme l'écueil après le coup de
mer.

Mais la quatrième compagnie, la nôtre, devait emporter le morceau. Moi, en vingt bonds, j'arrivai
jusqu'à la redoute; m'aidant de la crosse de mon fusil, 10
je franchis le talus; mais je n'eus que le temps
d'apercevoir une paire de moustaches blondes, une
casquette bleue et un canon de carabine qui me tou-
chait presque. Je reçus près de l'épaule gauche un
coup tel que je crus que mon bras s'envolait; je lâchai 15
mon arme, j'eus un étourdissement, j'allai tomber
sur le flanc, près d'une roue de caisson, et je perdis
connaissance.

*
* *

Quand je rouvris les yeux, on n'entendait plus qu'un
bruit de mousqueterie lointaine. Les zouaves étaient 20
là, formant le demi-cercle, mais en désordre ; ils
criaient: " Vive l'Empereur!" et brandissaient leurs
fusils en l'air, à bout de bras.

Un vieux général, suivi de son état-major, arrivait
au galop. Il arrêta son cheval, ôta son képi doré, 25
l'agita joyeusement et s'écria:

— Bravo! les zouaves... Vous êtes les premiers
soldats du monde!

J'étais assis près de ma roue de caisson, soutenant
piteusement de la main droite ma pauvre patte cassée, 30
et je me rappelais alors le crime affreux de La-Soif,
tuant son officier par derrière, en pleine bataille.

Tout à coup, il sortit des rangs et s'avança vers le général... Oui, lui-même, La-Soif, l'assassin du capitaine! Dans le combat, il avait perdu son fez, et son crâne rasé apparaissait, traversé par une balafre, d'où un filet de sang lui coulait sur le front et sur la joue. D'une main, il s'appuyait sur son fusil; de l'autre, il présentait un drapeau autrichien, tout déchiqueté, avec de larges taches rouges, — un drapeau qu'il avait pris.

Le général semblait le regarder avec admiration, le trouver superbe.

— Hein, Bricourt, dit-il en se tournant vers un de ses officiers d'ordonnance, regardez-moi ça... Quels hommes!

Alors La-Soif, de sa voix gouailleuse:

—C'est vrai, mon général... Mais vous savez, le premier zouaves!... Il n'y en a plus que pour une fois.

— Je t'embrasserais pour ce mot-là, s'écria le général... Tu auras la croix, tu sais...

Et répétant toujours: "Quels hommes! ques hommes!" il dit encore à son aide-de-camp une phrase que je n'ai pas comprise — vous savez, moi, je suis un ignorant — mais que je me rappelle bien tout de même:

— N'est-ce pas, Bricourt? C'est du Plutarque!

Mais, en ce moment, mon bras me faisait trop de mal; j'eus une nouvelle syncope et je ne vis et n'entendis plus rien.

Vous connaissez le reste. Je vous ai souvent raconté comment on m'a charcuté l'épaule et comment j'ai traîné pendant deux mois dans les ambulances, avec le délire et la fièvre. Aux heures

d'insomnie, je me demandais ce que je devais faire,
rapport à La-Soif. Le dénoncer? Oui, c'était mon
devoir, mais quoi? Je n'aurais pas pu fournir de
preuves. Et puis je me disais: — C'est un gredin,
oui, mais c'est un brave; il a tué le capitaine Gen- 5
tile, mais il a pris un drapeau à l'ennemi! — Et je
ne savais que résoudre. Enfin, quand je fus en convalescence, j'appris qu'on récompense de son action
d'éclat, La-Soif avait passé avec son grade aux zouaves
de la garde et qu'on l'avait décoré. Ah! cela me 10
dégoûta d'abord de ma croix, que notre colonel était
venu m'attacher sur ma capote d'hôpital. Pourtant
La-Soif méritait aussi la sienne, après tout; mais sa
Légion d'Honneur aurait dû servir de cible au peloton chargé de le fusiller!... Enfin, tout cela est loin 15
aujourd'hui; je n'ai jamais revu le sergent, qui est
toujours au service, et je suis rentré dans le civil...
Mais, tout à l'heure, en voyant cette tunique avec son
trou de balle, — Dieu sait comment elle est venue là!
— pendue chez ce fripier, à deux pas de la caserne où 20
est l'assassin, j'ai songé au crime impuni et il m'a
semblé que le capitaine demandait justice.

Je calmai de mon mieux le père Vidal, que son
récit avait mis dans une grande exaltation; je l'as-
surai qu'il avait agi pour le mieux et que l'héroïsme 25
du sergent de zouaves balançait son crime. Mais,
quelques jours après, en arrivant au bureau, je trouvai
Vidal qui me tendit un journal plié de façon à ne
laisser lire qu'un fait-divers, et qui murmura gravement: 30
— Qu'est-ce que je disais?

Je pris le journal et je lus ceci :

" Encore une victime de l'intempérance.

" Hier, dans l'après-midi, sur le boulevard de
" Grenelle, le nommé Mallet, dit La-Soif, sergent
5 " aux zouaves de la garde impériale, qui avait fait
" en compagnie de deux camarades de nombreuses
" libations dans les cabarets du voisinage a été
" pris d'un accès de délire alcoolique, au moment
" où il regardait de vieux uniformes exposés à la
10 " devanture d'un marchand d'habits.

" Devenu tout à fait furieux, ce sous-officier avait
" tiré son sabre-baïonnette et courait en répandant
" l'épouvante sur son passage. Les deux militaires
" qui l'accompagnaient ont eu toutes les peines du
15 " monde à se rendre maîtres du forcené, qui ne cessait
de hurler dans sa rage : — Je ne suis pas un assassin !...
J'ai pris un drapeau autrichien à Melegnano !

" On nous assure en effet que Mallet a été décoré
" pour ce fait d'armes et que ses habitudes d'ivro-
20 " gnerie invétérées l'ont seules empeché de devenir
" officier.

" Mallet a été conduit à l'hôpital militaire du Gros-
" Caillou, d'où il sera prochainement transféré à Cha-
" renton, car il est douteux que cet infortuné recou-
25 " vre jamais la raison."

Et comme je rendais le journal au père Vidal, il me
jeta un regard profond et conclut:

— Le capitaine Gentile était Corse... Il s'est vengé!

GUY DE MAUPASSANT

GUY DE MAUPASSANT

LA PEUR

A. J. K. Huysmans

On remonta sur le pont après dîner. Devant nous
la Méditerranée n'avait pas un frisson sur toute sa
surface, qu'une grande lune calme moirait. Le vaste
bateau glissait, jetant sur le ciel, qui semblait ense-
5 mencé d'étoiles, un gros serpent de fumée noire; et,
derrière nous, l'eau toute blanche, agitée par le passage rapide du lourd bâtiment, battue par l'hélice,
moussait, semblait se tordre, remuait tant de clartés
qu'on eût dit de la lumière de lune bouillonnant.

10 Nous étions là, six ou huit, silencieux, admirant,
l'œil tourné vers l'Afrique lointaine où nous allions.
Le commandant, qui fumait un cigare au milieu de
nous, reprit soudain la conversation du dîner.

— Oui, j'ai eu peur ce jour-là. Mon navire est
15 resté six heures avec ce rocher dans le ventre, battu
par la mer. Heureusement que nous avons été re-
cueillis, vers le soir, par un charbonnier anglais qui
nous aperçut.

Alors un grand homme à figure brûlée, à l'aspect
20 grave, un de ces hommes qu'on sent avoir traversé de
longs pays inconnus, au milieu de dangers incessants,
et dont l'œil tranquille semble garder, dans so profon-

91

deur, quelque chose des paysages étranges qu'il a vus;
un de ces hommes qu'on devine trempés dans le courage, parla pour la première fois:

— Vous dites, commandant, que vous avez eu peur;
je n'en crois rien. Vous vous trompez sur le mot et 5
sur la sensation que vous avez éprouvée. Un homme
énergique n'a jamais peur en face du danger pressant.
Il est ému, agité, anxieux; mais, la peur, c'est autre
chose.

Le commandant reprit en riant: 10

— Fichtre! je vous réponds bien que j'ai eu peur,
moi.

Alors l'homme au teint bronzé prononça d'une
voix lente:

— Permettez-moi de m'expliquer! La peur (et 15
les hommes les plus hardis peuvent avoir peur), c'est
quelque chose d'effroyable, une sensation atroce,
comme une décomposition de l'âme, un spasme
affreux de la pensée et du cœur, dont le souvenir seul
donne des frissons d'angoisse. Mais cela n'a lieu, 20
quand on est brave, ni devant une attaque, ni devant
la mort inévitable, ni devant toutes les formes con-
nues du péril: cela a lieu dans certaines circonstances anormales, sous certaines influences mystérieuses,
en face de risques vagues. La vraie peur, c'est 25
quelque chose comme une réminiscence des terreurs
fantastiques d'autrefois. Un homme qui croit aux
revenants, et qui s'imagine apercevoir un spectre
dans la nuit, doit éprouver la peur en toute son épouvantable horreur.   30

Moi, j'ai deviné la peur en plein jour, il y a dix
ans environ. Je l'ai ressentie l'hiver dernier, par
une nuit de décembre.

Et, pourtant, j'ai traversé bien des hasards, bien
des aventures qui semblaient mortelles. Je me suis
battu souvent. J'ai été laissé pour mort par des
voleurs. J'ai été condamné, comme insurgé, à être
5 pendu en Amérique, et jeté à la mer du pont d'un
bâtiment sur les côtes de Chine. Chaque fois je me
suis cru perdu, j'en ai pris immédiatement mon parti,
sans attendrissement et même sans regrets.

Mais la peur, ce n'est pas cela.

10 Je l'ai pressentie en Afrique. Et pourtant elle est
fille du Nord; le soleil la dissipe comme un brouillard. Remarquez bien ceci, messieurs. Chez les
Orientaux, la vie ne compte pour rien; on est résigné
tout de suite; les nuits sont claires et vides de lé-
15 gendes, les âmes aussi vides des inquiétudes sombres
qui hantent les cerveaux dans les pays froids. En
Orient, on peut connaître la panique, on ignore la
peur.

Eh bien! voici ce qui m'est arrivé sur cette terre
20 d'Afrique:

Je traversais les grandes dunes au sud de Ouargla.
C'est là un des plus étranges pays du monde. Vous
connaissez le sable uni, le sable droit des interminables
plages de l'Océan. Eh bien! figurez-vous l'Océan lui-
25 même devenu sable au milieu d'un ouragan; imaginez
une tempête silencieuse de vagues immobiles en poussière jaune. Elles sont hautes comme des montagnes,
ces vagues inégales, différentes, soulevées tout à fait
comme des flots déchaînés, mais plus grandes encore,
30 et striées comme de la moire. Sur cette mer furieuse,
muette et sans mouvement, le dévorant soleil du sud
verse sa flamme implacable et directe. Il faut gravir
ces lames de cendre d'or, redescendre, gravir encore,

gravir sans cesse, sans repos et sans ombre. Les chevaux râlent, enfoncent jusqu'aux genoux, et glissent en dévalant l'autre versant des surprenantes collines.

Nous étions deux amis suivis de huit spahis et de 5 quatre chameaux avec leurs chameliers. Nous ne parlions plus, accablés de chaleur, de fatigue, et desséchés de soif comme ce désert ardent. Soudain un de ces hommes poussa une sorte de cri; tous s'arrêtèrent; et nous demeurâmes immobiles, surpris par 10 un inexplicable phénomène connu des voyageurs en ces contrées perdues.

Quelque part, près de nous, dans une direction indéterminée, un tambour battait, le mystérieux tambour des dunes; il battait distinctement, tantôt plus 15 vibrant, tantôt affaibli, arrêtant, puis reprenant son roulement fantastique.

Les Arabes, épouvantés, se regardaient; et l'en dit, en sa langue: " La mort est sur nous." Et voilà que tout à coup mon compagnon, mon ami, presque mon 20 frère, tomba de cheval, la tête en avant, foudroyé par une insolation.

Et pendant deux heures, pendant que j'essayais en vain de le sauver, toujours ce tambour insaisissable m'emplissait l'oreille de son bruit monotone, inter- 25 mittent et incompréhensible; et je sentais se glisser dans mes os la peur la vraie peur, la hideuse peur, en face de ce cadavre aimé, dans ce trou incendié par le soleil entre quatre monts de sable, tandis que l'écho inconnu nous jetait, à deux cents lieues de tout village 30 français, le battement rapide du tambour.

Ce jour-là, je compris ce que c'était que d'avoir peur; je l'ai su mieux encore une autre fois...

Le commandant interrompit le conteur:

— Pardon, monsieur, mais ce tambour ? Qu'était-ce ?

Le voyageur répondit:

5 — Je n'en sais rien. Personne ne sait. Les officiers, surpris souvent par ce bruit singulier, l'attribuent généralement à l'écho grossi, multiplié, démesurément enflé par les valonnements des dunes, d'une grêle de grains de sable emportés dans le vent et 10 heurtant une touffe d'herbes sèches; car on a toujours remarqué que le phénomène se produit dans le voisinage de petites plantes brûlées par le soleil, et dures comme du parchemin.

Ce tambour ne serait donc qu'une sorte de mirage 15 du son. Voilà tout. Mais je n'appris·cela que plus tard.

J'arrive à ma seconde émotion.

C'était l'hiver dernier, dans une forêt du nord·est de la France. La nuit vint deux heures plus tôt, tant 20 le ciel était sombre. J'avais pour guide un paysan qui marchait à mon côté, par un tout petit chemin, sous une voûte de sapins dont le vent déchaîné tirait des hurlements. Entre les cimes, je voyais courir des nuages en déroute, des nuages éperdus qui semblai-25 ent fuir devant une épouvante. Parfois, sous une immense rafale, toute la forêt s'inclinait dans le même sens avec un gémissement de souffrance; et le froid m'envahissait, malgré mon pas rapide et mon lourd vêtement.

30 Nous devions souper et coucher chez un garde forestier dont la maison n'était plus éloignée de nous. J'allais là pour chasser.

Mon guide, parfois, levait les yeux et murmurait:

"Triste temps!" Puis il me parla des gens chez qui
nous arrivions. Le père avait tué un braconnier
deux ans auparavant, et, depuis ce temps, il semblait
sombre, comme hanté d'un souvenir. Ses deux fils,
mariés, vivaient avec lui.   5

Les ténèbres étaient profondes. Je ne voyais rien
devant moi, ni autour de moi, et toute la branchure
des arbres entrechoqués emplissait la nuit d'une rumeur incessante. Enfin, j'aperçus une lumière, et
bientôt mon compagnon heurtait une porte. Des 10
cris aigus de femmes nous répondirent. Puis, une
voix d'homme, une voix étranglée, demanda: "Qui
va là?" Mon guide se nomma. Nous entrâmes. Ce
fut un inoubliable tableau.

Un vieux homme à cheveux blancs, à l'œil fou, le 15
fusil chargé dans la main, nous attendait debout au
milieu de la cuisine, tandis que deux grands gaillards,
armés de haches, gardaient la porte. Je distinguai
dans les coins sombres deux femmes à genoux, le visage caché contre le mur.   20

On s'expliqua. Le vieux remit son arme contre le
mur et ordonna de préparer ma chambre; puis,
comme les femmes ne bougeaient point, il me dit
brusquement:

— Voyez-vous, monsieur, j'ai tué un homme, voilà 25
deux ans cette nuit. L'autre année, il est revenu
m'appeler. Je l'attends encore ce soir.

Puis il ajouta d'un ton qui me fit sourire:

— Aussi, nous ne sommes pas tranquilles.

Je le rassurai comme je pus, heureux d'être venu 30
justement ce soir-là, et d'assister au spectacle de cette
terreur superstitieuse. Je racontai des histoires, et je
parvins à calmer à peu près tout le monde.

Près du foyer, un vieux chien presque aveugle et moustachu, un de ces chiens qui ressemblent à des gens qu'on connaît, dormait le nez dans ses pattes.

Au dehors, la tempête acharnée battait la petite
5 maison, et, par un étroit carreau, une sorte de judas placé près de la porte, je voyais soudain tout un fouillis d'arbres bousculés par le vent à la lueur de grands éclairs.

Malgré mes efforts, je sentais bien qu'une terreur
10 profonde tenait ces gens, et chaque fois que je cessais de parler, toutes les oreilles écoutaient au loin. Las d'assister à ces craintes imbéciles, j'allais demander à me coucher, quand le vieux garde tout à coup fit un bond de sa chaise, saisit de nouveau son fusil, en bé-
15 gayant d'une voix égarée: "Le voilà! le voilà! Je l'entends!" Les deux femmes retombèrent à genoux dans leur coins, en se cachant le visage; et les fils reprirent leurs haches. J'allais tenter encore de les apaiser, quand le chien endormi s'éveilla brusquement
20 et, levant sa tête, tendant le cou, regardant vers le feu de son œil presque éteint, il poussa un de ces lugubres hurlements qui font tressaillir les voyageurs, le soir, dans la campagne. Tous les yeux se portèrent sur lui, il restait maintenant immobile, dressé
25 sur ses pattes comme hanté d'une vision, et il se remit à hurler vers quelque chose d'invisible, d'inconnu, d'affreux sans doute, car tout son poil se hérissait. Le garde, livide, cria: "Il le sent! il le sent! il était là quand je l'ai tué." Et les femmes
30 égarées se mirent, toutes les deux, à hurler avec le chien.

Malgré moi, un grand frisson me courut entre les épaules. Cette vision de l'animal dans ce lieu, à

cette heure, au milieu de ces gens éperdus, était effrayante à voir.

Alors, pendant une heure, le chien hurla sans
bouger; il hurla comme dans l'angoisse d'un rêve; et
la peur, l'épouvantable peur entrait en moi; la peur 5
de quoi? Le sais-je? C'était la peur, voilà tout.

Nous restions immobiles, livides, dans l'attente
d'un événement affreux, l'oreille tendue, le cœur
battant, bouleversés au moindre bruit. Et le chien
se mit à tourner autour de la pièce, en sentant les 10
murs et gémissant toujours. Cette bête nous rendait
fous! Alors, le paysan qui m'avait amené, se jeta
sur elle, dans une sorte de paroxysme de terreur
furieuse, et, ouvrant une porte donnant sur une petite
cour, jeta l'animal dehors. 15

Il se tut aussitôt; et nous restâmes plongés dans
un silence plus terrifiant encore. Et soudain, tous
ensemble, nous eûmes une sorte de sursaut: un être
glissait contre le mur du dehors vers la forêt; puis il
passa contre la porte, qu'il sembla tâter, d'une main 20
hésitante; puis on n'entendit plus rien pendant deux
minutes qui firent de nous des insensés; puis il
revint, frôlant toujours la muraille; et il gratta légèrement, comme ferait un enfant avec son ongle; puis
soudain une tête apparut contre la vitre du judas, 25
une tête blanche, avec des yeux lumineux comme
ceux des fauves. Et un son sortit de sa bouche, un
son indistinct, un murmure plaintif.

Alors un bruit formidable éclata dans la cuisine.
Le vieux garde avait tiré. Et aussitôt les fils se pré- 30
cipitèrent, bouchèrent le judas en dressant la grande
table qu'ils assujettirent avec le buffet.

Et je vous jure qu'au fracas du coup de fusil que

je n'attendais point, j'eus une telle angoisse du cœur,
de l'âme et du corps, que je me sentis défaillir, prêt à
mourir de peur.

Nous restâmes là jusqu'à l'aurore, incapables de
5 bouger, de dire un mot, crispés dans un affolement
indicible.

On n'osa débarricader la sortie qu'en apercevant,
par la fente d'un auvent, un mince rayon de jour.

Au pied du mur, contre la porte, le vieux chien
10 gisait, la gueule brisée d'une balle.

Il était sorti de la cour en creusant un trou sous
une palissade.

L'homme au visage brun se tut; puis il ajouta:

—Cette nuit-là pourtant, je ne courus aucun dan-
15 ger ; mais j'aimerais mieux recommencer toutes les
heures où j'ai affronté les plus terribles périls, que la
seule minute du coup de fusil sur la tête barbue du
judas.

LA MAIN

On faisait cercle autour de M. Bermutier, juge
20 d'instruction, qui donnait son avis sur l'affaire mystérieuse de Saint-Cloud. Depuis un mois, cet inexplicable crime affolait Paris. Personne n'y comprenait rien.

M. Bermutier, debout, le dos à la cheminée, parlait,
25 assemblait les preuves, discutait les diverses opinions,
mais ne concluait pas.

Plusieurs femmes s'étaient levées pour s'approcher
et demeuraient debout, l'œil fixé sur la bouche rasée
du magistrat d'où sortaient les paroles graves. Elles
30 frissonnaient, vibraient, crispées par leur peur

curieuse, par l'avide et insatiable besoin d'épouvante
qui hante leur âme, les torture comme une faim.

Une d'elles, plus pâle que les autres, prononça
pendant un silence :

— C'est affreux. Cela touche au "surnaturel." 5
On ne saura jamais rien.

Le magistrat se tourna vers elle :

— Oui, madame, il est probable qu'on ne saura
jamais rien. Quant au mot surnaturel que vous venez
d'employer, il n'a rien à faire ici. Nous sommes en 10
présence d'un crime fort habilement conçu, fort
habilement exécuté, si bien, enveloppé de mystère
que nous ne pouvons le dégager des circonstances im-
pénétrables qui l'entourent. Mais j'ai eu, moi, autrefois, à suivre une affaire où vraiment semblait se 15
mêler quelque chose de fantastique. Il a fallu
l'abandonner d'ailleurs, faute de moyens de l'éclaircir.

Plusieurs femmes prononcèrent en même temps, si
vite que leurs voix n'en firent qu'une :

— Oh! dites-nous cela. 20

M. Bermutier sourit gravement, comme doit sourire
un juge d'instruction. Il reprit :

— N'allez pas croire, au moins, que j'aie pu, même
un instant, supposer en cette aventure quelque chose
de surhumain. Je ne crois qu'aux causes normales. 25
Mais si, au lieu d'employer le mot "surnaturel" pour
exprimer ce que nous ne comprenons pas, nous nous
servions simplement du mot " inexplicable," cela vaudrait beaucoup mieux. En tout cas, dans l'affaire que
je vais vous dire, ce sont surtout les circonstances en- 30
vironnantes, les circonstances préparatoires qui m'ont
ému. Enfin, voici les faits :

J'étais alors juge d'instruction à Ajaccio, une

petite, ville blanche, couchée au bord d'un admirable golfe qu'entourent partout de hautes montagnes.

Ce que j'avais surtout à poursuivre là-bas, c'étaient les affaires de vendetta. Il y en a de superbes, de 5 dramatiques au possible, de féroces, d'héroïques. Nous retrouvons là les plus beaux sujets de vengeance qu'on puisse rêver, les haines séculaires, apisées un moment, jamais éteintes, les ruses abominables, les assassinats devenant des massacres et presque des 10 actions glorieuses. Depuis deux ans, je n'entendais parler que du prix du sang, que de ce terrible préjugé corse qui force à venger toute injure sur la personne qui l'a faite, sur ses descendants et ses proches. J'avais vu égorger des vieillards, des enfants, des cou-15 sins, j'avais la tête pleine de ces histoires.

Or, j'appris un jour qu'un Anglais venait de louer pour plusieurs années une petite villa au fond du golfe. Il avait amené avec lui un domestique français, pris à Marseille en passant.

20 Bientôt tout le monde s'occupa de ce personnage singulier, qui vivait seul dans sa demeure, ne sortant que pour chasser et pour pêcher. Il ne parlait à personne, ne venait jamais à la ville, et, chaque matin, s'exerçait pendant une heure ou deux, à tirer au pis-25 tolet et à la carabine.

Des légendes se firent autour de lui. On prétendit que c'était un haut personnage fuyant sa patrie pour des raisons politiques; puis on affirma qu'il se cachait apèrs avoir commis un crime épouvantable. On citait 30 même des circonstances particulièrement horribles.

Je voulus, en ma qualité de juge d'instruction, prendre quelques renseignements sur cet homme;

mais il me fut impossible de rien apprendre. Il se faisait appeler sir John Rowell.

Je me contentai donc de le surveiller de près; mais on ne me signalait, en réalité, rien de suspect à son égard.

Cependant, comme les rumeurs sur son compte continuaient, grossissaient, devenaient générales, je résolus d'essayer de voir moi-même cet étranges, et je me mis à chasser régulièrement dans les environs de sa propriété.

J'attendis longtemps une occasion. Elle se présenta enfin sous la forme d'une perdrix que je tirai et que je tuai devant le nez de l'Anglais. Mon chien me la rapporta; mais, prenant aussitôt le gibier, j'allai m'excuser de mon inconvenance et prier sir John Rowell d'accepter l'oiseau mort.

C'était un grand homme à cheveux rouges, à barbe rouge, très haut, très large, une sorte d'hercule placide et poli. Il n'avait rien de la raideur dite britannique et il me remercia vivement de ma délicatesse en un français accentué d'outre-Manche. Au bout d'un mois, nous avions causé ensemble cinq ou six fois.

Un soir enfin, comme je passais devant sa porte, je l'aperçus qui fumait sa pipe, à cheval sur une chaise, dans son jardin. Je le saluai, et il m'invita à entrer pour boire un verre de bière. Je ne me le fis pas répéter.

Il me reçut avec toute la méticuleuse courtoisie anglaise, parla avec éloge de la France, de la Corse, déclara qu'il aimait beaucoup *cette* pays, et *cette* rivage.

Alors je lui posai, avec de grandes précautions et

sous la forme d'un intérêt très vif, quelques questions sur sa vie, sur ses projets. Il répondit sans embarras, me raconta qu'il avait beaucoup voyagé, en Afrique, dans les Indes, en Amérique. Il ajouta
5 en riant :

— J'avé eu bôcoup d'aventures, oh! yes.

Puis je me remis à parler chasse, et il me donna des détails les plus curieux sur la chasse à l'hippopotame, au tigre, à l'éléphant et même la chasse au
10 gorille.

Je dis :

— Tous ces animaux sont redoutables.

Il sourit :

— Oh! nô, le plus mauvais c'été l'homme.
15 Il se mit à rire tout à fait, d'un bon rire de gros Anglais content :

— J'avé beaucoup chassé l'homme aussi.

Puis il parla d'armes, et il m'offrit d'entrer chez lui pour me montrer des fusils de divers systèmes.
20 Son salon était tendu de noir, de soie noire brodée d'or. De grandes fleurs jaunes couraient sur l'étoffe sombre, brillaient comme du feu.

Il annonça :

— C'été une drap japonaise.
25 Mais, au milieu du plus large panneau, une chose étrange me tira l'œil. Sur un carré de velours rouge, un objet noir se détachait. Je m'approchai : c'était une main, une main d'homme. Non pas une main de squelette, blanche et propre, mais une main noire
30 desséchée, avec les ongles jaunes, les muscles à nu et des traces de sang ancien, de sang pareil à une crasse, sur les os coupés net, comme d'un coup de hache, vers le milieu de l'avant-bras.

Autour du poignet, une énorme chaîne de fer, rivée, soudée à ce membre mal propre, l'attachait au mur par un anneau assez fort pour tenir un éléphant en laisse.

Je demandai: 5

— Qu'est-ce que cela?

L'Anglais répondit tranquillement:

— C'été ma meilleur ennemi. Il vené d'Amérique. Il avé été fendu avec le sabre et arraché la peau avec une caillou coupante, et séché dans le soleil pendant 10 huit jours. Aoh, très bonne pour moi, cette.

Je touchai ce débris humain qui avait dû appartenir à un colosse. Les doigts, démesurément longs, étaient attachés par des tendons énormes que retenaient des lanières de peau par places. Cette main 15 était affreuse à voir, écorchée ainsi, elle faisait penser naturellement à quelque vengeance de sauvage.

Je dis:

— Cet homme devait être très fort.

L'Anglais prononça avec douceur: 20

— Aoh yes; mais je été plus fort que lui. J'avé mis cette chaîne pour le tenir.

Je crus qu'il plaisantait. Je dis:

— Cette chaîne maintenant est bien inutile, la main ne se sauvera pas.   25

Sir John Rowell reprit gravement:

— Elle voulé toujours s'en aller. Cette chaîne été nécessaire.

D'un coup d'œil rapide j'interrogeai son visage, me demandant: 30

— Est-ce un fou, ou un mauvais plaisant?

Mais la figure demeurait impénétrable, tranquille

et bienveillante. Je parlai d'autre chose et j'admirai les fusils.

Je remarquai cependant que trois revolvers chargés étaient posés sur les meubles, comme si cet homme
5 eût vécu dans la crainte constante d'une attaque.

Je revins plusieurs fois chez lui. Puis je n'y allai plus. On s'était accoutumé à sa présence; il était devenu indifférent à tous.

***

Une année entière s'écoula. Or un matin, vers la
10 fin de novembre, mon domestique me réveilla en m'annonçant que sir John Rowell avait été assassiné dans la nuit.

Une demi-heure plus tard, je pénétrais dans la maison de l'Anglais avec le commissaire central et le
15 capitaine de gendarmerie. Le valet, éperdu et désespéré pleurait devant la porte. Je soupçonnai d'abord cet homme, mais il était innocent.

On ne put jamais trouver le coupable.

En entrant dans le salon de sir John, j'aperçus du
20 premier coup d'œil le cadavre étendu sur le dos, au milieu de la pièce.

Le gilet était déchiré, une manche arrachée pendait, tout annonçait qu'une lutte terrible avait eu lieu.

25 L'Anglais était mort étranglé! Sa figure noire et gonflée, effrayante, semblait exprimer une épouvante abominable; il tenait entre ses dents serrées quelque chose; et le cou, percé de cinq trous qu'on aurait dits faits avec des pointes de fer, était couvert de
30 sang.

Un médecin nous rejoignit. Il examina longtemps

les traces des doigts dans la chair et prononça ces
étranges paroles :

— On dirait qu'il a été étranglé par un squelette.

Un frisson me passa dans le dos, et je jetai les yeux
sur le mur, à la place où j'avais vu jadis l'horrible 5
main d'écorché. Elle n'y était plus. La chaine,
brisée, pendait.

Alors je me baissai vers le mort, et je trouvai dans
sa bouche crispée un des doigts de cette main dispa-
rue, coupé ou plutôt scié par les dents juste à la 10
deuxième phalange.

Puis on procéda aux constatations. On ne découvrit
rien. Aucune porte n'avait été forcée, aucune fenêtre,
aucun meuble. Les deux chiens de garde ne s'étaient
pas réveillés. 15

Voici, en quelques mots, la déposition du domestique :

Depuis un mois, son maître semblait agité. Il avait
reçu beaucoup de lettres, brûlées à mesure.

Souvent, prenant une cravache, dans une colère qui 20
semblait de la démence, il avait frappé avec fureur
cette main séchée, scellée au mur et enlevée, on ne
sait comment, à l'heure même du crime.

Il se couchait fort tard et s'enfermait avec soin. Il
avait toujours des armes à portée du bras. Souvent, 25
la nuit, il parlait haut, comme s'il se fût querellé
avec quelqu'un.

Cette nuit-là, par hasard, il n'avait fait aucun
bruit, et c'est seulement en venant ouvrir les fenêtres que le serviteur avait trouvé sir John assassiné. 30
Il ne soupçonnait personne.

Je communiquai ce que je savais du mort aux ma-
gistrats et aux officiers de la force publique, et on fit

dans toute l'île une enquête minutieuse. On ne découvrit rien.

Or, une nuit, trois mois après le crime, j'eus un affreux cauchemar. Il me sembla que je voyais la main, l'horrible main, courir comme un scorpion ou comme une araignée le long de mes rideaux et de mes murs. Trois fois, je me réveillai, trois fois je me rendormis, trois fois je revis le hideux débris galoper autour de ma chambre en remuant les doigts comme des pattes.

Le lendemain, on me l'apporta, trouvé dans le cimetière, sur la tombe de sir John Rowell, enterré là; car on n'avait pu découvrir sa famille. L'index manquait.

Voilà, mesdames, mon histoire. Je ne sais rien de plus.

*
* *

Les femmes, éperdues, étaient pâles, frissonnantes. Une d'elles s'écria:

— Mais ce n'est pas un dénouement cela, ni une explication! Nous n'allons pas dormir si vous ne nous dites pas ce qui s'était passé, selon vous.

Le magistrat sourit avec sévérité:

— Oh! moi, mesdames, je vais gâter, certes, vos rêves terribles. Je pense tout simplement que le légitime propriétaire de la main n'était pas mort, qu'il est venu la chercher avec celle qui lui restait. Mais je n'ai pu savoir comment il a fait, par exemple. C'est là une sorte de vendetta.

Une des femmes murmura:

— Non, ça ne doit pas être ainsi.

Et le juge d'instruction, souriant toujours, conclut:

— Je vous avais bien dit que mon explication ne
vous irait pas.

GARÇON, UN BOCK!...

A José Maria de Hérédia.

Pourquoi suis-je entré, ce soir-là, dans cette brasserie? Je n'en sais rien. Il faisait froid. Une fine
pluie, une poussière d'eau voltigeait, voilait les becs 5
de gaz d'une brume transparente, faisait luire les
trottoirs que traversaient les lueurs des devantures,
éclairant la boue humide et les pieds sales des passants.

Je n'allais nulle part. Je marchais un peu après 10
dîner. Je passai le Crédit Lyonnais, la rue Vivienne,
d'autres rues encore. J'aperçus soudain une grande
brasserie à moitié pleine. J'entrai, sans aucune
raison. Je n'avais pas soif.

D'un coup d'œil je cherchai une place où je ne 15
serais point trop serré, et j'allai m'asseoir à côté d'un
homme qui me parut vieux et qui fumait une pipe de
deux sous, en terre, noire comme un charbon. Six ou
huit soucoupes de verre, empilées sur la table devant
lui, indiquaient le nombre de bocks qu'il avait ab-20
sorbés déjà. Je n'examinai pas mon voisin. D'un
coup d'œil j'avais reconnu un bockeur, un de ces
habitués de brasserie qui arrivent le matin, quand on
ouvre, et s'en vont le soir, quand on ferme. Il était
sale, chauve du milieu du crâne, tandis que de longs 25
cheveux gras, poivre et sel, tombaient sur le col de sa
redingote. Ses habits trop larges semblaient avoir
été faits au temps où il avait du ventre. On devinait
que le pantalon ne tenait guère et que cet homme ne

pouvait faire dix pas sans rajuster et retenir ce vêtement mal attaché. Avait-il un gilet? Les manchettes effiloquées étaient complètement noires du
bord, comme les ongles.

5   Dès que je fus assis à son côté, ce personnage me
dit d'une voix tranquille: "Tu vas bien?"

Je me tournai vers lui d'une secousse et je le
dévisageai. Il reprit: "Tu ne me reconnais pas?"

— "Non!"

10   — "Des Barrets."

Je fus stupéfait. C'était le comte Jean des Barrets, mon ancien camarade de collège.

Je lui serrai la main, tellement interdit que je ne
trouvai rien à dire.

15   Enfin, je balbutiai: "Et toi, tu vas bien?"

Il répondit placidement: "Moi, comme je peux."

Il se tut. Je voulus être aimable, je cherchai une
phrase: "Et... qu'est-ce que tu fais?"

Il répliqua avec résignation: "Tu vois."

20   Je me sentis rougir. J'insistai: "Mais tous les
jours?"

Il prononça, en soufflant d'épaisses bouffées de
fumée: "Tous les jours c'est la même chose."

Puis, tapant sur le marbre de la table avec un sou
25 qui traînait, il s'écria: "Garçon, deux bocks!"

Une voix lointaine répéta: "Deux bocks au
quatre!" Une autre voix plus éloignée encore lança
un "Voilà!" suraigu. Puis un homme en tablier
blanc apparut, portant les deux bocks dont il répan-
30 dait, en courant, les gouttes jaunes sur le sol sablé.

Des Barrets vida d'un trait son verre et le reposa
sur la table, pendant qu'il aspirait la mousse restée en
ses moustaches.

Puis il demanda: "Et quoi de neuf?"

Je ne savais rien de neuf à lui dire, en vérité. Je balbutiai: "Mais, rien mon vieux. Moi je suis commerçant."

Il prononça de sa voix toujours égale: "Et... ça t'amuse?"

— "Non, mais que veux-tu? il faut bien faire quelque chose!"

— "Pourquoi ça?"

— "Mais... pour s'occuper." 10

— "A quoi ça sert-il? Moi, je ne fais rien, comme tu vois, jamais rien. Quand on n'a pas le sou, je comprends qu'on travaille. Quand on a de quoi vivre, c'est inutile. A quoi bon travailler? Le fais-tu pour toi ou pour les autres? Si tu le fais pour 15 toi, c'est que ça t'amuse, alors très bien; si tu le fais pour les autres, tu n'es qu'un niais."

Puis, posant sa pipe sur le marbre, il cria de nouveau: "Garçon, un bock!" et reprit: "Ça me donne soif, de parler. Je n'en ai pas l'habitude. Oui, moi, 20 je ne fais rien, je me laisse aller, je vieillis. En mourant je ne regretterai rien. Je n'aurai pas d'autre souvenir que cette brasserie. Pas de femme, pas d'enfants, pas de soucis, pas de chagrins, rien. Ça vaut mieux." 25

Il vida le bock qu'on lui avait apporté, passa sa langue sur ses lèvres et reprit sa pipe.

Je le considérais avec stupeur. Je lui demandai:

— "Mais tu n'as pas toujours été ainsi?

— Pardon, toujours, dès le collège. 30

— Ce n'est pas une vie, ça, mon bon. C'est horrible. Voyons, tu fais bien quelque chose, tu aimes quelque chose, tu as des amis.

— Non. Je me lève à midi. Je viens ici, je dé-
jeune, je bois des bocks, j'attends la nuit, je dîne, je
bois des bocks; puis, vers une heure et demie du
matin, je retourne me coucher, parce qu'on ferme.
5 C'est ce qui m'embête le plus. Depuis dix ans, j'ai
bien passé six années sur cette banquette, dans mon
coin; et le reste dans mon lit, jamais ailleurs. Je
cause quelquefois avec des habitués.

— Mais, en arrivant à Paris, qu'est-ce que tu as
10 fait, tout d'abord ?

— " J'ai fait mon droit... au café de Médici.

— " Mais après ?

— " Après... j'ai passé l'eau et je suis venu ici.

— Pourquoi as-tu pris cette peine ?

15 — " Que veux-tu, on ne peut pas rester toute sa
vie au quartier Latin. Les étudiants font trop de
bruit. Maintenant je ne bougerai plus. Garçon, un
bock ! "

Je croyais qu'il se moquait de moi. J'insistai.

20 " Voyons, sois franc. Tu as eu quelque gros
chagrin ? Un désespoir d'amour, sans doute ? Certes,
tu es un homme que le malheur a frappé. Quel âge
as-tu ?

— " J'ai trente-trois ans. Mais j'en parais au moins
25 quarante-cinq.

Je le regardai bien en face. Sa figure ridée, mal
soignée, semblait presque celle d'un vieillard. Sur le
sommet du crâne, quelques longs cheveux voltigeaient
au-dessus de la peau d'une propreté douteuse. Il
30 avait des sourcils énormes, une forte moustache et
une barbe épaisse. J'eus brusquement, je ne sais
pourquoi, la vision d'une cuvette pleine d'eau noirâtre,
l'eau où aurait été lavé tout ce poil.

Je lui dis: "En effet, tu as l'air plus vieux que ton âge. Certainement tu as eu des chagrins."

Il répliqua: "Je t'assure que non. Je suis vieux parce que je ne prends jamais l'air. Il n'y a rien qui détériore les gens comme la vie de café." 5

Je ne le pouvais croire: "Tu as bien aussi fait la noce?"

Il secoua tranquillement le front: "Non, j'ai toujours été sage." Et levant les yeux vers le lustre qui . nous chauffait la tête: "Si je suis chauve, c'est la 10 faute du gaz. Il est l'ennemi du cheveu. — Garçon, un bock! — Tu n'as pas soif?

— "Non, merci. Mais vraiment tu m'intéresses. Depuis quand as-tu un pareil découragement? Ça n'est pas normal, ça n'est pas naturel. Il y a quelque 15 chose là-dessous."

— "Oui, ça date de mon enfance. J'ai reçu un coup, quand j'étais petit, et cela m'a tourné au noir pour jusqu'à la fin."

— "Quoi donc? 20

— Tu veux le savoir? écoute. Tu te rappelles bien le château où je fus élevé, puisque tu y es venu cinq ou six fois pendant les vacances? Tu te rappelles ce grand bâtiment gris, au milieu d'un grand parc, et les longues avenues de chênes, ouvertes vers 25 les quatre points cardinaux! Tu te rappelles mon père et ma mère, tous les deux cérémonieux, solennels et sévères.

J'adorais ma mère; je redoutais mon père, et je les · respectais tous les deux, accoutumé d'ailleurs à voir 30 tout le monde courbé devant eux. Ils étaient, dans le pays, M. le comte et Mme la comtesse; et nos voisins aussi, les Tannemare, les Ravelet, les Brenneville,

montraient pour mes parents une considération supérieure.

J'avais alors treize ans. J'étais gai, content de
tout, comme on l'est à cet âge-là, tout plein du bonheur de vivre.

Or, vers la fin de septembre, quelques jours avant
ma rentrée au collège, comme je jouais à faire le loup
dans les massifs du parc, courant au milieu des
branches et des feuilles, j'aperçus, en traversant une
avenue, papa et maman qui se promenaient.

Je me rappelle cela comme d'hier. C'était par un
jour de grand vent. Toute la ligne des arbres se
courbait sous les rafales, gémissait, semblait pousser
des cris, de ces cris sourds, profonds, que les forêts
jettent dans les tempêtes.

Les feuilles arrachées, jaunes déjà, s'envolaient
comme des oiseaux, tourbillonnaient, tombaient, puis
couraient tout le long de l'allée, ainsi que des bêtes
rapides.

Le soir venait. Il faisait sombre dans les four-
rés. Cette agitation du vent et des branches m'excitait, me faisait galoper comme un fou, et hurler pour
imiter les loups.

Dès que j'eus aperçu mes parents, j'allai vers eux à
pas furtifs, sous les branches, pour les surprendre,
comme si j'eusse été un rôdeur véritable.

Mais je m'arrêtai, saisi de peur, à quelques pas
d'eux. Mon père, en proie à une terrible colère,
criait:

— Ta mère est une sotte; et, d'ailleurs, ce n'est
pas de ta mère qu'il s'agit, mais de toi. Je te dis
que j'ai besoin de cet argent, et j'entends que tu
signes.

Maman répondit, d'une voix ferme:

— Je ne signerai pas. C'est la fortune de Jean, cela. Je la garde pour lui et je ne veux pas que tu la manges encore comme tu as fait de ton héritage.

Alors papa, tremblant de fureur, se retourna, et saisissant sa femme par le cou, il se mit à la frapper avec l'autre main de toute sa force, en pleine figure.

Le chapeau de maman tomba, ses cheveux dénoués se répandirent; elle essayait de parer les coups, mais elle n'y pouvait parvenir. Et papa, comme fou, frappait, frappait. Elle roula par terre, cachant sa face dans ses deux bras. Alors il la renversa sur le dos pour la battre encore, écartant les mains dont elle se couvrait le visage.

Quant à moi, mon cher, il me semblait que le monde allait finir, que les lois éternelles étaient changées. J'éprouvais le bouleversement qu'on a devant les choses surnaturelles, devant les catastrophes monstrueuses, devant les irréparables désastres. Ma tête d'enfant s'égarait, s'affolait. Et je me mis à crier de toute ma force, sans savoir pourquoi, en proie à une épouvante, à une douleur, à un effarement épouvantables. Mon père m'entendit, se retourna, m'aperçut, et, se relevant, s'en vint vers moi. Je crus qu'il m'allait tuer et je m'enfuis comme un animal chassé, courant tout droit devant moi, dans le bois.

J'allai peut-être une heure, peut-être deux, je ne sais pas. La nuit étant venue, je tombai sur l'herbe, épuisé, et je restai là éperdu, dévoré par la peur, rongé par un chagrin capable de briser à jamais un pauvre cœur d'enfant. J'avais froid, j'avais faim peut-être. Le jour vint. Je n'osais plus me lever,

ni marcher, ni revenir, ni me sauver encore, crai-
gnant de rencontrer mon père que je ne voulais plus
revoir.

Je serais peut-être mort de misère et de famine au
5 pied de mon arbre, si le garde ne m'avait découvert
et ramené de force.

Je trouvai mes parents avec leur visage ordinaire.
Ma mère me dit seulement: "Comme tu m'as fait
peur, vilain garçon, j'ai passé la nuit sans dormir." Je
10 ne répondis point, mais je me mis à pleurer. Mon
père ne prononça pas une parole.

Huit jours plus tard, je rentrais au collège.

Eh bien, mon cher, c'était fini pour moi. J'avais
vu l'autre face des choses, la mauvaise; je n'ai plus
15 aperçu la bonne depuis ce jour-là. Que s'est-il passé
dans mon esprit? Quel phénomène étrange m'a retourné les idées? Je l'ignore. Mais je n'ai plus eu
de goût pour rien, envie de rien, d'amour pour personne, de désir quelconque, d'ambition ou d'espé-
20 rance. Et j'aperçois toujours ma pauvre mère, par
terre, dans l'allée, tandis due mon père l'assommait.
— Maman est morte après quelques années. Mon
père vit encore. Je ne l'ai pas revu. — Garçon, un
bock!...

25 On lui apporta son bock qu'il engloutit d'une gorgée. Mais, en reprenant sa pipe, comme il tremblait,
il la cassa. Alors il eut un geste désespéré, et il dit:
"Tiens! C'est un vrai chagrin, ça, par exemple.
J'en ai pour un mois à en culotter une nouvelle."

30 Et il lança à travers la vaste salle, pleine maintenant de fumée et de buveurs, son éternel cri: " Garçon, un bock — et une pipe neuve! "

EN VOYAGE

A Gustave Toudouze.

I

Le wagon était au complet depuis Cannes; on cau-
sait, tout le monde se connaissant.   Lorsqu'on passa
Tarascon, quelqu'un dit: " C'est ici qu'on assassine."
Et on se mit à parler du mystérieux et insaisissable
meurtrier qui, depuis deux ans, s'offre, de temps en 5
temps, la vie d'un voyageur.   Chacun faisait des sup-
positions, chacun donnait son avis; les femmes regardaient en frissonnant la nuit sombre derrière les
vitres, avec la peur de voir apparaître soudain une
tête d'homme à la portière.   Et on se mit à raconter 10
des histoires effrayantes de mauvaises rencontres, des
tête-à-tête avec des fous dans un rapide, des heures
passées en face d'un personnage suspect.
Chaque homme savait une anecdote à son honneur,
chacun avait intimidé, terrassé et garrotté quelque 15
malfaiteur en des circonstances surprenantes, avec
une présence d'esprit et une audace admirables.   Un
médecin, qui passait chaque hiver dans le Midi, voulut
à son tour conter une aventure:
— Moi, dit-il, je n'ai jamais eu la chance d'expéri-
menter mon courage dans une affaire de cette sorte;
mais j'ai connu une femme, une de mes clientes,
morte aujourd'hui, à qui arriva la plus singulière 20
chose du monde, et aussi la plus mystérieuse et la plus
attendrissante.
C'était une Russe, la comtesse Marie Baranow, une
très grande dame, d'une exquise beauté.   Vous savez
comme les Russes sont belles, du moins comme elles 25

nous semblent belles, avec leur nez fin, leur bouche
délicate, leurs yeux rapprochés, d'une indéfinissable
couleur, d'un bleu gris, et leur grâce froide, un peu
dure! Elles ont quelque chose de méchant et de sédui-
5 sant, d'altier et de doux, de tendre et de sévère, tout
à fait charmant pour un Français. Au fond, c'est
peut-être seulement la différence de race et de type
qui me fait voir tant de choses en elles.

Son médecin, depuis plusieurs années, la voyait
10 menacée d'une maladie de poitrine et tâchait de la
décider à venir dans le midi de la France; mais elle
refusait obstinément de quitter Pétersbourg. Enfin
l'automne dernier, la jugeant perdue, le docteur prévint le mari qui ordonna aussitôt à sa femme de
15 partir pour Menton.

Elle prit le train, seule dans son wagon, ses gens de
service occupant un autre compartiment. Elle restait
contre la portière, un peu triste, regardant passer les
campagnes et les villages, se sentant bien isolée, bien
20 abandonnée dans la vie, sans enfants, presque sans
parents, avec un mari dont l'amour était mort et qui
la jetait ainsi au bout du monde sans venir avec elle,
comme on envoie à l'hôpital un valet malade.

A chaque station, son serviteur Ivan venait s'infor-
25 mer si rien ne manquait à sa maîtresse. C'était un
vieux domestique aveuglément dévoué, prêt à accomplir tous les ordres qu'elle lui donnerait.

La nuit tomba, le convoi roulait à toute vitesse.
Elle ne pouvait dormir, énervée à l'excès. Soudain
30 la pensée lui vint de compter l'argent que son mari
lui avait remis à la dernière minute, en or de France.
Elle ouvrit son petit sac et vida sur ses genoux le flot
luisant de métal.

Mais tout à coup un souffle d'air froid lui frappa le
visage. Surprise, elle leva la tête. La portière venait
de s'ouvrir. La comtesse Marie, éperdue, jeta brusquement un châle sur son argent répandu dans sa robe,
et attendit. Quelques secondes s'écoulèrent, puis un 5
homme parut, nu-tête, blessé à la main, haletant, en
costume de soirée. Il referma la porte, s'assit, regarda
sa voisine avec des yeux luisants, puis enveloppa d'un
mouchoir son poignet dont le sang coulait.

La jeune femme se sentait défaillir de peur. Cet 10
homme, certes, l'avait vue compter son or, et il était
venu pour la voler et la tuer.

Il la fixait toujours, essoufflé, le visage convulsé,
prêt à bondir sur elle sans doute.

Il dit brusquement : 15

— Madame, n'ayez pas peur !

Elle ne répondit rien, incapable d'ouvrir la bouche,
entendant son cœur battre et ses oreilles bourdonner.

Il reprit :

— Je ne suis pas un malfaiteur, madame. 20

Elle ne disait toujours rien, mais, dans un brusque
mouvement qu'elle fit, ses genoux s'étant rapprochés,
son or se mit à couler sur le tapis comme l'eau
coule d'une gouttière.

L'homme, surpris, regardait ce ruisseau de métal, 25
et il se baissa tout à coup pour le ramasser.

Elle, effarée, se leva, jetant à terre toute sa fortune,
et elle courut à la portière pour se précipiter sur la
voie. Mais il comprit ce qu'elle allait faire, s'élança,
la saisit dans ses bras, la fit asseoir de force, et la 30
maintenant par les poignets : "Écoutez-moi, madame, je ne suis pas un malfaiteur, et, la preuve, c'est
que je vais ramasser cet argent et vous le rendre.

Mais je suis un homme perdu, un homme mort, si
vous ne m'aidez à passer la frontière. Je ne puis
vous en dire davantage. Dans une heure, nous serons
à la dernière station russe; dans une heure vingt,
5 nous franchirons la limite de l'Empire. Si vous ne
me secourez point, je suis perdu. Et cependant, madame, je n'ai ni tué, ni volé, ni rien fait de contraire
à l'honneur. Cela je vous le jure. Je ne puis vous
en dire davantage."
10 Et, se mettant à genoux, il ramassa l'or jusque sous
les banquettes, cherchant les dernières pièces roulées
au loin. Puis, quand ce petit sac de cuir fut plein de
nouveau, il le remit à sa voisine sans ajouter un mot,
et il retourna s'asseoir à l'autre coin du wagon.
15 Ils ne remuaient plus ni l'un ni l'autre. Elle demeurait immobile et muette, encore défaillante de
terreur, mais s'apaisant peu à peu. Quant à lui, il
ne faisait pas un geste, pas un mouvement; il restait
droit, les yeux fixés devant lui, très pâle, comme s'il
20 eût été mort. De temps en temps elle jetait vers lui
un regard brusque, vite détourné. C'était un homme
de trente ans environ, fort beau, avec toute l'appa-
rence d'un gentilhomme.

Le train courait dans les ténèbres, jetait par la nuit
25 ses appels déchirants, ralentissait parfois sa marche,
puis repartait à toute vitesse. Mais soudain il calma
son allure, siffla plusieurs fois et s'arrêta tout à fait.

Ivan parut à la portière afin de prendre les ordres.

La comtesse Marie, la voix tremblante, considéra
30 une dernière fois son étrange compagnon, puis elle
dit à son serviteur, d'une voix brusque:

— Ivan, tu vas retourner près du comte, je n'ai
plus besoin de toi.

L'homme, interdit, ouvrait des yeux énormes. Il
balbutia:

— Mais... barine.

Elle reprit:

— Non, tu ne viendras pas, j'ai changé d'avis. Je 5
veux que tu restes en Russie. Tiens, voici de l'argent
pour retourner. Donne-moi ton bonnet et ton manteau.

Le vieux domestique, effaré, se décoiffa et tendit
son manteau, obéissant toujours sans répondre, ha- 10
bitué aux volontés soudaines et aux irrésistibles ca-
prices des maîtres. Et il s'éloigna, les larmes aux
yeux.

Le train repartit, courant à la frontière.

Alors la comtesse Marie dit à son voisin: 15

— Ces choses sont pour vous, monsieur, vous êtes
Ivan, mon serviteur. Je ne mets qu'une condition à
ce que je fais: c'est que vous ne me parlerez jamais,
que vous ne me direz pas un mot, ni pour me remer-
cier, ni pour quoi que ce soit. 20

L'inconnu s'inclina sans prononcer une parole.

Bientôt on s'arrêta de nouveau et des fonctionnaires
en uniforme visitèrent le train. La comtesse leur
tendit les papiers et, montrant l'homme assis au fond
de son wagon: 25

— C'est mon domestique Ivan, dont voici le passe-
port.

Le train se remit en route.

Pendant toute la nuit, ils restèrent en tête-à-tête,
muets tous deux. 30

Le matin venu, comme on s'arrêtait dans une gare
allemande, l'inconnu descendit; puis, debout à la portière:

— Pardonnez-moi, madame, de rompre ma pro-
messe; mais je vous ai privée de votre domestique, il
est juste que je le remplace. N'avez-vous besoin de
rien ?

5 Elle répondit froidement:

— Allez chercher ma femme de chambre.

Il y alla. Puis disparut.

Quand elle descendait à quelque buffet, elle l'apercevait de loin qui la regardait. Ils arrivèrent à Men-
10 ton.

II

Le docteur se tut une seconde, puis reprit:

— Un jour, comme je recevais mes clients dans
mon cabinet, je vis entrer un grand garçon qui me
dit:

15 — Docteur, je viens vous demander des nouvelles
de la comtesse Marie Baranow. Je suis, bien qu'elle
ne me connaisse point, un ami de son mari.

Je répondis:

— Elle est perdue. Elle ne retournera pas en Rus-
20 sie.

Et cet homme brusquement se mit à sangloter, puis
il se leva et sortit en trébuchant comme un ivrogne.

Je prévins, le soir même, la comtesse qu'un étranger
était venu m'interroger sur sa santé. Elle parut émue
25 et me raconta toute l'histoire que je viens de vous
dire. Elle ajouta:

— Cet homme que je ne connais point me suit
maintenant comme mon ombre, je le rencontre chaque
fois que je sors; il me regarde d'une étrange façon,
30 mais il ne m'a jamais parlé.

Elle réfléchit, puis ajouta:

— Tenez, je parie qu'il est sous mes fenêtres.

Elle quitta sa chaise longue, alla écarter les rideaux et me montra en effet l'homme qui était venu me trouver, assis sur un banc de la promenade, les yeux levés vers l'hôtel. Il nous aperçut, se leva et s'éloigna 5 sans retourner une fois la tête.

Alors, j'assistai à une chose surprenante et douloureuse, à l'amour muet de ces deux êtres qui ne se connaissaient point.

Il l'aimait, lui, avec le dévouement d'une bête sau- 10 vée, reconnaissante et dévouée à la mort. Il venait chaque jour me dire: "Comment va-t-elle?" comprenant que je l'avais deviné. Et il pleurait affreusement quand il l'avait vue passer plus faible et plus pâle chaque jour.   15

Elle me disait:

— Je ne lui ai parlé qu'une fois, à ce singulier homme, et il me semble que je le connais depuis vingt ans.

Et quand ils se rencontraient, elle lui rendait son 20 salut avec un sourire grave et charmant. Je la sentais heureuse, elle si abandonnée et qui se savait perdue, je la sentais heureuse d'être aimée ainsi, avec ce respect et cette constance, avec cette poésie exagérée, avec ce dévouement prêt à tout. Et pourtant, 25 fidèle à son obstination d'exaltée, elle refusait désespérément de le recevoir, de connaître son nom, de lui parler. Elle disait: "Non, non, cela me gâterait cette étrange amitié. Il faut que nous demeurions étrangers l'un à l'autre."   30

Quant à lui, il était certes également une sorte de Don Quichotte, car il ne fit rien pour se rapprocher d'elle. Il voulait tenir jusqu'au bout l'absurde pro-

messe de ne lui jamais parler qu'il avait faite dans le
wagon.

Souvent, pendant ses longues heures de faiblesse,
elle se levait de sa chaise longue et allait entr'ouvrir
5 son rideau pour regarder s'il était là, sous sa fenêtre.
Et quand elle l'avait vu, toujours immobile sur son
banc, elle revenait se coucher avec un sourire aux
lèvres.

Elle mourut un matin, vers dix heures.   Comme je
10 sortais de l'hôtel, il vint à moi, le visage bouleversé;
il savait déjà la nouvelle.

— Je voudrais la voir une seconde, devant vous,
dit-il.

Je lui pris le bras et rentrai dans la maison.
15   Quand il fut devant le lit de la morte, il lui saisit
la main et la baisa d'un interminable baiser, puis il se
sauva comme un insensé.

Le docteur se tut de nouveau, et reprit:

— Voilà, certes, la plus singulière aventure de
20 chemin de fer que je connaisse.   Il faut dire aussi
que les hommes sont des drôles de toqués.

Une femme murmura à mi-voix:

— Ces deux êtres-là ont été moins fous que vous ne
croyez... Ils étaient... ils étaient...
25   Mais elle ne pouvait plus parler, tant elle pleurait.
Comme on changea de conversation pour la calmer,
on ne sut pas ce qu'elle voulait dire.

APPARITION

On parlait de séquestration à propos d'un procès
récent.   C'était à la fin d'une soirée intime, rue de
30 Grenelle, dans un ancien hôtel, et chacun avait son
histoire, une histoire qu'il affirmait vraie.

Alors le vieux marquis de la Tour-Samuel, âgé de quatre-vingt-deux ans, se leva et vint s'appuyer à la cheminée. Il dit de sa voix un peu tremblante:

— Moi aussi, je sais une chose étrange, tellement étrange, qu'elle a été l'obsession de ma vie. Voici 5 maintenant cinquante - six ans que cette aventure m'est arrivée, et il ne se passe pas un mois sans que je la revoie en rêve. Il m'est demeuré de ce jour-là une marque, une empreinte de peur, me comprenez-vous? Oui, j'ai subi l'horrible épouvante, pendant 10 dix minutes, d'une telle façon que depuis cette heure une sorte de terreur constante m'est restée dans l'âme. Les bruits inattendus me font tressaillir jusqu'au cœur; les objets que je distingue mal dans l'ombre du soir me donnent une envie folle de me 15 sauver. J'ai peur la nuit, enfin.

"Oh! je n'aurais pas avoué cela avant d'être arrivé à l'âge où je suis. Maintenant je peux tout dire. Il est permis de n'être pas brave devant les dangers imaginaires, quand on a quatre-vingt-deux ans. De- 20 vant les dangers véritables, je n'ai jamais reculé, Mesdames.

"Cette histoire m'a tellement bouleversé l'esprit, a jeté en moi un trouble si profond, si mystérieux, si épouvantable, que je ne l'ai même jamais racontée. 25 Je l'ai gardée dans le fond intime de moi, dans ce fond où l'on cache les secrets pénibles, les secrets honteux, toutes les inavouables faiblesses que nous avons dans notre existence.

"Je vais vous dire l'aventure telle quelle, sans 30 chercher à l'expliquer. Il est bien certain qu'elle est explicable, à moins que je n'aie eu mon heure de folie. Mais non, je n'ai pas été fou, et je vous en

donnerai la preuve. Imaginez ce que vous voudrez.
Voici les faits tout simples.

"C'était en 1827, au mois de juillet. Je me trouvais à Rouen en garnison.

5 " Un jour, comme je me promenais sur le quai, je
rencontrai un homme que je crus reconnaître sans
me rappeler au juste qui c'était. Je fis, par instinct,
un mouvement pour m'arrêter. L'étranger aperçut
ce geste, me regarda et tomba dans mes bras.

10 " C'était un ami de jeunesse que j'avais beaucoup
aimé. Depuis cinq ans que je ne l'avais vu, il semblait vieilli d'un demi-siècle. Ses cheveux étaient
tout blancs; et il marchait courbé, comme épuisé.
Il comprit ma surprise et me conta sa vie. Un mal-
15 heur terrible l'avait brisé.

" Devenu follement amoureux d'une jeune fille, il
l'avait épousée dans une sorte d'extase de bonheur.
Après un an d'une félicité surhumaine et d'une passion inapaisée, elle était morte subitement d'une
20 maladie de cœur, tuée par l'amour lui-même, sans
doute.

" Il avait quitté son château le jour même de
l'enterrement, et il était venu habiter son hôtel de
Rouen. Il vivait là, solitaire et désespéré, rongé par
25 la douleur, si misérable qu'il ne pensait qu'au
suicide.

" —Puisque je te retrouve ainsi, me dit-il, je te demanderai de me rendre un grand service, c'est d'aller
chercher chez moi dans le secrétaire de ma chambre,
30 de notre chambre, quelques papiers dont j'ai un
urgent besoin. Je ne puis charger de ce soin un
subalterne ou un homme d'affaires, car il me faut
une impénétrable discrétion et un silence absolu.

Quant à moi, pour rien au monde je ne rentrerai
dans cette maison.

"Je te donnerai la clef de cette chambre que j'ai
fermée moi-même en partant, et la clef de mon secrétaire. Tu remettras en outre un mot de moi à 5
mon jardinier qui t'ouvrira le château.

"Mais viens déjenner avec moi demain, et nous
causerons de cela.

"Je lui promis de lui rendre ce léger service. Ce
n'était d'ailleurs qu'une promenade pour moi, son 10
domaine se trouvant situé à cinq lieues de Rouen
environ. J'en avais pour une heure à cheval.

"A dix heures, le lendemain, j'étais chez lui.
Nous déjeunâmes en tête à tête; mais il ne prononça pas vingt paroles. Il me pria de l'excuser; la 15
pensée de la visite que j'allais faire dans cette chambre, où gisait son bonheur, le bouleversait, me disait-
il. Il me parut en effet singulièrement agité, pré-
occupé, comme si un mystérieux combat se fût livré
dans son âme. 20

"Enfin il m'expliqua exactement ce que je devais
faire. C'était bien simple. Il me fallait prendre
deux paquets de lettres et une liasse de papiers en-
fermés dans le premier tiroir de droite du meuble
dont j'avais la clef. Il ajouta! 25

"— Je n'ai pas besoin de te prier de n'y point
jeter les yeux.

"Je fus presque blessé de cette parole, et je le lui
dis un peu vivement. Il balbutia :

"— Pardonne-moi, je souffre trop. 30

"Et il se mit à pleurer.

"Je le quittai vers une heure pour accomplir ma
mission.

" Il faisait un temps radieux, et j'allais au grand
trot à travers les prairies, écoutant des chants d'alou-
ettes et le bruit rythmé de mon sabre sur ma botte.

" Puis j'entrai dans la forêt et je mis au pas mon
5 cheval. Des branches d'arbres me caressaient le visage; et parfois j'attrapais une feuille avec mes dents
et je la mâchais avidement, dans une de ces joies de
vivre qui vous emplissent, on ne sait pourquoi, d'un
bonheur tumultueux et comme insaisissable, d'une
10 sorte d'ivresse de force.

" En approchant du château, je cherchais dans ma
poche la lettre que j'avais pour le jardinier, et je
m'aperçus avec étonnement qu'elle était cachetée. Je
fus tellement surpris et irrité que je faillis revenir
15 sans m'acquitter de ma commission. Puis je songeai
que j'allais montrer là une susceptibilité de mauvais
goût. Mon ami avait pu d'ailleurs fermer ce mot
sans y prendre garde, dans le trouble où il était.

" Le manoir semblait abandonné depuis vingt ans.
20 La barrière, ouverte et pourrie, tenait debout on ne
sait comment. L'herbe emplissait les allées; on ne
distinguait plus les plates-bandes du gazon.

" Au bruit que je fis en tapant à coups de pied dans
un volet, un vieil homme sortit d'une porte de côté et
25 parut stupéfait de me voir. Je sautai à terre et je
remis ma lettre. Il la lut, la relut, la retourna, me
considéra en des-ous, mit le papier dans sa poche et
prononça:

" — Eh bien! qu'est-ce que vous désirez?
30 " Je répondis brusquement:

" — Vous devez le savoir, puisque vous avez reçu là
dedans les ordres de votre maître; je veux entrer dans
ce château.

"Il semblait atterré.   Il déclara:

" — Alors, vous allez dans... dans sa chambre?

"Je commençais à m'impatienter.

" — Parbleu! Mais est-ce que vous auriez l'intention de m'interroger, par hasard ?   5

"Il balbutia:

" — Non... Monsieur... mais c'est que... c'est qu'elle
n'a pas été ouverte depuis... depuis la... mort. Si vous
voulez m'attendre cinq minutes, je vais aller... aller
voir si...   10

" Je l'interrompis avec colère:

" — Ah ! çà, voyons, vous fichez-vous de moi?
Vous n'y pouvez pas entrer, puisque voici la clef.

" Il ne savait plus que dire.

" — Alors, Monsieur, je vais vous montrer la route. 15

" — Montrez-moi l'escalier et laissez-moi seul.   Je
la trouverai bien sans vous.

" — Mais... Monsieur... cependant...

" Cette fois, je m'emportai tout à fait:

" — Maintenant, taisez-vous, n'est-ce pas ? ou vous 20
aurez affaire à moi.

" Je l'écartai violemment et je pénétrai dans la
maison.

" Je traversai d'abord la cuisine, puis deux petites
pièces que cet homme habitait avec sa femme. Je 25
franchis ensuite un grand vestibule, je montai l'escalier et je reconnus la porte indiquée par mon ami.

" Je l'ouvris sans peine et j'entrai.

" L'appartement était tellement sombre que je n'y
distinguai rien d'abord.   Je m'arrêtai, saisi par cette 30
odeur moisie et fade des pièces inhabitées et condam-
nées, des chambres mortes.   Puis, peu à peu, mes
yeux s'habituèrent à l'obscurité, et je vis assez nette-

ment une grande pièce en désordre, avec un lit sans
draps, mais gardant ses matelas et ses oreillers, dont
l'un portait l'empreinte profonde d'un coude ou d'une
tête comme si on venait de se poser dessus.

5 "Les sièges semblaient en déroute. Je remarquai
qu'une porte, celle d'une armoire sans doute, était
demeurée entr'ouverte.

"J'allai d'abord à la fenêtre pour donner du jour et
je l'ouvris; mais les ferrures du contrevent étaient
10 tellement rouillées que je ne pus les faire céder.

"J'essayai même de les casser avec mon sabre, sans
y parvenir. Comme je m'irritais de ces efforts in-
utiles, et comme mes yeux s'étaient enfin parfaite-
ment accoutumés à l'ombre, je renonçai à l'espoir d'y
15 voir plus clair et j'allai au secrétaire.

"Je m'assis dans un fauteuil, j'abattis la tablette,
j'ouvris le tiroir indiqué. Il était plein jusqu'aux
bords. Il ne me fallait que trois paquets, que je savais
comment reconnaitre, et je me mis à les chercher.

20 "Je m'écarquillais les yeux à déchiffrer les su-
scriptions, quand je crus entendre ou plutôt sentir un
frôlement derrière moi. Je n'y pris point garde, pensant qu'un courant d'air avait fait remuer quelque
étoffe. Mais, au bout d'une minute, un autre mouve-
25 ment, presque indistinct, me fit passer sur la peau un
singulier petit frisson désagréable. C'était tellement
bête d'être ému, même à peine, que je ne voulus pas
me retourner, par pudeur pour moi-même. Je venais
alors de découvrir la seconde des liasses qu'il me fal-
30 lait; et je trouvais justement la troisième, quand un
grand et pénible soupir, poussé contre mon épaule,
me fit faire un bond de fou à deux mètres de là.
Dans mon élan je m'étais retourné, la main sur la

poignée de mon sabre, et certes, si je ne l'avais pas
senti à mon côté, je me serais enfui comme un lâche.

"Une grande femme vêtue de blanc me regardait,
debout derrière le fauteuil où j'étais assis une seconde
plus tôt. 5

"Une telle secousse me courut dans les membres
que je faillis m'abattre à la renverse! Oh! personne
ne peut comprendre, à moins de les avoir ressenties,
ces épouvantables et stupides terreurs. L'âme se fond;
on ne sent plus son cœur; le corps entier devient mou 10
comme une éponge; on dirait que tout l'intérieur de
nous s'écroule.

"Je ne crois pas aux fantômes; eh bien! j'ai dé-
failli sous la hideuse peur des morts; et j'ai souffert,
oh! souffert en quelques instants plus qu'en tout le 15
reste de ma vie, dans l'angoisse irrésistible des épou-
vantes surnaturelles.

"Si elle n'avait pas parlé, je serais mort peut-être!
Mais elle parla; elle parla d'une voix douce et douloureuse qui faisait vibrer les nerfs. Je n'oserais pas 20
dire que je redevins maître de moi et que je retrouvai
ma raison. Non. J'étais éperdu à ne plus savoir ce
que je faisais; mais cette espèce de fierté intime que
j'ai en moi, un peu d'orgueil de métier aussi, me faisaient garder, presque malgré moi, une contenance 25
honorable. Je posais pour moi, et pour elle sans
doute, pour elle, quelle qu'elle fût, femme ou spectre.
Je me suis rendu compte de tout cela plus tard, car
je vous assure que, dans l'instant de l'apparition, je
ne songeais à rien. J'avais peur. 30

"Elle dit:

"— Oh! Monsieur, vous pouvez me rendre un
grand service!

"Je voulus répondre, mais il me fut impossible de prononcer un mot. Un bruit vague sortit de ma gorge.

"Elle reprit:

5 "— Voulez-vous? Vous pouvez me sauver, me guérir. Je souffre affreusement. Je souffre, oh! je souffre!

"Et elle s'assit doucement dans mon fauteuil. Elle me regardait:

10 "— Voulez-vous?

"Je fis: "Oui!" de la tête, ayant encore la voix paralysée.

"Alors elle me tendit un peigne en écaille et elle murmura:

15 "— Peignez-moi, oh! peignez-moi; cela me guérira; il faut qu'on me peigne. Regardez ma tête... Comme je souffre; et mes cheveux, comme ils me font mal!

"Ses cheveux dénoués, très longs, très noirs, me semblait-il, pendaient par-dessus le dossier du fauteuil 20 et touchaient la terre.

"Pourquoi ai-je fait ceci? Pourquoi ai-je reçu en frissonnant ce peigne, et pourquoi ai-je pris dans mes mains ses longs cheveux qui me donnèrent à la peau une sensation de froid atroce comme si j'eusse 25 manié des serpents? Je n'en sais rien.

"Cette sensation m'est restée dans les doigts et je tressaille en y songeant.

"Je la peignai. Je maniai je ne sais comment cette chevelure de glace. Je la tordis, je la renouai 30 et la dénouai; je la tressai comme on tresse la crinière d'un cheval. Elle soupirait, penchait la tête, semblait heureuse.

"Soudain elle me dit: "Merci!" m'arracha le

peigne des mains et s'enfuit par la porte que j'avais
remarquée entr'ouverte.

"Resté seul, j'eus, pendant quelques secondes, ce
trouble effaré des réveils après les cauchemars. Puis
je repris enfin mes sens; je courus à la fenêtre et je 5
brisai les contrevents d'une poussée furieuse.

"Un flot de jour entra. Je m'élançai sur la porte
par où cet être était parti. Je la trouvai fermée et
inébranlable.

"Alors une fièvre de fuite m'envahit, une panique, 10
la vraie panique des batailles. Je saisis brusquement
les trois paquets de lettres sur le secrétaire ouvert;
je traversai l'appartement en courant, je sautai les
marches de l'escalier quatre par quatre, je me trouvai
dehors je ne sais par où, et, apercevant mon cheval à 15
dix pas de moi, je l'enfourchai d'un bond et partis au
galop.

"Je ne m'arrêtai qu'à Rouen, et devant mon logis.
Ayant jeté la bride à mon ordonnance, je me sauvai
dans ma chambre où je m'enfermai pour réfléchir. 20

"Alors, pendant une heure, je me demandai anxi-
eusement si je n'avais pas été le jouet d'une hallu-
cination. Certes, j'avais eu un de ces incompré-
hensibles ébranlements nerveux, un de ces affole-
ments du cerveau qui enfantent les miracles, à qui le 25
Surnaturel doit sa puissance.

"Et j'allais croire à une vision, à une erreur de
mes sens, quand je m'approchai de ma fenêtre. Mes
yeux, par hasard, descendirent sur ma poitrine. Mon
dolman était plein de longs cheveux de femme qui 30
s'étaient enroulés aux boutons !

"Je les saisis un à un et je les jetai dehors avec
des tremblements dans les doigts.

"Puis j'appelai mon ordonnance. Je me sentais trop ému, trop troublé, pour aller le jour même chez mon ami. Et puis je voulais mûrement réfléchir à ce que je devais lui dire.

5 "Je lui fis porter ses lettres, dont il remit un reçu au soldat. Il s'informa beaucoup de moi. On lui dit que j'étais souffrant, que j'avais reçu un coup de soleil, je ne sais quoi. Il parut inquiet.

"Je me rendis chez lui le lendemain, dès l'aube,
10 résolu à lui dire la vérité. Il était sorti la veille au soir et pas rentré.

"Je revins dans la journée, on ne l'avait pas revu. J'attendis une semaine. Il ne reparut pas. Alors je prévins la justice. On le fit rechercher partout, sans
15 découvrir une trace de son passage ou de sa retraite.

"Une visite minutieuse fut faite du château abandonné. On n'y découvrit rien de suspect.

"Aucun indice ne révéla qu'une femme y eût été cachée.

20 "L'enquête n'aboutissant à rien, les recherches furent interrompues.

"Et, depuis cinquante-six ans, je n'ai rien appris. Je ne sais rien de plus."

LES IDÉES DU COLONEL

— Ma foi, dit le colonel Laporte, je suis vieux, j'ai
25 la goutte, les jambes raides comme des poteaux de barrière, et cependant, si une femme, une jolie femme, m'ordonnait de passer par le trou d'une aiguille, je crois que j'y sauterais comme un clown dans un cerceau. Je mourrai ainsi, c'est dans le sang. Je suis
30 un vieux galantin, moi, un vieux de la vieille école.

La vue d'une femme, d'une jolie femme, me remue jusque dans mes bottes. Voilà.

D'ailleurs nous sommes tous un peu pareils, en France, messieurs. Nous restons des chevaliers quand même, les chevaliers de l'amour et du hasard, puis- 5 qu'on a supprimé Dieu, dont nous étions vraiment les gardes du corps.

Mais la femme, voyez-vous, on ne l'enlèvera pas de nos cœurs. Elle y est, elle y reste. Nous l'aimons, nous l'aimerons, nous ferons pour elle toutes les folies, 10 tant qu'il y aura une France sur la carte d'Europe. Et même si on escamote la France, il restera toujours des Français.

Moi, devant les yeux d'une femme, d'une jolie femme, je me sens capable de tout. Sacristi ! quand 15 je sens entrer en moi son regard, son sacré nom de regard, qui vous met du feu dans les veines, j'ai envie de je ne sais quoi, de me battre, de lutter, de casser des meubles, de montrer que je suis le plus fort, le plus brave, le plus hardi et le plus dévoué des hommes. 20

Mais je ne suis pas le seul, non vraiment ; toute l'armée française est comme moi, je vous le jure. Depuis le pioupiou jusqu'aux généraux nous allons de l'avant, et jusqu'au bout, quand il s'agit d'une jolie femme. Rappelez-vous ce que Jeanne d'Arc 25 nous a fait faire autrefois. Tenez, je vous parie que, si une femme, une jolie femme, avait pris le comman- dement de l'armée, la veille de Sedan, quand le maréchal de Mac-Mahon fut blessé, nous aurions tra- versé les lignes prussiennes, sacrebleu ! et bu la goutte 30 dans leurs canons.

Ce n'est pas un Trochu qu'il fallait à Paris, mais une sainte Geneviève.

Je me rappelle justement une petite anecdote de la guerre qui prouve bien que nous sommes capables de tout, devant une femme.

J'étais alors capitaine, simple capitaine, et je com-
5 mandais un détachement d'éclaireurs qui battait en retraite au milieu d'un pays envahi par les Prussiens. Nous étions cernés, pourchassés, éreintés, abrutis, mourant d'épuisement et de faim.

Or, il nous fallait, avant le lendemain, gagner Bar-
10 sur-Tain, sans quoi nous étions flambés, coupés et massacrés. Comment avions-nous échappé jusque-là ? je n'en sais rien. Nous avions donc douze lieues à faire pendant la nuit, douze lieues par la neige et sous la neige, le ventre vide. Moi je pensais: "C'est
15 fini, jamais mes pauvres diables d'hommes n'arrive-ront."

Depuis la veille, on n'avait rien mangé. Tout le jour, nous restâmes cachés dans une grange, serrés les uns contre les autres pour avoir moins froid, in-
20 capables de parler ou de remuer, dormant par secousses et par saccades, comme on dort quand on est rendu de fatigue.

A cinq heures, il faisait nuit, cette nuit blafarde des neiges. Je secouai mes gens. Beaucoup ne vou-
25 laient plus se lever, incapables de remuer ou de se tenir debout, ankylosés par le froid et le reste.

Devant nous, la plaine, une grande vache de plaine toute nue, où il pleuvait de la neige. Ça tombait, ça tombait, comme un rideau, ces flocons blancs qui
30 cachaient tout sous un lourd manteau gelé, épais et mort, un matelas en laine de glace. On aurait dit la fin du monde.

— Allons, en route, les enfants.

Ils regardaient ça, cette poussière blanche qui descendait de là-haut et ils semblaient penser:

— En voilà assez; autant mourir ici!

Alors je tirai mon revolver:

— Le premier qui flanche, je le brûle. 5

Et les voilà qui se mettent en marche, tout lentement, comme des gens dont les jambes sont usées.

J'en envoyai quatre, pour nous éclairer, à trois cents mètres en avant; puis le reste suivit, pêle-mêle, en bloc, au hasard des fatigues et de la longueur des 10 pas. Je plaçai les plus solides par derrière, avec ordre d'accélérer les traînards à coups de baïonnette... dans le dos.

La neige semblait nous ensevelir tout vivants; elle poudrait les képis et les capotes sans fondre dessus, 15 faisait de nous des fantômes, des espèces de spectres de soldats morts, bien fatigués.

Je me disais: "Jamais nous ne sortirons de là, à moins d'un miracle."

Parfois on s'arrêtait quelques minutes, à cause de 20 ceux qui ne pouvaient pas suivre. Alors on n'entendait plus que ce glissement vague de la neige, cette rumeur presque insaisissable que font le froissement et l'emmêlement de tous ces flocons qui tombent.

Quelques hommes se secouaient. D'autres ne 25 bougeaient point.

Puis je donnais l'ordre de repartir. Les fusils remontaient sur les épaules, et, d'une allure exténuée, on se remettait en marche.

Soudain les éclaireurs se replièrent. Quelque chose 30 les inquiétait. Ils avaient entendu parler devant nous. J'envoyai six hommes et un sergent. Et j'attendis.

Tout à coup, un cri aigu, un cri de femme, traversa
le silence pesant des neiges, et au bout de quelques
minutes, on m'amena deux prisonniers, un vieillard
et une jeune fille.

5   Je les interrogeai à voix basse.   Ils fuyaient devant
les Prussiens qui avaient occupé leur maison dans la
soirée, et qui étaient saoûls.   Le père avait eu peur
pour sa fille, et sans même prévenir leurs serviteurs,
ils s'étaient sauvés tous deux dans la nuit.

10   Je reconnus tout de suite que c'étaient des bourgeois, même mieux que des bourgeois.

— Vous allez nous accompagner, leur dis-je.

On repartit.   Comme le vieux connaissait le pays,
il nous guida.

15   La neige cessa de tomber; les étoiles parurent, et le
froid devint terrible.

La jeune fille, qui tenait le bras de son père, marchait d'un pas saccadé, d'un pas de détresse.   Elle
murmura plusieurs fois: "Je ne sens plus mes pieds,"
20 et, moi, je souffrais plus qu'elle de voir cette pauvre
petite femme se traîner ainsi dans la neige.

Tout d'un coup, elle s'arrêta:

— Père, dit-elle, je suis si fatiguée que je n'irai pas
plus loin.

25   Le vieux voulut la porter; mais il ne pouvait seulement pas la soulever; et elle s'affaissa par terre en
poussant un grand soupir.

On faisait cercle autour d'eux.   Quant à moi, je
piétinais sur place, ne sachant que faire, et ne pouvant
30 me résoudre vraiment à abandonner ainsi cet homme
et cet enfant.

Tout à coup, un de mes soldats, un Parisien, qu'on
avait surnommé "Pratique," prononça:

— Allons, les camaraux, faut porter cette demoi-
selle-là, ou bien nous n'sommes pu Français, nom
d'un chien!

Je crois, ma foi, que je jurai de plaisir.

— Nom d'un nom, c'est gentil, ça, les enfants.   Et 5
je veux en prendre ma part.

On voyait vaguement, dans l'ombre, sur la gauche,
les arbres d'un petit bois.   Quelques hommes se dé-
tachèrent et revinrent bientôt avec un faisceau de
branches liées en litière.   10

— Qui est-ce qui prête sa capote ? cria Pratique;
c'est pour une belle fille, les frérots.

Et dix capotes vinrent tomber autour du soldat.
En une seconde, la jeune fille fut couchée dans ces
chauds vêtements, et enlevée sur six épaules.   Je 15
m'étais placé en tête, à droite, et content, ma foi,
d'avoir ma charge.

On repartit comme si on eût bu un coup de vin,
plus gaillardement et plus vivement.   J'entendis
même des plaisanteries.   Il suffit d'une femme, voyez- 20
vous, pour électriser les Français.

Les soldats avaient presque reformé les rangs, ra-
nimés, réchauffés.   Un vieux franc-tireur qui suivait
la litière, attendant son tour pour remplacer le premier camarade qui flancherait, murmura vers son voi- 25
sin, assez haut pour que je l'entendisse:

— Je n'suis pu jeune, moi; eh bien, cré coquin, le
sexe, il y a tout de même que ça pour vous flanquer
du cœur au ventre!

Jusqu'à trois heures du matin, on avança presque 30
sans repos.   Puis, tout à coup, les éclaireurs se replièrent encore, et bientôt tout le détachement, couché

dans la neige, ne faisait plus qu'une ombre vague sur
le sol.

Je donnai des ordres à voix basse, et j'entendis derrière moi le crépitement sec et métallique des batteries
5 qu'on armait.

Car là-bas, au milieu de la plaine, quelque chose
d'étrange remuait. On eût dit une bête énorme qui
courait, s'allongeait comme un serpent ou se ramas-
sait en boule, prenait de brusques élans, tantôt à
10 droite, tantôt à gauche, s'arrêtait, puis repartait.

Tout à coup, cette forme errante se rapprocha; et je
vis venir, au grand trot, l'un derrière l'autre, douze
uhlans perdus qui cherchaient leur route.

Ils étaient si près, maintenant, que j'entendais par-
15 faitement le souffle rauque des chevaux, le son de fer-
raille des armes, et le craquement des selles.

Je criai:

— Feu!

Et cinquante coups de fusil crevèrent le silence de
20 la nuit. Quatre ou cinq détonations partirent encore,
puis une dernière toute seule; et, quand l'aveugle-
ment de la poudre enflammée se fut dissipé, on vit
que les douze hommes, avec neuf chevaux, étaient
tombés. Trois bêtes s'enfuyaient d'un galop furieux,
25 et l'une traînait derrière elle, pendu par le pied à
l'étrier et bondissant éperdument, le cadavre de son
cavalier.

Un soldat, derrière moi, riait, d'un rire terrible.
Un autre dit:

30 — "V'là des veuves!"

Il était marié, peut-être. Un troisième ajouta:

— Faut pas grand temps!

Une tête était sortie de la litière:

— Qu'est-ce qu'on fait, dit-elle, on se bat?

Je répondis:

— Ce n'est rien, mademoiselle; nous venons d'expédier une douzaine de Prussiens!

Elle murmura:　　　　　　　　　　　　　　　5

— Pauvres gens!

Mais comme elle avait froid, elle redisparut sous les capotes.

On repartit. On marcha longtemps. Enfin, le ciel pâlit. La neige devenait claire, lumineuse, luisante; 10 et une teinte rose s'étendait à l'orient.

Une voix lointaine cria:

— Qui vive?

Tout le détachement fit halte; et je m'avançai pour nous faire reconnaître.　　　　　　　　　　15

Nous arrivions aux lignes françaises.

Comme mes hommes défilaient devant le poste, un commandant à cheval, que je venais de mettre au courant, demanda d'une voix sonore, en voyant passer la litière:　　　　　　　　　　　　　　　20

— Qu'est-ce que vous avez là-dedans?

Aussitôt une petite figure blonde apparut, dépeignée et souriante, qui répondit:

— C'est moi, monsieur.

Un rire s'éleva parmi les hommes, et une joie 25 courut dans leurs cœurs.

Alors Pratique, qui marchait à côté du brancard, agita son képi en vociférant: — "Vive la France!"

Et, je ne sais pas pourquoi, je me sentis tout remué, tant je trouvais ça gentil et galant.　　　　30

Il me semblait que nous venions de sauver le pays, de faire quelque chose que d'autres hommes n'au-

raient pas fait, quelque chose de simple et de vraiment
patriotique.

Cette petite figure-là, voyez-vous, je ne l'oublierai
jamais; et, si j'avais à donner mon avis sur la sup-
5 pression des tambours et des clairons, je proposerais
de les remplacer dans chaque régiment par une jolie fille. Ça vaudrait encore mieux que de jouer la
Marseillaise. Nom d'un nom, comme ça donnerait
du vif au troupier, d'avoir une madone comme ça,
10 une madone vivante, à côté du colonel.

Il se tut quelques secondes, puis reprit d'un air
convaincu, en hochant la tête:

C'est égal, nous aimons bien les femmes, nous
autres Français!

LA PARURE

15 C'était une de ces jolies et charmantes filles, nées,
comme par une erreur du destin, dans une famille
d'employés. Elle n'avait pas de dot, pas d'espérances,
aucun moyen d'être connue, comprise, aimée, épousée
par un homme riche et distingué; et elle se laissa
20 marier avec un petit commis du ministère de l'instruction publique.

Elle fut simple ne pouvant être parée, mais mal-
heureuse comme une déclassée; car les femmes n'ont
point de caste ni de race, leur beauté, leur grâce et
25 leur charme leur servant de naissance et de famille.
Leur finesse native, leur instinct d'élégance, leur
souplesse d'esprit, sont leur seule hiérarchie, et font
des filles du peuple les égales des plus grandes dames.

Elle souffrait sans cesse, se sentant née pour toutes
30 les délicatesses et tous les luxes. Elle souffrait de la
pauvreté de son logement, de la misère des murs, de

l'usure des sièges, de la laideur des étoffes. Toutes
ces choses, dont une autre femme de sa caste ne se
serait même pas aperçue, la torturaient et l'indi-
gnaient. La vue de la petite Bretonne qui faisait son
humble ménage éveillait en elle des regrets désolés et 5
des rêves éperdus. Elle songeait aux antichambres
muettes, capitonnées avec des tentures orientales,
éclairées par de hautes torchères de bronze, et aux
deux grands valets en culotte courte qui dorment dans
les larges fauteuils, assoupis par la chaleur lourde du 10
calorifère. Elle songeait aux grands salons vêtus de
soie ancienne, aux meubles fins portant des bibelots
inestimables, et aux petits salons coquets, parfumés,
faits pour la causerie de cinq heures avec les amis les
plus intimes, les hommes connus et recherchés dont 15
toutes les femmes envient et désirent l'attention.

Quand elle s'asseyait, pour dîner, devant la table
ronde couverte d'une nappe de trois jours, en face de
son mari qui découvrait la soupière en déclarant d'un
air enchanté: "Ah! le bon pot-au-feu! je ne sais rien 20
de meilleur que cela..." elle songeait aux dîners fins,
aux argenteries reluisantes, aux tapisseries peuplant
les murailles de personnages anciens et d'oiseaux
étranges au milieu d'une forêt de féerie; elle songeait
aux plats exquis servis en des vaisselles merveilleuses, 25
aux galanteries chuchotées et écoutées avec un sourire
de sphinx, tout en mangeant la chair rose d'une truite
ou des ailes de gélinotte.

Elle n'avait pas de toilettes, pas de bijoux, rien. Et
elle n'aimait que cela; elle se sentait faite pour cela. 30
Elle eût tant désiré plaire, être enviée, être séduisante
et recherchée.

Elle avait une amie riche, une camarade de couvent

qu'elle ne voulait plus aller voir, tant elle souffrait en revenant. Et elle pleurait pendant des jours entiers, de chagrin, de regret, de désespoir et de détresse.

Or, un soir, son mari rentra, l'air glorieux, et tenant
5 à la main une large enveloppe.

— Tiens, dit-il, voici quelque chose pour toi.

Elle déchira vivement le papier et en tira une carte imprimée qui portait ces mots:

"Le ministre de l'instruction publique et Mme
10 "Georges Ramponneau prient M. et Mme Loisel de
"leur faire l'honneur de venir passer la soirée à
"l'hôtel du ministère, le lundi 18 janvier."

Au lieu d'être ravie, comme l'espérait son mari,
elle jeta avec dépit l'invitation sur la table, mur-
15 murant:

— Que veux-tu que je fasse de cela?

— Mais, ma chérie, je pensais que tu serais contente. Tu ne sors jamais, et c'est une occasion, cela,
une belle! J'ai eu une peine infinie à l'obtenir.
20 Tout le monde en veut; c'est très recherché et on
n'en donne pas beaucoup aux employés. Tu verras
là tout le monde officiel.

Elle le regardait d'un œil irrité, et elle déclara
avec impatience:
25 — Que veux-tu que je me mette sur le dos pour
aller là?

Il n'y avait pas songé; il balbutia:

— Mais la robe avec laquelle tu vas au théâtre.
Elle me semble très bien, à moi...
30 Il se tut, stupéfait, éperdu, en voyant que sa femme
pleurait. Deux grosses larmes descendaient lente-

ment des coins des yeux vers les coins de la bouche;
il bégaya:

— Qu'as-tu ? qu'as-tu ?

Mais, par un effort violent, elle avait dompté sa
peine et elle répondit d'une voix calme en essuyant 5
ses joues humides:

— Rien. Seulement je n'ai pas de toilette et par
conséquent je ne peux aller à cette fête. Donne ta
carte à quelque collègue dont la femme sera mieux
nippée que moi.   10

Il était désolé. Il reprit:

— Voyons, Mathilde. Combien cela coûterait-il,
une toilette convenable, qui pourrait te servir encore
en d'autres occasions, quelque chose de très simple?

Elle réfléchit quelques secondes, établissant ses 15
comptes et songeant aussi à la somme qu'elle pouvait
demander sans s'attirer un refus immédiat et une ex-
clamation effarée du commis économe.

Enfin, elle répondit en hésitant:

— Je ne sais pas au juste, mais il me semble 20
qu'avec quatre cents francs je pourrais arriver.

Il avait un peu pâli, car il réservait juste cette
somme pour acheter un fusil et s'offrir des parties de
chasse, l'été suivant, dans la plaine de Nanterre, avec
quelques amis qui allaient tirer des allouettes, par là, 25
le dimanche.

Il dit cependant:

— Soit. Je te donne quatre cents francs. Mais
tâche d'avoir une belle robe.

*
* *

Le jour de la fête approchait, et Mme Loisel sem- 30
blait triste, inquiète, anxieuse. Sa toilette était prête
cependant. Son mari lui dit un soir:

— Qu'as-tu ? Voyons, tu es toute drôle depuis trois jours.

Et elle répondit :

— Cela m'ennuie de n'avoir pas un bijou, pas une
5 pierre, rien à mettre sur moi. J'aurai l'air misère comme tout. J'aimerais presque mieux ne pas aller à cette soirée.

Il reprit :

— Tu mettras des fleurs naturelles. C'est très chic
10 en cette saison-ci. Pour dix francs tu auras deux ou trois roses magnifiques.

Elle n'était point convaincue.

— Non... il n'y a rien de plus humiliant que d'avoir l'air pauvre au milieu de femmes riches.

15 Mais son mari s'écria :

— Que tu es bête ! Va trouver ton amie Mme Forestier et demande-lui de te prêter des bijoux. Tu es bien assez liée avec elle pour faire cela.

Elle poussa un cri de joie :

20 — C'est vrai. Je n'y avais point pensé.

Le lendemain, elle se rendit chez son amie et lui conta sa détresse.

Mme Forestier alla vers son armoire à glace, prit un large coffret, l'apporta, l'ouvrit, et dit à Mme Loisel :

25 — Choisis, ma chère.

Elle vit d'abord des bracelets, puis un collier de perles, puis une croix vénitienne, or et pierreries, d'un admirable travail. Elle essayait les parures devant la glace, hésitait, ne pouvait se décider à les
30 quitter, à les rendre. Elle demandait toujours :

— Tu n'as plus rien autre ?

— Mais si. Cherche. Je ne sais pas ce qui peut te plaire.

Tout à coup elle découvrit, dans une boîte de satin noir, une superbe rivière de diamants; et son cœur se mit à battre d'un désir immodéré. Ses mains tremblaient en la prenant. Elle l'attacha autour de sa gorge, sur sa robe montante, et demeura en extase 5 devant elle-même.

Puis, elle demanda, hésitante, pleine d'angoisse :

— Peux-tu me prêter cela, rien que cela ?

— Mais, oui, certainement.

Elle sauta au cou de son amie, l'embrassa avec em- 10 portement, puis s'enfuit avec son trésor.

Le jour de la fête arriva. Mme Loisel eut un succès. Elle était plus jolie que toutes, élégante, gracieuse, souriante et folle de joie. Tous les hommes la regardaient, demandaient son nom, cherchai- 15 ent à être présentés. Tous les attachés du cabinet voulaient valser avec elle. Le ministre la remarqua.

Elle dansait avec ivresse, avec emportement, grisée par le plaisir, ne pensant plus à rien, dans le triomphe de sa beauté, dans la gloire de son succès, 20 dans une sorte de nuage de bonheur fait de tous ces hommages, de toutes ces admirations, de tous ces désirs éveillés, de cette victoire si complète et si douce au cœur des femmes.

Elle partit vers quatre heures du matin. Son 25 mari, depuis minuit, dormait dans un petit salon désert avec trois autres messieurs dont les femmes s'amusaient beaucoup.

Il lui jeta sur les épaules les vêtements qu'il avait apportés pour la sortie, modestes vêtements de la vie 30 ordinaire, dont la pauvreté jurait avec l'élégance de

la toilette de bal. Elle le sentit et voulut s'enfuir,
pour ne pas être, remarquée par les autres femmes
qui s'enveloppaient de riches fourrures.

Loisel la retenait:

5 — Attends donc. Tu vas attraper froid dehors.
Je vais appeler un fiacre.

Mais elle ne l'écoutait point et descendait rapide-
ment l'escalier. Lorsqu'ils furent dans la rue, ils ne
trouvèrent pas de voiture; et ils se mirent à chercher,
10 criant après les cochers qu'ils voyaient passer de loin.

Ils descendaient vers la Seine, désespérés, grelot-
tants. Enfin ils trouvèrent sur le quai un de ces
vieux coupés noctambules qu'on ne voit dans Paris
que la nuit venue, comme s'ils eussent été honteux
15 de leur misère pendant le jour.

Il les ramena jusqu'à leur porte, rue des Martyrs,
et ils remontèrent tristement chez eux. C'était fini,
pour elle. Et il songeait, lui, qu'il lui faudrait être
au Ministère à dix heures.

20 Elle ôta les vêtements dont elle s'était enveloppé
les épaules, devant la glace, afin de se voir encore
une fois dans sa gloire. Mais soudain elle poussa un
cri. Elle n'avait plus sa rivière autour du cou!

Son mari, à moitié dévêtu déjà, demanda:

25 — Qu'est-ce que tu as ?

Elle se tourna vers lui, affolée:

— J'ai... j'ai... je n'ai plus la rivière de madame
Forestier.

Il se dressa, éperdu:

30 — Quoi!... comment!... Ce n'est pas possible!

Et ils cherchèrent dans les plis de la robe, dans les
plis du manteau, dans les poches, partout. Ils ne la
trouvèrent point.

Il demandait:

— Tu es sûre que tu l'avais encore en quittant le bal ?

— Oui, je l'ai touchée dans le vestibule du Ministère.

— Mais, si tu l'avais perdue dans la rue, nous l'aurions entendu tomber. Elle doit être dans le fiacre.

— Oui. C'est probable. As-tu pris le numéro ?

— Non. Et toi, tu ne l'as pas regardé ?

— Non.

Ils se contemplaient atterrés. Enfin Loisel se rhabilla.

— Je vais, dit-il, refaire tout le trajet que nous avons fait à pied, pour voir si je ne la retrouverai pas.

Et il sortit. Elle demeura en toilette de soirée, sans force pour se coucher, abattue sur une chaise, sans feu, sans pensée.

Son mari rentra vers sept heures. Il n'avait rien trouvé.

Il se rendit à la Préfecture de police, aux journaux, pour faire promettre une récompense, aux compagnies de petites voitures, partout enfin où un soupçon d'espoir le poussait.

Elle attendit tout le jour, dans le même état d'effarement devant cet affreux désastre.

Loisel revint le soir, avec la figure creusée, pâlie; il n'avait rien découvert.

— Il faut, dit-il, écrire à ton amie que tu as brisé la fermeture de sa rivière et que tu la fais réparer. Cela nous donnera le temps de nous retourner.

Elle écrivit sous sa dictée.

*
* *

Au bout d'une semaine, ils avaient perdu toute espérance.

Et Loisel, vieilli de cinq ans, déclara:

— Il faut aviser à remplacer ce bijou.

5 Ils prirent, le lendemain, la boîte qui l'avait renfermé, et se rendirent chez le joaillier, dont le nom se trouvait dedans. Il consulta ses livres:

— Ce n'est pas moi, madame, qui ai vendu cette rivière; j'ai dû seulement fournir l'écrin.

10 Alors ils allèrent de bijoutier en bijoutier, cherchant une parure pareille à l'autre, consultant leurs souvenirs, malades tous deux de chagrin et d'angoisse.

Ils trouvèrent, dans une boutique du Palais-Royal, 15 un chapelet de diamants qui leur parut entièrement semblable à celui qu'ils cherchaient. Il valait quarante mille francs. On le leur laisserait à trente-six mille.

Ils prièrent donc le joaillier de ne pas le vendre 20 avant trois jours. Et ils firent condition qu'on le reprendrait, pour trente-quatre mille francs, si le premier était retrouvé avant la fin de février.

Loisel possédait dix-huit mille francs que lui avait laissés son père. Il emprunterait le reste.

25 Il emprunta, demandant mille francs à l'un, cinq cents à l'autre, cinq louis par-ci, trois louis par-là. Il fit des billets, prit des engagements ruineux, eut affaire aux usuriers, à toutes les races de prêteurs. Il compromit toute la fin de son existence, risqua sa 30 signature sans savoir même s'il pourrait y faire honneur, et, épouvanté par les angoisses de l'avenir, par la noire misère qui allait s'abattre sur lui, par la perspective de toutes les privations physiques et de

toutes les tortures morales, il alla chercher la rivière
nouvelle, en déposant sur le comptoir du marchand
trente-six mille francs.

Quand Mme Loisel reporta la parure à Mme Forestier,
celle-ci lui dit, d'un air froissé :   5

— Tu aurais dû me la rendre plus tôt, car, je pouvais en avoir besoin.

Elle n'ouvrit pas l'écrin, ce que redoutait son amie·
Si elle s'était aperçue de la substitution, qu'aurait-
elle pensé ? qu-anrait-elle dit ?   Ne l'aurait-elle pas 10
prise pour une voleuse ?

Mme Loisel connut la vie horrible des nécessiteux.
Elle prit son parti, d'ailleurs, tout d'un coup, héroï-
quement.   Il fallait payer cette dette effroyable.
Elle payerait.   On renvoya la bonne ; on changea de 15
logement ; on loua sous les toits une mansarde.

Elle connut les gros travaux du ménage, les
odieuses besognes de la cuisine.   Elle lava la vais-
selle, usant ses ongles roses sur les poteries grasses et
le fond des casseroles.   Elle savonna le linge sale, 20
les chemises et les torchons, qu'elle faisait sécher sur
une corde ; elle descendit à la rue, chaque matin, les
ordures, et monta l'eau, s'arrêtant à chaque étage
pour souffler.   Et, vêtue comme une femme du peuple,
elle alla chez le fruitier, chez l'épicier, chez le boucher, 25
le panier au bras, marchandant, injuriée, défendant
sou à sou son misérable argent.

Il fallait chaque mois payer des billets, en renou-
veler d'autres, obtenir du temps.

Le mari travaillait le soir à mettre au net les 30

comptes d'un commerçant, et la nuit, souvent, il faisait de la copie à cinq sous la page.

Et cette vie dura dix ans.

Au bout de dix ans, ils avaient tout restitué, tout, 5 avec le taux de l'usure, et l'accumulation des intérêts superposés.

Mme Loisel semblait vieille, maintenant. Elle était devenue la femme forte, et dure, et rude, des ménages pauvres. Mal peignée, avec les jupes de travers et 10 les mains rouges, elle parlait haut, lavait à grande eau les planchers. Mais parfois, lorsque son mari était au bureau elle s'asseyait auprès de la fenêtre, et elle songeait à cette soirée d'autrefois, à ce bal, où elle avait été si belle et si fêtée.

15 Que serait-il arrivé si elle n'avait point perdu cette parure ? Qui sait ? qui sait ? Comme la vie est singulière, changeante ! Comme il faut peu de chose pour vous perdre ou vous sauver !

Or, un dimanche, comme elle était allée faire un 20 tour aux Champs-Élysées pour se délasser des besognes de la semaine, elle aperçut tout à coup une femme qui promenait un enfant. C'était Mme Forestier, toujours jeune, toujours belle, toujours séduisante.

25 Mme Loisel se sentit émue. Allait-elle lui parler ? Oui, certes. Et maintenant qu'elle avait payé, elle lui dirait tout. Pourquoi pas ?

Elle s'approcha.

— Bonjour, Jeanne.

30 L'autre ne la reconnaissait point, s'étonnant d'être

appelée ainsi familièrement par cette bourgeoise.
Elle balbutia:

— Mais... madame!.. Je ne sais... Vous devez vous
tromper.

— Non.   Je suis Mathilde Loisel.   5

Son amie poussa un cri:

— Oh!... ma pauvre Mathilde, comme tu es
changée!...

— Oui, j'ai eu des jours bien durs, depuis que je
ne t'ai vue; et bien des misères... et cela à cause de 10
toi!...

— De moi... Comment ça?

— Tu te rappelles bien cette rivière de diamants
que tu m'as prêtée pour aller à la fête du Ministère.

— Oui.   Eh bien?   15

— Eh bien, je l'ai perdue.

— Comment! puisque tu me l'as rapportée.

— Je t'en ai rapporté une autre toute pareille.   Et
voilà dix ans que nous la payons.   Tu comprends que
ça n'était pas aisé   pour nous, qui n'avions rien... 20
Enfin c'est fini, et je suis rudement contente.

Mme Forestier s'était arrêtée.

— Tu dis que tu as acheté une rivière de diamants
pour remplacer la mienne?

— Oui.   Tu ne t'en étais pas aperçue, hein?   Elles 25
étaient bien pareilles.

Et elle souriait d'une joie orgueilleuse et naïve.

Mme Forestier, fort émue, lui prit les deux mains.

— Oh! ma pauvre Mathilde! Mais la mienne était
fausse.   Elle valait au plus cinq cents francs!...   30

TOMBOUCTOU

Le boulevard, ce fleuve de vie, grouillait dans la poudre d'or du soleil couchant. Tout le ciel était rouge, aveuglant; et, derrière la Madeleine, une immense nuée flamboyante jetait dans toute la longue
5 avenue une oblique averse de feu, vibrante comme une vapeur de brasier.

La foule gaie, palpitante, allait sous cette brume enflammée et semblait dans une apothéose. Les visages étaient dorés; les chapeaux noirs et les habits
10 avaient des reflets de pourpre; le vernis des chaussures jetait des flammes sur l'asphalte des trottoirs.

Devant les cafés, un peuple d'hommes buvait des boissons brillantes et colorées qu'on aurait prises pour des pierres précieuses fondues dans le cristal.

15 Au milieu des consommateurs aux légers vêtements plus foncés, deux officiers en grande tenue faisaient baisser tous les yeux par l'éblouissement de leurs dorures. Ils causaient, joyeux sans motif, dans cette gloire de vie, dans ce rayonnement radieux du soir;
20 et ils regardaient contre la foule, les hommes lents et les femmes pressées qui laissaient derrière elles une odeur savoureuse et troublante.

Tout à coup un nègre énorme, vêtu de noir, ventru, chamarré de breloques sur un gilet de coutil, la
25 face luisante comme si elle eût été cirée, passa devant eux avec un air de triomphe. Il riait aux passants, il riait aux vendeurs de journaux, il riait au ciel éclatant, il riait à Paris entier. Il était si grand qu'il dépassait toutes les têtes; et, derrière lui, tous les
30 badauds se retournaient pour le contempler de dos.

Mais soudain il aperçut les officiers, et, culbutant
les buveurs, il s'élança. Dès qu'il fut devant leur
table, il planta sur eux ses yeux luisants et ravis, et
les coins de sa bouche lui montèrent jusqu'aux
oreilles, découvrant ses dents blanches, claires comme 5
un croissant de lune dans un ciel noir. Les deux
hommes, stupéfaits, contemplaient ce géant d'ébène,
sans rien comprendre à sa gaieté.

Et il s'écria, d'une voix qui fit rire toutes les
tables :   10

— Bonjou, mon lieutenant.

Un des officiers était chef de bataillon, l'autre colonel. Le premier dit :

— Je ne vous connais pas, monsieur; j'ignore ce
que vous me voulez.   15

Le nègre reprit :

— Moi aimé beaucoup toi, lieutenant Védié, siège
Bézi, beaucoup raisin, cherché moi.

L'officier, tout à fait éperdu, regardait fixement
l'homme, cherchant au fond de ses souvenirs; mais 20
brusquement il s'écria :

— Tombouctou ?

Le nègre, radieux, tapa sur sa cuisse en poussant
un rire d'une invraisemblable violence et beuglant :

— Si, si, ya, mon lieutenant, reconné Tombouctou, 25
ya, bonjou.

Le commandant lui tendit la main en riant lui
même de tout son cœur. Alors Tombouctou redevint
grave. Il saisit la main de l'officier, et, si vite que
l'autre ne put l'empêcher, il la baisa, selon la cou- 30
tume nègre et arabe. Confus, le militaire lui dit
d'une voix sévère :

— Allons, Tombouctou, nous ne sommes pas en

Afrique. Assieds-toi là et dis-moi comment je te trouve ici.

Tombouctou tendit son ventre, et, bredouillant, tant il parlait vite :

5 Gagné beaucoup d'agent, beaucoup, grand'estaurant, bon mangé, Pussiens, moi, beaucoup volé, beaucoup, cuisine fançaise, Tombouctou, cuisinié de l'Empéeu, deux cents mille fancs à moi. Ah! ah! ah! ah!

10 Et il riait, tordu, hurlant avec une folie de joie dans le regard.

Quand l'officier, qui comprenait son étrange langage, l'eût interrogé quelque temps, il lui dit :

— Eh bien, au revoir, Tombouctou ; à bientôt.

15 Le nègre aussitôt se leva, serra, cette fois, la main qu'on lui tendait, et, riant toujours, cria :

— Bonjou, bonjou, mon lieutenant !

Il s'en alla, si content, qu'il gesticulait en marchant, 20 et qu'on le prenait pour un fou.

Le colonel demanda :

— Qu'est-ce que cette brute ?

Le commandant répondit :

— Un brave garçon et un brave soldat. Je vais 25 vous dire ce que je sais de lui ; c'est assez drôle.

Vous savez qu'au commencement de la guerre de 1870 je fus enfermé dans Bézières, que ce nègre appelle Bézi. Nous n'étions point assiégés, mais bloqués. Les lignes prussiennes nous entouraient de partout, 30 hors de portée des canons, ne tirant pas non plus sur nous, mais nous affamant peu à peu.

J'etais alors lieutenant. Notre garnison se trouvait composée de troupes de toute nature, débris de
régiments écharpés, fuyards, maraudeurs séparés des
corps d'armée. Nous avions de tout enfin, même onze
turcos arrivés un soir on ne sait comment, on ne sait 5
par où. Ils s'étaient présentés aux portes de la ville,
harrassés, déguenillés, affamés et saôuls. On me les
donna.

Je reconnus bientôt qu'ils étaient rebelles à toute
discipline, toujours dehors et toujours gris. J'essayai 10
de la salle de police, même de la prison, rien n'y fit.
Mes hommes disparaissaient des jours entiers, comme
s'ils se fussent enfoncés, sous terre, puis reparaissaient
ivres à tomber. Ils n'avaient pas d'argent. Où bu-
vaient-ils? Et comment, et avec quoi?   15

Cela commençait à m'intriguer vivement, d'autant
plus que ces sauvages m'intéressaient avec leur rire
éternel et leur caractère de grands enfants espi-
ègles.

Je m'aperçus alors qu'ils obéissaient aveuglément 20
au plus grand d'eux tous, celui que vous venez de
voir. Il les gouvernait à son gré, préparait leurs
mystérieuses entreprises en chef tout-puissant et
incontesté. Je le fis venir chez moi et je l'interrogeai. Notre conversation dura bien trois heures, tant 25
j'avais de peine à pénétrer son surprenant charabia.
Quant à lui, le pauvre diable, il faisait des efforts
inouïs pour être compris, inventait des mots, gesticulait, suait de peine, s'essuyait le front, soufflait,
s'arrêtait, et repartait brusquement quand il croyait 30
avoir trouvé un nouveau moyen de s'expliquer.

Je devinai enfin qu'il était fils d'un grand chef,
d'une sorte de roi nègre des environs de Tombouctou.

Je lui demandai son nom. Il répondit quelque chose comme Chavaharibouhalikhranafotapolara. Il me parut plus simple de lui donner le nom de son pays: "Tombouctou." Et, huit jours plus tard, toute la 5 garnison ne le nommait plus autrement.

Mais une envie folle nous tenait de savoir où cet ex-prince africain trouvait à boire. Je le découvris d'une singulière façon.

J'étais un matin sur les remparts, étudiant l'horizon, 10 quand j'aperçus dans une vigne quelque chose qui remuait. On arrivait au temps des vendanges, les raisins étaient mûrs, mais je ne songeais guère à cela. Je pensai qu'un espion s'approchait de la ville, et j'organisai une expédition complète pour saisir le rôdeur. 15 Je pris moi-même le commandement, après avoir obtenu l'autorisation du général.

J'avais fait sortir, par trois portes différentes, trois petites troupes qui devaient se rejoindre auprès de la vigne suspecte et la cerner. Pour couper la retraite 20 à l'espion, un de ces détachements avaient à faire une marche d'une heure au moins. ·Un homme resté en observation sur les murs m'indiqua par signe que l'être aperçu n'avait point quitté le champ. Nous allions en grand silence, rampant, presque couchés 25 dans les ornières. Enfin, nous touchons au point désigné; je déploie brusquement mes soldats, qui s'élancent dans la vigne, et trouvent... Tombouctou voyageant à quatre pattes au milieu des ceps et mangeant du raisin, ou plutôt happant du raisin 30 comme un chien qui mange sa soupe, à pleine bouche, à la plante même, en arrachant la grappe d'un coup de dent.

Je voulus le faire relever; il n'y fallait pas songer,

et je compris alors pourquoi il se traînait ainsi sur
les mains et sur les genoux.   Dès qu'on l'eût planté
sur ses jambes, il oscilla quelques secondes, tendit les
bras et s'abattit sur le nez.   Il était gris comme je
n'ai jamais vu un homme être gris.   5

On le rapporta sur deux échalas.   Il ne cessa de
rire tout le long de la route en gesticulant des bras et
des jambes.

C'était là tout le mystère.   Mes gaillards buvaient
au raisin lui-même.   Puis, lorsqu'ils étaient saoûls à 10
ne plus bouger, ils dormaient sur place.

Quant à Tombouctou, son amour de la vigne passait
toute croyance et toute mesure.   Il vivait là-dedans
à la façon des grives, qu'il haïssait d'ailleurs d'une
haine de rival jaloux.   Il répétait sans cesse :   15

— Les gives mangé tout le aisin capules !

Un soir on vint me chercher.   On apercevait par la
plaine quelque chose arrivant vers nous.   Je n'avais
point pris ma lunette, et je distinguais fort mal.   On
eût dit un grand serpent qui se déroulait, un convoi, 20
que sais-je ?

J'envoyai quelques hommes au-devant de cette
étrange caravane qui fit bientôt son entrée triomphale.   Tombouctou et neuf de ses compagnons portaient sur une sorte d'autel, fait avec des chaises de 25
campagne, huit têtes coupées, sanglantes et grimaçan-
tes.   Le dixième turco traînait un cheval à la queue
duquel un autre était attaché, et six autres bêtes sui-
vaient encore, retenues de la même façon.

Voici ce que j'appris.   Étant partis aux vignes, mes 30

Africains avaient aperçu tout à coup un détachement
prussien s'approchant d'un village. Au lieu de fuir,
ils s'étaient cachés; puis, lorsque les officiers eurent
mis pied à terre devant une auberge pour se rafaîchir,
5 les onze gaillards s'élancèrent, mirent en fuite les
uhlans qui se crurent attaqués, tuèrent les deux sentinelles, plus le colonel et les cinq officiers de son es-
corte.

Ce jour-là, j'embrassai Tombouctou. Mais je
10 m'aperçus qu'il marchait avec peine. Je le crus blessé;
il se mit à rire et me dit:

— Moi povisions pou pays.

C'est que Tombouctou ne faisait point la guerre
pour l'honneur, mais bien pour le gain. Tout ce
15 qu'il trouvait, tout ce qui lui paraissait avoir une
valeur quelconque, tout ce qui brillait surtout, il le
plongeait dans sa poche. Quelle poche! Un gou-
fre qui commençait à la hanche et finissait aux che-
villes. Ayant retenu un terme de troupier, il l'appe-
20 lait sa "profonde," et c'était sa profonde, en effet!

Donc il avait détaché l'or des uniformes prussiens,
le cuivre des casques, les boutons, etc., et jeté le tout
dans sa "profonde" qui était pleine à déborder.

Chaque jour, il précipitait là-dedans tout objet
25 luisant qui lui tombait sous les yeux, morceaux d'étain
ou pièces d'argent, ce qui lui donnait parfois une
tournure infiniment drôle.

Il comptait remporter cela au pays des autruches,
dont il semblait bien le frère, ce fils de roi torturé
30 par le besoin d'engloutir les corps brillants. S'il
n'avait pas eu sa profonde, qu'aurait-il fait ? Il les
aurait sans doute avalés.

Chaque matin sa poche était vide. Il avait donc

un magasin général où s'entassaient ses richesses.
Mais où ? Je ne l'ai pu découvrir.

Le général, prévenu du haut fait de Tombouctou,
fit bien vite enterrer les corps demeurés au village
voisin, pour qu'on ne découvrît point qu'ils avaient 5
été décapités. Les Prussiens y revinrent le lendemain. Le maire et sept habitants notables furent
fusillés sur-le-champ, par représailles, comme ayant
dénoncé la présence des Allemands.

L'hiver était venu. Nous étions harassés et dé- 10
sespérés. On se battait maintenant tous les jours.
Les hommes affamés ne marchaient plus. Seuls les
huit turcos (trois avaient été tués) demeuraient gras
et luisants, vigoureux et toujours prêts à se battre.
Tombouctou engraissait même. Il me dit un jour: 15
— Toi beaucoup faim, moi bon viande.

Et il m'apporta en effet un excellent filet. Mais de
quoi ? Nous n'avions plus ni bœufs, ni moutons, ni
chèvres, ni ânes, ni porcs. Il était impossible de se
procurer du cheval. Je réfléchis à tout cela après 20
avoir dévoré ma viande. Alors une pensée horrible
me vint. Ces nègres étaient nés bien près du pays où
l'on mange des hommes! Et chaque jour tant de
soldats tombaient autour de la ville! J'interrogeai
Tombouctou. Il ne voulut pas répondre. Je n'in- 25
sistai point, mais je refusai désormais ses présents.

Il m'adorait. Une nuit, la neige nous surprit aux
avant-postes. Nous étions assis par terre. Je regardais avec pitié les pauvres nègres grelottant sous
cette poussière blanche et glacée. Comme j'avais 30
grand froid, je me mis à tousser. Je sentis aussitôt

quelque chose s'abattre sur moi, comme une grande
et chaude couverture. C'était le manteau de Tombouctou qu'il me jetait sur les épaules.

Je me levai et, lui rendant son vêtement:

5 — Garde ça, mon garçon; tu en as plus besoin que
moi.

Il répondit:

— Non, mon lieutenant, pou toi, moi pas besoin,
moi chaud, chaud.

10 Et il me contemplait avec des yeux suppliants.

Je repris:

— Allons, obéis, garde ton manteau, je le veux.

Le nègre alors se leva, tira son sabre qu'il savait
rendre coupant comme une faulx, et tenant de l'autre
15 main sa large capote que je refusais:

— Si toi pas gadé manteau, moi coupé; pésonne
manteau.

Il l'aurait fait. Je cédai.

Huit jours plus tard, nous avions capitulé. Quel-
20 ques-uns d'entre nous avaient pu s'enfuir. Les
autres allaient sortir de la ville et se rendre aux vain-
queurs.

Je me dirigeais vers la place d'Armes où nous
devions nous réunir, quand je demeurai stupide
25 d'étonnement devant un nègre géant vêtu de coutil
blanc et coiffé d'un chapeau de paille. C'était Tombouctou. Il semblait radieux et se promenait, les
mains dans ses poches, devant une petite boutique
où l'on voyait en montre deux assiettes et deux verres.

30 Je lui dis:

— Qu'est-ce que tu fais?

Il répondit:

— Moi pas pati, moi bon cusinié, moi fait mangé colonel, Algéie; moi mangé Pussiens, beaucoup volé, beaucoup.

Il gelait à dix degrés. Je grelottais devant ce nègre en coutil. Alors il me prit par le bras et me fit entrer. J'aperçus une enseigne démesurée qu'il allait pendre devant sa porte sitôt que nous serions partis, car il avait quelque pudeur.

Et je lus, tracé par la main de quelque complice, cet appel:

CUISINE MILITAIRE DE M. TOMBOUCTOU

ANCIEN CUISINIER DE S. M. L'EMPEREUR

Artisté de Paris.—Prix modérés

Malgré le désespoir qui me rongeait le cœur, je ne pus m'empêcher de rire, et je laissai mon nègre à son nouveau commerce.

Cela ne valait-il pas mieux que de le faire emmener prisonnier?

Vous venez de voir qu'il a réussi, le gaillard.

Bézières, aujourd'hui, appartient à l'Allemagne. Le restaurant Tombouctou est un commencement de revanche.

NOTES TO COPPÉE.

LE MORCEAU DE PAIN

1.—1. Aix en Savoie. The famous Aix-les-Bains as distinguished from Aix in Provence, the isle of Aix, and Aix-la-Chapelle in Prussia. Aix is old French for *eaux*.

3. Perichole. The name of the actress of Lima, Peru, in Mérimée's story: *La Currosse du Saint-Sacrement* (in his 'Théâtre de Clara Gazul'), a name very popular at this time through the dramatization of the story in the comic opera *La Perichole*, by Meilhac and Halévy (1868).

4. Derby. The French one, run at Chantilly, the home of the Condés, and presented by the present Duc d'Aumale to the Institute of France (a gift of forty-three million francs).

6. Reichshoffen. Fought August 6, 1870, between 36,800 French with 131 guns, and 96,200 Germans with 342 guns. Famous for its glorious charge of the French cuirassiers.

8. chartreuse. A *liqueur* or cordial, prepared by the monks of the Grande-Chartreuse, a monastery, near Grenoble, of *Carthusian* monks (hence the name).

14. petit crevé. 'Dandy,' 'dude.' A term under the Third Empire, and one of a large collection of such names from the *petit-maître* of Louis XIV. to the synonyms of to-day.

19. Tunis. During the eighth crusade, where Louis IX. died, August 25, 1270.

20. Grandes Compagnies. Mercenary bands organized after the battle of Poitiers (1356) and who committed frightful ravages. One in particular was called, from the white cross on the soldiers' shoulders, the "Compagnie blanche." Led (30,000) into Spain in 1364 by

21. **Du Guesclin, Bertrand.** Constable of France and of Castille, born (between 1314–1324), died 1380. The *Chronique de Duguesclin* is one of the French epics (fourteenth century).

22. **Fontenoi.** A village in Belgium where, May 11, 1745, the French army under Maurice of Saxony won a brilliant victory over the English and Hollanders. Seven cities fell into French hands as its result.

22. **Maison-Rouge.** The King's Musketeers, called so because of their red uniform. Cf. Coppée's statement in *Le premier chapitre de mes Mémoires*, who tells the story of their courtesy, for, commanding the charge, the captain would gracefully bow and say, "Messieurs les gendarmes de la maison du Roi, veuillez assurer vos chapeaux. Nous allons avoir l'honneur de charger." See also Dumas, père: *Le Chevalier de Maison-Rouge* (the last of the Marie-Antoinette series).

2.—6. **Vinoy, Joseph** (1800–1880). General, and commander of the 12,000 troops left by the Prussians in Paris after the capitulation.

8. **Jockey.** The most aristocratic French club.

9. **Hautes-Bruyères.** In the suburbs of Paris. Occupied September 23, 1870, by Vinoy.

11. **Bicêtre.** A large hospital, lunatic asylum, and fort, just outside of Paris. The name is a corruption of Winchester, the place having belonged in the thirteenth century to the bishop of the English city.

3.—4. **chassepot.** The rifle called after its inventor.

11. **Krupp.** The great guns manufactured by Krupp at Essen in Germany.

14. **pain de munition.** "Bread-rations."

18. **Dire.** Exclamatory infinitive. "To think one would," etc.

20. **Allons.** Once for all, notice that *allons, allez, va*, etc., do not have "go"-meanings, but are interjectional, varying with the context, unless actually referring to motion. Here;

"Well, it was." Translate such expressions by "why," "really," "goodness," as even in French the full strength of the words is not meant.

30. léoville. A fine wine from the place of that name in the Bordelais (Bordeaux district). It is called Graves (in the Gironde).

31. Fichtre. "The deuce," but a very low term.

4.—3. lignard. Popular for "foot-soldier of the *line*.' *-ard* gives words a pejorative meaning.

25. cognac. Brandy, first, from *Cognac*, the town, birth-place of Francis the First; then, used generally.

5.—5. Chatillon. A plateau near Paris captured by the Germans at the battle of September 19, 1870.

7. cheval. The war taught Parisians the use and worth of horse-meat, vast quantities of which are now eaten deliberately or without knowledge. Butcher-shops with *Boucherie cheval-ine*, and surmounted by a horse-head, are now seen in all French cities.

20. Tenez. "Come." Like *aller*, vary colloquially the meaning of *tenir*, when not literal, into the simplest introduc-tions to sentences: "come," "now," "why," etc.

32. s'en allait. "Was dying with consumption."

6.—10. Jeunes-Aveugles. "Blind asylum."

12. Patron. "'Boss' and his wife."

Limousins. The district of *Limoges* (famous for its pottery). In Parisian speech it usually means "mason," most workmen of that class being from that province.

26. fringale. A corruption of *faim-valle*, the latter of horses only; "a mad hunger."

8.—20. Endymion. A beautiful Greek youth, the personi-fication of Sleep.

9.—24. cercle. "Club."

26. louis. The twenty-franc gold piece, first struck by Louis XIII. (value then, ten francs). Then, called Napoléon, from the effigy upon it.

10.—2. Madeleine. One of the great churches of Paris, started in 1764, completed, after many interruptions, in 1842.

DEUX PITRES

21. parade. The exhibition in front of the booth before the show begins.

24. voyou. The lowest type of dangerous Parisian gamin, described as "ugly as Quasimodo, cruel as Domitian, witty as Voltaire, cynical as Diogenes, brave as Jean Bart, atheist as Lalande."

80. "sous-off." For "*sous-officier*" in the slang of troopers.

11.—5. pet-en-l'air. "Short jacket."

11. Silène. Silenus, teacher of Bacchus, leader of the Satyrs, god of Drunkenness, and inventor of the flute with several pipes.

30. paillasse. The clown is so called because he used to dress in bed-ticking; *paillasse*, mattress, naturally coming from *paille*, its straw-stuffing.

12.—1. Moilère. "Undoubtedly the greatest of all comic writers." (1622-1673.) His real name was Jean-Baptiste Poquelin.

5. bobèche. In popular language 'a buffoon.' Bobèche (literally, a sconce) was the name assumed by Antoine Mandelot, a celebrated player of these 'parades' during the Empire and Restoration, and who gave his name to a type, that of the simpleton.

20. boniment. The vaunting speech of quacks, charlatans, mountebanks, etc. An example is found in Richepin's *Les trois cartes* of *Le camelot* in *Types* of *Le Pavé*.

14.—32. bohème. The inhabitant of *La Bohème;* very old terms resuscitated by Balzac and Henri Murger to express a life of laziness and license in a literary or artistic atmosphere. Best defined by Delvau as "an idle person who wears out his sleeves, his time, and his mind upon the tables of literary cafés and artistic chatter-spots, in believing in the eternity of youth, beauty, and credit, and who wakes up one morning at the hospital as consumptive or in prison as swindler."

15.—6. **seance à sensation.** " Sensational session."

33. mots en ment. Referring to adverbs; hence long words, " words in -*ation*."

16.—6. **palinodie.** 'Recantation,' 'going back on his former opinions.'

13. **lâchait les hydres.** 'The hydra of anarchy' is the terror of Socialism used to frighten the bourgeois class.

26. **Officiel.** The *Journal Officiel*, cf. our *Congressional Record*.

32. **Royer-Collard,** Pierre-Paul (1763–1845). Statesman, philosopher, French Academician, who as politician, professor, and President of Public Instruction, Director of Library and Printing, and independent Royalist Deputy, did much for education. He was the chief of what in politics is called the *doctrinaire* school. A *rue* and an *impasse* in Paris are named after him.

17.—7. **superbe.** Old word. " Superciliousness."

18. **hemicycle.** "Amphitheatre." The speaker in the Chamber of Deputies always mounts a high pulpit under the presiding officer's seat. Hence " *descendu.*" It is interesting in this connection to have Coppée say of politics: " C'est une science, une science peu exacte, mais une science enfin, et pour celle-là pas plus que pour les autres, je ne me sens aucune aptitude. J'ai cette modestie, plus rare qu' on ne le pense par le temps qui court, de me considérer comme tout à fait incapable de légiférer et de me mêler du gouvernement ; je suis poète, rien de plus ; je tâche de faire des vers de mon mieux, et c'est encore, ce me semble, le meilleur moyen que j'aie d'être un bon et utile citoyen."

UN VIEUX DE LA VIEILLE

The title is synonymous with " An Old Veteran." Soldiers of the " Old Guard " of Napoleon.

18.—7. **Diomèdes.** Diomedes, king of Argos. One of the heroes of Homer's Iliad (especially Canto V.).

8. **Idoménée.** Idomeneus, king of Crete, another Greek hero in the Trojan War.

11. **Balzac, Honoré de** (1799–1850). One of the most celebrated of romance-writers, author of the vast series *la Comédie humaine*. The "only Balzac" means 'the incomparable.' But Jean-Louis Balzac (1597–1654) was one of the great prose-writers of France, called the "Malherbe of prose," the master "under whom France learned its Rhetoric." He founded the prize for eloquence still given by the French Academy.

12. **Hulot.** In *La Cousine Bette, Les Chouans ou Les Bretagnes en 1799, L'Embuscade* of *La Vie militaire*. Hulot. Etienne (1774–1850), baron, from simple soldier became general.

13. **Chabert.** *Le Colonel Chabert* in *Scènes de la Vie Parisienne*, troisième livre. An officer in the French army of our Revolution; then distinguished in the French navy and as an astronomer.

15. **Bridau.** A similar creation.

18. **jeune-premier.** The actor who plays the part of the lover.

19. **prix-de-Rome.** Given by the Académie des Beaux-Arts. There are two, one for painting, one for sculpture, giving a five years' residence in Rome at the French School of Art. There are other prizes in music and architecture.

28. **Parisienne.** The words by Casimir Delavigne to music of Auber, which formed the song of the Revolution and Royalty of 1830.

19.—4. **le roi.** Louis-Philippe (1773–1850), who reigned from 1830–1848. Of the younger or Orleans branch of the Bourbons. He was the great-grandfather of the present heir to the throne, the young Duke of Orleans.

12. **légitimiste.** Partisan of the older branch of the Bourbons.

15. **Duc de Bordeaux.** Henri Charles Ferdinand Marie Dieudonné d'Artois, Comte de Chambord (1820–1883), grandson of Charles X., the Legitimist heir to the monarchy, called "Henry V."

18. **coup de vent.** 'Disordered' as if by the wind.

29. **henriquinquiste.** Had the Count of Chambord reigned,

he would have been King Henry V. in history as he was to his followers.

31. **Montereau.** Where Napoleon beat the Prince of Würtemberg, February 18, 1814.

20.—12. **cocarde blanche.** The symbol of the Royalists and the Restoration.

15. **'trois glorieuses.'** The 27th–29th July, 1830. The Revolution of July, caused by the abolition of the liberties of the Press, and ending in the abdication of the Bourbons.

19. **Val-de-Grâce.** A convent for which Anne of Austria, mother of Louis XIV., built the church and magnificent buildings used since the Empire as a military hospital.

19. **Larrey,** Dominique-Jean, Baron (1766–1842). A cele. brated military surgeon, the organizer of the ambulance system adopted by Europe. He was in twenty-four campaigns. A member of the Academy of Sciences and a surgical author.

30. **Champaubert.** February 10, 1814, Napoleon here completely routed the Russians, capturing the general Ousouwief, 6000 men, and forty cannon.—**Montmirail,** where Napoleon the next day beat the Russians again.—**Quatre Bras** (Belgium), the scene, June 16, 1815, two days before Waterloo, of a desperate Anglo-French battle.

21.—26. **Mont-Saint-Jean.** A name sometimes given to the battle of Waterloo.

26. **Lefêvre-Desnouettes,** Charles, Count (1773–1822). A general who joined Napoleon in 1815, was condemned to death in 1816, escaped to America, and was lost in a shipwreck on the Irish coast.

22.—9. **faubourg Saint-Germain.** A synonym for the aristocracy, many of whom still reside there.

18. **fleurs de lys.** The "lilies of France," symbol of the Bourbons.

23. **le Petit Caporal** Napoleon's affectionate nickname from his soldiers.

25. **Austerlitz.** One of the most brilliant of battles, in which, December 2, 1805, the Austro-Russian army was defeated by Napoleon, who captured 40 flags, the imperial

Russian standards, and 30,000 prisoners. It is called the *Battle of the Three Emperors*.

29. **Charles X.** (1752–1836). King from 1824 until his abdication in 1830.

80. **Lawrence, Thomas.** The great English portrait-painter (1769–1830).

23.—3. Premier Consul. Napoleon's title from 1799–1804.

4. **Marie-Antoinette** (1755–1793). Queen of France, 1774–1793.

5. **Memorial de Sainte-Hélène** ou Journal où se trouve consigné jour par jour, tout ce qu'a dit et fait Napoléon pendant dix-huit mois, by Las Cases, his secretary. The book which, with Thiers' History and Béranger's songs, powerfully helped the revival of Napoleonism.

6. **Victoires et Conquêtes des Français.** Victoires, conquêtes, revers et guerres civiles des Français, depuis les Gaulois . . . par une société de militaire et de gens de lettres. Paris, 1821–1835, 25 vols. of text, 2 of portraits.

7. **Mémoires de Cléry.** Jean-Pierre-Louis (1762–1834), who was in the service of Mademoiselle, daughter of Louis XVI.

10. **Coalisés.** May refer to any of the coalitions against France; from 1791–1815 seven such leagues were formed.

14. **Temple.** Originally the house of the Knights Templars, from 1211, which passed to the Knights of Saint-John of Jerusalem, and was an asylum for criminals and debtors. The *Marché du Temple* and many streets then occupied its site.

17. **voltigeur de Gand.** One of the guard of Louis XVIII during his sojourn at Ghent in the Cent-Jours (1815).

27. **Kléber, Jean-Baptiste** (1753–1800). One of the most celebrated generals of the Republic.

24.—3. Norvins, Jacques Marquet, Baron de Montbreton (1769–1854). Author of a famous *Histoire de Napoléon*.

9. **Raffet,** Denis-Auguste Marie (1804–1860). Painter and engraver, celebrated for the pictures mentioned in the text, and those of the wars in Algeria.

12. **Guizot,** François-Pierre-Guillaume (1787–1874). Great

statesman, historian, writer, professor, and the creator of primary instruction in France.

22. **Pritchard.** An English missionary and consul at Tahiti in 1843, who was expelled by the French on the assumption of their protectorate against which England protested, and who received an indemnity of 25,000 francs.

23. **Mortier,** Edouard-Adolphe-Casimir-Joseph (1765–1835), Duke of Trévise, **Marshal of France,** with a brilliant career as general, peer, ambassador, **minister.** He was killed in an attempted assassination of **Louis-Philippe** by **Fieschi's** infernal machine.

25.—22. **N— de D—.** As a terrific (and also limited to lower classes as well as soldiers) oath, never written out. *Nom de Dieu.*

26.—4. **Manche.** The English Channel. Notice the meaning from the shape (sleeve).

LES VICES DU CAPITAINE

27.—2. **Chemin de croix.** In Catholic churches, the praying stations, surmounted by representations, painted or carved, of the passion of the Saviour.

3. **Saint-Sulpice.** The richest and one of the finest churches on the left bank of the Seine. The quarter is the great centre for the sale of ecclesiastical images, books, and similar objects.

6. **Berlingot.** A single-seated *berlin,* so called from the place where made. As a suggestive thing historically, look up the origin of carriage names (*landau, brougham, coupé,* etc.).

10. **tête de chat.** "Rubble-work" (too much worn, worn round).

20. **maçonné.** "Tied up the bell-handles."

30. **feuille de punitions.** "Black-book."

31. **salle de police.** "Guard-room."

28.—5. **fantassins.** For "foot-soldiers," really a diminutive "little boy" (Ital.). Cf. our *infant-ry.*

7. **Lamoricière,** Christophe - Louis - Léon Juchault de (1806–1865). He had a brilliant record in the Algerian campaigns and captured the great chief Abd-el-Kader.

8. **Nemours,** Louis - Charles - Philippe Raphael d'Orleans, Duke of. Second son of Louis Philippe.

10. **Bugeaud** de la Piconnerie. Thomas Robert, Duke of Isly, Marshal of France (1784–1849). Another splendid soldier, particularly in the Algerian campaigns. He also wrote upon military and colonization themes.

12. **Abd-el-Kader.** Celebrated Arab chief (1807–1883). Great hero, great soul, first the enemy, then the friend of France.

22. **francs.** The annual emolument of a chevalier of the Legion of Honor.

30. **Portes de Fer.** The name of several passes. Here, the one in Algeria, called the Defilés de Bibano, a long, narrow, dangerous gorge crossed by the French army in 1839.

33. **carcan.** Slang. Worthless old horse fit for skinning. "Screw."

29.—17. **Poniatowski.** A Polish general and Marshal of France (1763–1813), called because of his bravery the Polish Bayard (cf. Béranger's Ode to him). One of the most glorious military careers in history. He was drowned, because unwilling to surrender, in swimming the Elster on horseback, after the battle of Leipzig (the last officer with Macdonald).

30.—13. **chope.** "Measure," "glass."

31.—7. **sabler.** "To drain at one gulp" (as molten metal is swallowed by the *sand*-mold).

11. **roses tremières.** "hollyhocks."

28. **razzia.** Arabic *rhaziat,* meaning an expedition against infidels. In general a "raid," "foray" to capture cattle.

28. **Constantine.** A city of Algeria, besieged in 1836; it fell in the assault of the second siege (October 13, 1837).

29. **Bou-Maza.** An Arab chief, captured in 1845, set at liberty by Bonaparte, President.

31. **Kirsch.** German. "Cherry"—so "cherry-brandy" (Kirschwasser).

32.—1. **Saint-Cyr.** Some fourteen miles from Paris. An abbey, then the school under the protection of Madame de Maintenon, where Racine's *Esther* (1689) and *Athalie* (1691) were first played, and since Napoleon's time the " West Point " of France, with 800 students.

4. **sac à bière.** " Beer-barrel on stilts."

11. **mots carrés.** " Squares " (puzzles).

19. **Siècle.** One of the most influential Parisian dailies, founded in 1836. Republican, so anti-clerical.

20. **Loyola, Ignatius.** A Spanish nobleman, founder of the order of the Jesuits (Society of Jesus).

35.—4. **petiote.** Diminutive of *petit.*

6. **Toussaint.** *"All Saints'* Day " (November first).

17. **Enfants-Trouvés.** " Foundling Asylum."

20. **Claudicant.** A verb from *claudication,* "limping."

23. **Nom de Nom.** A euphemistic oath.

23. **flanque aux Invalides.** " Slam him into the " *Hôtel des Invalides,* the great 'Soldiers' Home ' built (1670–1704) by Louis XIV. for French veterans. It contains the tomb of Napoleon, and is still in use.

27. **coller.** Slang. Here, " to give."

36.—10. **lancier de Leipsick.** Poniatowski.

28. **Bézigue.** Usually *besigue,* the name of a game of cards, of uncertain origin, but first known in France.

30. **ordinaire.** " 'Mess.' "

32. **rata.** Popular for ' dinner.' Really a kind of stew (*ragoût*). A diminutive for dialectic *ratatouille,* a bad dish.

33. **Ça me connait.** " 'I've been there.'"

37.—18. **un soulier.** " A pair of shoes."

23. **rogner—bock.** "Shaves down on ' beers,' " " Give up the usual glasses."

29. **lacheur.** " Deserter."

30. **cariatides.** (1) Columns in the form of women who support a cornice. From *Caria,* a Greek city, which joined the Persians, was conquered, its women taken captive and, in their fine garments, which they were never permitted to put

off, perpetually symbolized in stone as subject and slave. So,
(2) " supporters," "stand-bys."

38.—23. londrès. The best (*London*) cigar. Cf. our
"Havana."

32. quinte et quatorze. Terms of *piquet*. Five of a suit;
they count fifteen.—Four similar cards, which count fourteen.
"*Avoir q. et q.*," "to have all the advantages in a thing."

39.—24. thésaurise. "Hoards." A Greek word meaning
'treasure.'

SCENARIO

40.—10. **Dragon.** A short street (and court) running from
the Boulevard Saint-Germain to the Rue de Sèvres.

12. **Louis XVII.** Second son of Louis XVI. and Marie-
Antoinette, born in 1785. Died June 5, 1795, a prisoner in
the Temple. The obscurity of his end gave opportunities for
many impostors to claim identity with him. The history of
these attempts is one of the most interesting and pathetic of
incidents. The latest story is of an American clergyman said
to be the Dauphin's son, the father having escaped to this continent, and learned who he himself was, later.

16. **Béarnais du Pont-Neuf.** The equestrian statue of
Henry IV. (1553–1610), who was born in the Béarn. It is
on the Pont-Neuf bridge crossing the two arms of the Seine
to the *cité*, the oldest part of Paris.

41.—5. **Fils aîné.** A title of the French kings.

17. **Comte de Provence.** Louis XVIII. (1755–1824), brother
of Louis XVI.

23. **Feuillant.** The club called from the old convent where
it met. It favored a constitutional monarchy. Its chiefs were
Lafayette and Bailly.

23. **Jacobin.** The club which met in the old convent of
the Dominicans (near the Porte Saint-Jacques). First called
Breton Club (from its members), then Société des *Amis de la
Constitution*. They were the *Terrorists*. (Distinguish historically from *Jacobites*.)

26. **Varennes.** 226 kilometres from Paris, where, June 21, 1791, the escaping royal family was arrested.

27. **Dix Août** (1792). The day of the sack of the Tuileries and the massacre of the Swiss Guards.

42.—10. **Bruneau,** Mathurin (1784—was heard of last in 1844). One of the impostors. Son of a shoemaker : hence, cf. Béranger's song :

> " Croyez-moi, Prince de Navarre
> Prince, faites-nous des sabots."

11. **Hervagault, Jean-Marie** (1781–1812). Another one. Son of a tailor.—**Richemont.** Another false Dauphin. Henri-Ethelbert-Louis Hector Hébert (died about 1855).—**Naundorff,** Charles-Guillaume. A Prussian (1786–1845). The most successful of the claimants. Son of a locksmith.

18. **Louis Blanc** (Jean-Joseph). Born in Madrid (1812–1882). Great publicist, politician, historian, splendid orator ; partly communistic (but against the Commune), and the great patron of the working-classes. In his *Histoire de la Révolution*, t. XII, ch. IV, entitled *Mystères du Temple.*

43.—17. 'croix de ma mère.' Like a birth-mark, a locket, the stock proof of the parentage or descent of a lost child.

23. **Madame** was the wife of *Monsieur*, the brother next the king, or the oldest daughter of the king. *Madame Royale* is the particular term for the daughter of Louis XVI. alone.

44.—10. **Émile.** By Jean-Jacques Rousseau (1712–1778). One of the most paradoxical of men, but a great writer and philosopher. He was the real precursor of the French Revolution. He introduced description of nature in modern literature. His *Émile* reformed European education, and is the greatest educational treatise, save the *Republic* of Plato. He is known as Jean-Jacques. (A great French poet is Jean-Baptiste Rousseau (1671–1841)). There is a *rue J.-J. Rousseau* in Paris.

13. **Leipzig.** The battle which broke Napoleon's power (16–18 October, 1813); it has been called the *bataille des peuples,*

31. **Clichy.** March 30, 1814, a lively engagement occurred at this outskirt of Paris between the national guards of Paris and the Allies.

32. **Moncey,** Bon-Adrien Jeannot de, Duke of Conegliano, Marshal of France (1754–1842). A great soldier, whose Spanish campaigns and defence of Paris on the day just mentioned made him another of the illustrious martial names of the period.

45.—12. **Restauration.** The return to power of the Bourbons, at Napoleon's downfall.

19. '**Troisième rôle.**' The part called also *traitors* or *tyrants*, and exceedingly difficult to fill, because of the passionate protests of *parterre* and '*paradis.*'

24. **Sarcey,** Francisque. Critic and novelist (born 1828). The greatest Parisian dramatic critic.

46.—27. **Santerre,** Antoine-Joseph (1752–1809). Brewer and Republican general. He was long supposed to have ordered the drums rolled to drown the voice of Louis XVI. at his execution. But it is denied. Read the account in Dumas, père: *La comtesse de Charny*, vol. 4, chapter 40.

47.—5. **Cent-Jours** (March 20—June 22, 1815).

26. **horrificque.** The old French spelling.

48.—9. **Boulevard du Crime.** The popular term for the Boulevard du Temple, where terrific melodramas were played, particularly at the *Ambigu-comique* and *Gaîté*. It was destroyed in 1862, and is now the boulevard Voltaire.

10. **donnerais.** Note M. Coppée's creed.

15. **Chantelauze,** François-Régis (1821–1888). A prolific historian, who discovered some most important unedited documents, which revolutionized historical opinions (Mary Stuart, Cardinal Retz, and particularly authentic data in his *Louis XVII, son enfance, sa prison, et sa mort au Temple* and *Derniers chapitres de mon Louis XVII.*)

18. **Faux Smerdis.** A Persian who (522 B.C.) usurped the crown of Cambyses, passing for the latter's assassinated brother Smerdis.—**Faux Démétrius.** *Dmitri* or *Dimitri.* The name of several impostors who, in the beginning of the seventeenth

century, passed for sons of Ivan IV., and caused terrible revolutions. The real one was a great man; crowned czar in 1605, killed in 1606. Read Mérimée's *Les faux Démétrius.* There were four others.

21. **Dennery,** then d'**Ennery,** Adolphe Philippe. A prolific dramatist, author of some 250 vaudevilles, fairy-pieces, revues, and lighter pieces. He had prodigious popular success. He particularly prepared a French revision of *Uncle Tom's Cabin,* and the superb ballets based upon Jules Verne's stories (*Le Tour du monde en 80 jours, les Enfants du capitaine Grant, Michel Strogoff,* and others).

22. **Théâtre des Nations** (from 1874–1886). Formerly, the *Théâtre-Historique;* after, *Théâtre de Paris,* on the place du Châtelet. Since the burning (1887) of the *Opéra-Comique* the latter is installed there.

LA ROBE BLANCHE

27. **reis.** First a Portuguese piece, a coin worth six-tenths of a centime. *Compte* means money not represented by real coins, but used as a basis of calculation. So "bank-notes." *reis* is the plural of *real,* a *real.* (From Latin *regalis,* royal.) Cf. our a "sovereign." Usually *milreis* (= (Port.) a dollar, (Brazil) 51¼ cts.).

28. **première.** The first night of a play.

29. **'persil,' Le tour du.'** The afternoon procession of idlers or dissipated people in carriages in the 'Bois,' the park of some 2250 acres.

49.—10. **coulissier.** Unofficial brokers of the Exchange or Bourse.

11. **Institut.** *The Institute of France,* the building where meet the five Academies which compose it.

19. **Musset, Alfred de** (1810–1852). One of the greatest of French poets. He wrote romances, and is particularly famous for his 'dramatic proverbs' (plays).

24. **Gobelins.** The state-manufacture of superb tapestries. Originally founded, in the fifteenth century by a family of dyers called Gobelin.

24. **Grenelle.** A quarter of Paris devoted to foundries and chemical manufactures.

25. **Champ-de-Mars.** Originally a drill-ground, near the *Invalides*, and the site of successive exhibitions, the Eiffel Tower, etc.

50.—4. **Sablière.** Famous for her gallantries and her friendship for **La Fontaine, Jean de** (1621–1695), the great poet and fabulist, who dedicated to her his first fables. She died (born 1636) January 8, 1693, at the *Incurables.* The present hospital is a huge establishment at Ivry-sur-Seine. She used to say to La Fontaine, distrait and dull in society: "Mon pauvre La Fontaine, vous seriez bien bête, si vous n'aviez pas tant d'esprit."

7. **Oudinot.** Named after the Duke of Reggio, Marshal of France (1767–1847).

10. **Auvergnat.** The inhabitants of Auvergne generally become porters, water-carriers, charcolers, etc. They are famous for their strength. *Le Bal des Auvergnats* is one of the curious and pathetic institutions of Paris. Cf. Richepin's *Le Pavé.*

20. **coing.** Old French for *coin.* Distinguish *coing,* quince.

23. **Épinal.** In the Vosges, 376 kilometres from Paris. Famous for its manufacture of pictures, particularly popular and painted prints.

25. **peinturlurer.** "To daub."

25. **Juif-Errant.** An imaginary person supposed to be forced to perpetually wander for having insulted the Lord going to the Crucifixion. Cf. Eugène Sue's novel of the same name, and Béranger's similarly-called poem, in which occurs:

> " Chrétien, au voyageur souffrant,
>   Tends un verre d'eau sur ta porte;
>   Je suis, je suis le Juif errant,
>   Qu'un tourbillon toujours emporte."

51.—1. 'gosse.' " 'Kid.' "

9. **moutards.** " 'Brats.' "

15. **Fête Dieu** or Fête du Saint-Sacrement. Instituted by Pope Urban IV. in 1264. "Corpus Christi."

25. **du vinaigre.** Street or school slang for "faster," because "sharp.'"

52.—12. **fils de la Vierge.** "Gossamers," "floating spider-webs."

22. **'caler.'** "To stop work," "shut up shop," "take a day off."

53.—29. **Mont-de-Piété.** The great municipal pawn-shop of Paris.

31. **battant neuf.** "Brand-new."

32. **forcie.** For *forcée*, "advanced," "large for her age."

54.—1. **Ava.** Popular: "Elle va."

4. **"blaguer."** Here: "make fun of."

20. **Holbein.** A great German painter.

55.—32. **Confection.** "Making" (clothes, not candy).

56.—16. **Porte-Maillot.** The entrance of the Bois de Boulogne. Called after the "Jeu du Mail" originally played there.

LE REMPLAÇANT

57.—1. **Bastille.** The site of the state-prison destroyed July 14, 1789 (a date now celebrated as the French Fourth of July). *Bastille* was a general name for 'prison.'

5. **ribotte.** "Intoxicated."

10. **Montmartre.** A quarter containing the *Butte* or Hill upon which is the great church expiatory of the national misfortunes.

17. **battre son quart.** "To pace up and down" (as if to beat the pavement by quarter-hours).

19. **Crimée.** The war of France and England against Russia, and the siege of Sebastopol, with the famous battles of Balaklava, Alma, Inkermann, Malakoff, etc. (1854–1855).

28. **Lariboisière.** Hospital. Built in 1846–1853 and named from the countess who bequeathed 2,900,000 francs to the poor of Paris.

58.—2. **tignasse.** 'Shock of hair.'

3. **Jeunes Détenus.** "House of Correction," "Reformatory."

17. **tomber.** "Be thrown."

23. **Sainte-Pélagie.** The prison particularly for offenders against the press laws.

59.—11. **Carmagnole.** Perhaps by some connection with the Piedmont town taken by the French (1792), or the vest called from the town (cf. *Basque*, from the province or people) and worn by the Marseillese who came to Paris as the first provincial revolutionists. The main song of the Revolution.

11. **Ça ira.** Another popular song (1790). In a sense these two inspired the Revolution. It is said Benjamin Franklin, asked about the progress of the Revolution in America, kept answering *Ça ira*, "It'll go," "It'll get there." So, it became a national expression to which words were fitted.

21. **Raymond,** Louis-Anne-Xavier. Publicist, journalist, writer (1812–1886).

22. **Martel,** Louis-Joseph. Politician, Senator, President of the Senate, etc.

60.—1. **rue de Jerusalem.** Synonym for the police of Paris, whose prefecture was situated in this street, destroyed in 1854 in the enlargement of the building.

7. **à la Californie.** A part of Paris on the left lower bank. Also its restaurants.

10. **bouchon.** "pitch-penny."

14. **Constant.** A public ball.

16. **Bobino,** *Théâtre de,* or *Théâtre du Luxembourg.* Saix, called Bobino, founded this play-place in 1816.

28. **Poissy.** Fourteen miles from Paris, and with a *prison centrale.*

29. **Code pénal.** France has the *Code Napoléon, Code de procédure civile, Code de commerce, Code pénal, Code d'instruction criminelle, Code forestier.* The *Code pénal* consists of four books and 484 articles.

61.—8. **Toulon.** The great military port and naval station.

10. **Trafalgar.** The Spanish cape, giving its name to the famous battle in which Lord Nelson beat the Franco-Spanish fleet.

14. **Vernon.** A town in the department of the Eure.

63.—4. **chiourme.** "Galleys"—used collectively for the convicts who rowed the ships, then the 'prison.'

67.—1. **Chambarder.** "Smash" (slang).

11. **Philippe.** Silver or gold coin with the effigy of Louis-Philippe. A rare use.

16. **fouchtra.** The favorite oath of natives of Auvergne; so much so that it is used for the native himself.

68.—2. **Sainte-nitouche.** "Prude" (Saint-don't-touch-me).

69.—19. **reboucler.** Thieves' slang: "to reimprison."

70.—2. **rousse.** "Police." Because red-haired people, from Judas down, are most unjustly supposed to be treacherous.

11. **Cayenne.** The penal settlement in Guiana.

UN ENTERREMENT DRAMATIQUE

18. **tête-ronde.** Like the "Round-heads" of English history.

19. **Mordaunt.** Manufacturer.

20. **colichemarde.** Really *colismarde*, a corruption of *Koenigsmark*, a duelling-sword in the time of Louis XIV., called from its inventor.

20. **d'Artagnan,** Charles de Baatz de Castlemore, Count, whose apocryphal *Memoires* were utilized by Dumas, *père*, for his immortal hero in *Les Trois Mousquetaires*.

21. **Rodin.** Sculptor.

23. **d'Este,** Alphonso, son of the Duke of Ferrara. Husband of Lucretia Borgia.

24. **Lucrèce Borgia.** Daughter of Pope Alexander VI., famous for her beauty and wickedness. The heroine of Victor Hugo's drama by her name, as d'Este is another of its characters. Also of an opera, words by Romani, music by Donizetti.

71.—19. **Grand-livres.** The record of the National Debt, interest upon which is *rentes*. Equivalent to our Government Bonds.

20. **Montmorency.** Nine miles from Paris, for whose inhabitants it is a popular summer-resort. It is next to a famous forest of chestnut-trees, and the town contains the house inhabited by J.-J. Rousseau and then Robespierre.

21. **Sainte-Barbe.** A *collège* near the Panthcon, founded in 1460 by Geoffroy Lenormant, a professorial priest.

21. **Oiseaux.** A convent in Paris, called from the immense aviary built by its former owner, the sculptor Pigale. It is on the Boulevard des Invalides.

25. **ravages.** "Successes."

25. **avant-scènes.** "Proscenium boxes."

72.—8. **Triboulet.** Celebrated French buffoon (1479–1536 ?) under Louis XII., and the hero of Hugo's *Le Roi s'amuse* and the opera *Rigoletto*, words of Piave, music by Verdi.

22. **première classe.** The *pompes funèbres* or State-undertaking-administration, with a minute tariff for funerals. The "first-class" costs over 7000 francs, including religious fees.

30. **eucologes.** "Prayer-books."

73.—14. **soubrette.** One of the most important and sprightliest of parts in French drama, that of the Maids.

14. **duègnes.** The rôles of old women, governesses, chaperones, or old maids.

15. **ingenuité.** The part of the *ingénue*, or youthful lover marked by the purest innocence.

17. **cape et épée.** Tragic rôles. High-sounding parts.

74.—8. **serail.** "Assembly of beauty." Literally, in eastern countries, a palace, then the wives, allowed by polygamy, who live in it.

26. **rouge végétal.** "Rouge"; *blanc gras* ; "paint."

28. **cabas,** "work-basket."

75.—2. **Louvres.** The palace built from the time of Francis the First to that of Napoleon; the home of the French kings, and now the magnificent Museum of the Arts.

3. **Célimène macabre.** "Ghastly Célimènes." The latter is a type of coquette, as in Molière's *Misanthrope.*

7. **saute-ruisseau.** Errand-boy, especially of a lawyer.

10. **lundi.** The day consecrated to critiques, dramatic, lite-

rary, or artistic and musical, printed at the bottom of the page in French papers. Cf. Sainte-Beuve's *Causeries du lundi;* Daudet's *Contes du lundi.*

20. **machine.** "Production of the play of *chose*" (such or such a person). Our slang uses "thing" for "person" in a similar way, though this French use is really itself not *argot.*

21. **Variétés.** Theatre on the Boulevard. Montmartre, where are especially played vaudevilles, operettas, farces, and Parisian pieces.

28. **confrérie.** Ladies church society. "Fraternity."

76.—12. **pituties.** "Coughs."

12. **Dominus.** "God be with you."

14. **Pie.** Pious! Sacred!

77.—3. **ma vieille.** "Old fellow."

20. **trompe-l'œil.** "Still-life look."

23. **Ecce.** "Behold the Queen of Angels."

LA VIEILLE TUNIQUE

27. **pièce.** "Desk," really "room."

29. **campagne d'Italie.** In 1859, against the Austrians.

78.—21. **ruban.** The little bit of red in the buttonhole, worn by the members of the Legion of Honor.

24. **Montorgueil,** parallel to the *rue Montmartre.*

25. **Belle-Jardinière.** A large store for ready-made clothing.

30. **École militaire.** The seat of the *École Supérieure de Guerre,* or 'War-College.' It is near the 'Invalides.'

79.—8. **Mothe-Piquet, Toussaint-Guillaume,** Comte Picquet de la Motte, called La Motte-Picquet (1720–1791). One of the most intrepid of sailors. The name of an avenue in Paris.

10. **'perroquet.'** Slang: "glass of absinthe," so called because of its color (green).

11. **coup,** etc. "Terribly tipsy."

80.—2. **houzarde.** Like a hussar's uniform. (Generally written *hussarde.*)

32. Meleguano. The battle, June 8, 1859, in which the French defeated the Austrians.

81.—26. 'sifflent.' "Swallow," "drink," from the noise made.

30. chapardeur. "Marauder."

82.—1. particulier. "Individual," "'party,'" 'not easy to get along with' (*pas commode*).

4. tirer une bordée. "To absent one's self for a 'spree,'" "to go on a 'spree.'"

11. tringlos. Soldiers of the army service corps (from *train*).

13. bloc. "Prison."

25. école. The 'École militaire.'

32. fantasia. Among Arab horsemen tricks of riding while shooting off guns, and shouting; 'circus.' Then, any noisy demonstrations; 'circus,' again.

83.—27. flingot. 'Butcher's knife,' 'musket.'

84.—6. dépoitraillée. "With disordered garments."

26. habits blancs. The Austrians, called thus from their uniforms.

85.—6. blague. Here: 'joke.'

86.—27. le premier. "The First" (regiment).

87.—15. gouailler. Perhaps best rendered: "to 'guy'," so, "chaffing," "'guying.'"

26. Plutarque. "Like Plutarch," who wrote the "Lives of Illustrious Men." That is: "heroes like those of Plutarch."

31. charcuter. Slang: "to amputate"; *charcutier* is the regular word for pork-butcher. Cf. *charcuterie*. (From *chair* and *cuit*.)

88.—29. fait-divers. The news-column in a newspaper, so "item."

89.—23. Charenton. About four miles from Paris, and the place of the large Insane Asylum.

28. vengé. For Corsican revenge, read Mérimée's *Colomba* and Maupassant's *Une Vendetta.*

NOTES TO MAUPASSANT.

LA PEUR

91.—**Huysmans,** Joris-Karl (born 1848). After Zola, a great writer of the Naturalistic school and type, who depicts, with great pessimism and crude statement, the life and particularly the miseries of the lower classes.

93.—21. **Ouargla.** A city of Algeria, noted for its dates, white-salt, and ostrich-hunts.

94.—5. **spahi.** A Persian word meaning cavalier. Originally used of Turkish cavalry, then of the corps of natives organized as part of the French army since 1831.

LA MAIN

99.—21. **Saint-Cloud.** A charming suburb about six miles west of Paris. Its palace (1572–1870) was the favorite residence of Napoleon I. and, in summer, the principal residence of Napoleon III.

100.—33. **Ajaccio.** The most important place in Corsica, and the town in which Napoleon I. was born.

101.—4. **vendetta.** The law of reprisals for actual wrong or accident, and which becomes hereditary feud.

5. **au possible.** "To the utmost limit."

103.—6. **avé.** For *avais*; *bócoup* = *beaucoup*; etc. etc. The Englishman's mispronunciation explains itself.

31. **crasse.** A word allowed only in the highest or lowest styles.

104.—31. **mauvais plaisant.** Simply "jester."

GARÇON, UN BOCK!

108.—3. **bock.** A large beer-glass.

4. **Hérédia,** José-Maria de (born 1842). A Cuban, but considered a French poet. He has written little and printed less, but has had immense influence upon the younger generation of poets by the power and form of his Sonnets. He is a journalist.

11. **Crédit Lyonnais.** Almost a National Bank, of vast wealth; founded at Lyons in 1863.

11. **Vivienne.** From the Palais-Royal to the Boulevard Montmartre.

111.—13. **passé l'eau.** Left the Latin Quarter and came to the right bank of the Seine.

112.—6. **faire la noce.** "To lead a gay life."

114.—4. **manges.** "Run through it."

115.—29. **culotter.** "To blacken" (as if to clothe it with a suit).

EN VOYAGE

116. — **Toudouze,** Gustave (born 1847). Journalist and novelist, who has successfully written much. He is a dramatic and art critic.

1. **Cannes.** A Mediterranean town, a great winter-resort, and the place of Hannibal's victory over the Romans (216 B.C.) and Napoleon's landing after Elba (March 1, 1815).

3. **Tarascon.** France has two cities of this name. This is the one on the Rhone, rendered immortal by Daudet's three books which represent its inhabitants and ideas.

12. **rapide.** "Express."

117.—15. **Menton.** Mentone, another Mediterranean French city near Nice, and a centre for pulmonary patients because of its mild climatic conditions.

120.—3. **barine.** A Russian word meaning Lord; so, Master, Mistress.

122.—32. **Don Quichotte.** The hero of the greatest of Spanish romances, *El ingenioso hidalgo don Quixote de la Man-*

cha, written by Miguel Cervantes de Saavedra (1605), whose intention was "to write a pleasant satire of books of chivalry." The Don is the type of the extreme defender of a cause or idea at personal risk.

APPARITION

123.—30. **Grenelle.** Here, a long street, running in a half-circle from the Champ de Mars practically to the Rue de Rennes.

LES IDÉES DU COLONEL

134.—2. **Voila.** "There," "that's all."

6. **supprimé.** Referring to the abolition of the name of the Deity in documents, etc.

16. **sacré nom.** "Deuce of"

23. **pioupiou.** The common (and simple) soldier. (Said to be from the imitative sound with which they snare the peasants' pullets. An undeserved insult.)

28. **Sedan.** (September 1–2, 1870.) The battle which broke the prestige of the Bonaparte dynasty, and by which the Emperor, thirty-two generals, and some seventy thousand troops passed into German hands. Read Zola's *La Débacle*, which well explains the humanity of the Emperor in this step.

29. **Macmahon,** Marie-Edme-Patrice-Maurice (1808–1888), Comte de. Duke of Magenta, Marshal of France, President of the French Republic (1873–1879).

32. **Trochu,** Louis-Jules (born 1815). Governor of Paris during the siege. A brave soldier and brilliant political and military orator and writer.

33. **Sainte-Geneviève.** The patron of Paris. Born about 420, died in 512.

27. **vache.** "Huge."

136.—5. **flanche.** Slang: "to weaken," because going on a bias (*flanc*).

138.—1. **camaraux.** Popular for *camarades*.

2. **pu.** For *plus*, popular.

2. **nom d'un chien.** All these expletives must be made milder than literal translation. "Everything is relative," as the Coppée-story put it. So, "confound," "blast," etc.

12. **frérots.** Popular, with diminutive of affection, for *frères.*

27. **(sa) cré coquin.** "Blamed rascal."

28. **flanquer,** etc. "To restore courage."

139.—13. **uhlan.** German Lancers.

141.—4. **suppression.** The minister of war in 1880 decided that five thousand fighting men would be gained for the army by abolishing drummers and buglers. It was found the soldiers would not fight, or could not, without the spirited sounds of these instruments, which were restored in 1882.

LA PARURE

23. **déclassée.** "Social outcast."

31. **misère.** "poor."

149.—14. **Palais-Royal.** Built by Cardinal Richelieu in 1629-1634. Then the home of various princes. The Théâtre-Français is at one corner of it.

TOMBOUCTOU

155.—27. **Bézières.** A beautifully situated city in southern France.

156.—5. **turco.** Native sharpshooter of the French army in Africa. In the campaign of the Crimea they were called so by the Russians, who, from their clothing, took them for Turks.

26. **charabia.** Onomatopoetic word from the recurrence of *ch* and *a* in Auvergnese patois, which is thus called. Then any strange sound or style.

158.—16. **c(r)apules.** "Low rascals."

COMPENDS AND HISTORIES OF LITERATURE.

(The Critical and Biographical portions as well as the
Selections are entirely in French.)

Alliot's Les Auteurs Contemporains. Selections from About,
Claretie, Daudet, Dumas, Erckmann-Chatrian, Feuillet, Gam-
betta, Gautier, Guizot, Hugo, Sand, Sarcey, Taine, Verne, and
others, with notes and brief biographies. 12mo. 371 pp.
$1.20, *net.*

—— **Contes et Nouvelles.** Suivis de Conversations et d'Exer-
cises de Grammaire. 12mo. 307 pp. $1.00, *net.*

Aubert's Littérature Française. Moyen-Age, Renaissance,
Le XVIIe Siècle. Selections from Froissart, Rabelais, Montaigne, Calvin, Descartes, Corneille, Pascal Molière, La Fontaine, Boileau, Racine, Fénelon, La Brûyero, etc., etc. With
foot-notes, biographies, and critical estimates. 16mo. 338 pp.
$1.00, *net.*

Fortier's Histoire de la Littérature Francaise. A Compact
and Comprehensive Account, up to the present day. 16mo. 362
pp. $1.00, *net.*

Pylodet's La Littérature Française Classique. Biographical
and Critical. Langue d'Œil, Abailard, Héloïse. Fabliaux,
Mystères, Joinville, Froissart, Villon, Rabelais, Montaigne,
Rousard, Richelieu, Corneille, etc. 12mo. 393 pp. $1.30, *net.*

—— **Théâtre Française Classique.** Taken from the above.
12mo. 114 pp. Paper. 20 c., *net.*

—— **La Littérature Française Contemporaine.** XIXe Siècle.
Prose or Verse from 100 authors, including About, Augier,
Balzac, Béranger, Chateaubriand, Cherbuliez, Gautier, Hugo,
Lamartine, Mérimée, De Musset, Sainte-Beuve, Sand, Sardou,
Scribe, Mme. de Staël, Taine, Toepfer, De Vigny. With
selected biographical and literary notices. 12mo. 310 pp.
$1.10, *net.*

See also Choix de Contes under Texts.

DICTIONARIES.

Bellows' French and English Dictionary for the Pocket.
32mo. 600 pp. Roan tuck, $2.55, *net.* (Morocco, $3.10, *net.*)

—— *Cheaper Edition.* Larger print. 12mo. 600 pp. $1.00, *net.*

**Gasc's New Dictionary of the French and English
Languages.** 8vo. French-English part, 600 pp. English-
French part, 586 pp. One volume. $2.25, *net.*

Gasc's Improved Modern Pocket Dictionary. French-English part, 261 pp. English-French part, 387 pp. One volume.
$1 00, *net.*

Postage 10 per cent additional. Descriptive Catalogue free.

TEXTS.

Achard's Clos Pommier. 206 pp. Paper. 25 c., *net.*

Æsop's Fables. In French, with Vocab. 237 pp. 50 c , *net.*

Balzac's Eugénie Grandet. (BERGERON.) With portrait. 300 pp. 80 c., *net.*

Bayard et Lemoine, Le Niaise de Saint-Flour. Modern Comedy. 38 pp. Paper. 20 c., *net.*

Bédollière's Mère Michel et son Chat. With vocabulary. 138 pp. Cl. 60 c., *net.* Paper. 30 c., *net.*

Bishop's Choy-Suzanne. A French version of his story edited by himself. 64 pp. Boards. 30 c., *net.*

Carraud's Les Goûters de la Grand'mère. With list of difficult phrases. 95 pp. Paper. 20 c., *net. See Ségur.*

Chateaubriand, Pages Oubliées de. (SANDERSON.) Aventures du dernier Abencérage and selections from Atala, Voyage en Amérique, etc. 90 pp. Boards. 35 c., *net.*

Choix de Contes Contemporains. (O'CONNOR.) Stories by Daudet (5), Coppée (3), About (3), Gautier (2), De Musset (1). 300 pp. Cl. $1.00, *net.* Paper. 52 c., *net.*

Clairville's Les Petites Misères de la Vie Humaine. Modern comedy. 35 pp. Paper. 20 c., *net.*

Corneille's Le Cid. *New Ed.* (JOYNES.) 114 pp. Paper. 20 c., *net.*

—— **Cinna.** (JOYNES.) 87 pp. Paper. 20 c., *net.*

—— **Horace.** (DELBOS) 78 pp. Paper. 20 c., *net.*

Du Deffand (Mme.). Eleven Letters. 75 c., *net. See Walter.*

Daudet, Contes de. Eighteen stories, including La Belle Nivernaise. (CAMERON.) With portrait. 321 pp. 80 c., *net.*

—— **La Belle Nivernaise.** (CAMERON.) 79 pp. Bds. 25 c., *net.*

Erckmann-Chatrian, Le Conscrit de 1813. (BÔCHER.) 236 pp. Cl. 90 c., *net.* Boards. 48 c., *net.*

—— **Le Blocus.** (BÔCHER.) 258 pp. Cl. 90 c., *net.* Paper. 48 c., *net.*

—— **Madame Thérèse.** (BÔCHER.) 216 pp. Cl. 90 c., *net.* Paper. 48 c., *net.*

Fallet's Princes de l'Art. 334 pp. $1.00, *net.* Paper. 52 c., *net.*

Feuillet's Roman d'un Jeune Homme Pauvre. Novel. (OWEN.) 204 pp. Cl. 90 c., *net.* Paper. 44 c., *net.*

—— **Roman d'un Jeune Homme Pauvre.** Play. (BÔCHER.) 100 pp. Boards. 20 c., *net.*

—— **Le Village.** Play. 34 pp. Paper. 20 c., *net.*

Féval's Chouans et Bleus. (SANKEY.) 188 pp. Cl. 80 c., *net.* Paper. 40 c., *net.*

Fleury's L'Histoire de France. For Children. 372 pp. $1.10, *net.*

Foa's Contes Biographiques. With vocabulary. 189 pp. Cl. 80 c , *net.* Paper. 40 c., *net.*

—— **Petit Robinson de Paris.** With vocabulary. 166 pp. Cl. 70 c., *net.* Paper. 36 c., *net.*

De Gaulle's Le Bracelet, bound with Mme. De M.'s La Petite Maman. Plays for Children. 38 pp. Paper. 20 c., *net.*

De Girardin's La Joie Fait Peur. Modern Play. (BÔCHER.) 46 pp. Paper. 20 c., *net.*

Postage 10 per cent additional. Descriptive Catalogue free.

TEXTS (Continued).

Halévy's L'Abbé Constantin. (SUPER.) With vocabulary.
Boards. 40 c., *net.*

History. *See Fleury, Lacombe, Taine, Thiers.* The publishers
issue a French History in English by Miss YONGE. ($0 c., *net.*)

Hugo's Hernani. Tragedy. (HARPER.) 126 pp. 70 c., *net.*

—— Ruy Blas. Tragedy. (MICHAELS.) 117 pp. Bds. 40 c., *net.*

—— Selections. (WARREN.) Gringoire in the Court of Miracles,
A Man Lost Overboard, Waterloo, Pursuit of Jean Valjean and
Cosette, etc., and 14 Poems. With portrait. 244 pp. 70 c., *net.*

De Janon's Recueil de Poésies. 186 pp. 80 c., *net.*

Labiche (et Delacour), La Cagnotte. 83 pp. Paper. 20 c., *net.*

—— (et Delacour), Les Petits Oiseaux. Modern Comedy.
(BÔCHER.) 70 pp. Paper. 20 c., *net.*

—— (et Martin), La Poudre aux Yeux. Modern Comedy.
(BÔCHER.) 5J pp. Paper. 20 c., *net.*

Lacombe's Petite Histoire du Peuple Français. (BUÉ.)
212 pp. 60 c., *net.*

La Fontaine's Fables Choisies. (DELBOS.) Boards. 40 c., *net.*

Leclerq's Trois Proverbes. 3 Little Comedies. Paper. 20 c., *net.*

Literature, Compends and Histories of. *See separate heading.*

Macé's Bouchée de Pain. (L'Homme.) With vocabulary. 260
pp. Cl. $1.00, *net.* Paper. 52 c., *net.*

De Maistre's Voyage Autour de ma Chambre. 117 pp.
Paper 28 c., *net.*

—— Les Prisonniers du Caucase, bound with Achard's
Clos Pommier. 206 + 138 pp. 70 c., *net.*

De Maintenon (Mme.). 13 Letters. 75 c., *net. See Walter.*

Mazere's Le Collier de Perles. With Vocab. 56 pp. 20 c., *net.*

Mérimée's Colomba. (CAMERON.) With portrait. 230 pp. Cl.
60 c., *net.* Boards. 36 c., *net.*

Molière's L'Avare. (JOYNES.) 132 pp. Boards. 20 c., *net.*

—— Le Bourgeois Gentilhomme. (DELBOS.) Paper. 20 c., *net.*

—— Le Misanthrope. *New Ed.* (JOYNES.) 130 pp. Bds. 20 c., *net.*

Musiciens Célèbres. 271 pp. Cl. $1.00, *net.* Paper. 52 c., *net.*

De Musset's Un Caprice. Comedy. 56 pp. Paper. 20 c., *net.*

De Neuville's Trois Comédies pour Jeunes Filles. 134 pp.
Paper. 35 c., *net*

Poems, French and German, for Memorizing. (N. Y.
Regents' Requirements.) 15 in each language. 35 pp. Paper.
10 c., *net. See also Hugo Selections, De Janon, and Pylodet.*

Porchat's Trois Mois sous la Neige. 160 pp. Cl. 70 c.,
net. Paper. 32 c., *net.*

Pressensé's Rosa. With vocabulary. By L. PYLODET. 285 pp.
Cl. $1.00, *net.* Paper. 52 c., *net.*

Pylodet's Gouttes de Rosée. Petit Trésor poétique des Jeunes
Personnes. 188 pp. 50 c., *net.*

—— La Mère l'Oie. Poésies, Enigmes, Chansons, et Rondes
Enfantines. Ill'd. 80 pp. Boards. 40 c., *net.*

Racine's Athalie. *New Ed.* (JOYNES.) 117 pp. Bds. 20 c., *net.*

TEXTS *(Continued).*

Racine's Esther. (JOYNES.) 66 pp. Boards. 20 c., *net*
—— Les Plaideurs. (DELBOS.) 80 pp. Boards. 20 c *net.*
Saint-Germain's Pour une Épingle. Legend. With vocabu-
  lary. 174 pp. Cl. 75 c., *net.* Paper. 36 c., *net.*
Sand's Petite Fadette. (BÔCHER.) 205 pp. Cl. $1.00, *net.*
  Boards. 52 c., *net.*
—— Marianne. (HENCKELS.) 90 pp. Paper. 30 c., *net.*
Sandeau's La Maison de Penarvan. Revolutionary Comedy.
  (BÔCHER.) 72 pp. Boards. 20 c., *net.*
—— Mlle. de la Seglière. Modern Drama. (BÔCHER.) 99 pp.
  Boards. 20 c., *net.*
Sévigné (Mme. de). 20 Letters. 75 c., *net. See Walter.*
Scribe's Les Doigts de Fée. Comedy. (BÔCHER.) Bds. 20 c., *net.*
—— (et Mélesville), Valéric. Modern Drama. (BÔCHER.) 39 pp.
  With vocabulary. Paper. 20 c., *net.*
—— (et Legouvé,) La Bataille de Dames. Modern Comedy.
  (BÔCHER.) 81 pp. Boards. 20 c., *net.*
Ségur's Les Petites Filles Modèles, bound with Carraud's
  Les Goûters de la Grand'mère. With list of difficult
  phrases. 98 + 95 pp. 80 c., *net. See Carraud.*
—— Les Petites Filles Modèles. 98 pp. Paper. 24 c., *net.*
Siraudin's (et Thiboust) Les Femmes qui Pleurent. Modern
  Comedy. 28 pp. Paper. 20 c., *net.*
Souvestre's La Loterie de Francfort, with Curo's La Jeune
  Savante. Comedies for Children. 47 pp. Bds. 20 c., *net.*
—— Un Philosophe sous les Toits. With table of difficulties.
  137 pp. Cl. 60 c., *net.* Paper. 28 c., *net.*
—— Le Testament de Mme. Patural, with Drohojowska's
  La Demoiselle de St. Cyr. Plays for Children. 54 pp.
  Boards. 20 c., *net.*
—— La Vieille Cousine, bound with Les Ricochets. Plays
  for Children. 52 pp. Paper. 20 c., *net.*
Taine's Les Origines de la France Contemporaine. (ED-
  GREN.) Extracts. With portrait. 157 pp. Boards. 50 c., *net.*
Thiers' Expédition de Bonaparte en Égypte. (EDGREN.)
  ix + 130 pp. Boards. 35 c., *net.*
Toepffer's Bibliothèque de Mon Oncle. (MARCOU.) (*Ready
  Feb.*, 1896.)
Vacquerie's Jean Baudry. Play. (BÔCHER.) Paper. 20 c., *net.*
Verconsin's C'était Gertrude, En Wagon. Boards. 30 c., *net.*
Verne's Michel Strogoff. (LEWIS.) Abridged. With portrait.
  129 pp. 70 c., *net.*
Walter's Classic French Letters. Voltaire, Mmes. de Sévigné,
  de Maintenon, et du Deffand. (WALTER.) 230 pp. 75 c., *net.*

Postage 10 *per cent additional. Descriptive Catalogue free.*

6